昌明文叢

鏡水褶皺

周之涵　著

目次

其其一和其其二 ·· 1

1 ·· 1
2 ·· 5
3 ·· 6
4 ·· 9
5 ·· 13
6 ·· 17
7 ·· 20
8 ·· 25
9 ·· 33
10 ·· 36
11 ·· 39
12 ·· 46
13 ·· 56
14 ·· 64
15 ·· 78
16 ·· 82
17 ·· 92

    18 95

    19 100

    20 108

    21 116

    22 125

    23 131

    24 134

月亮遠征隊 143

    1　月亮遠征隊 143

    2　金色池塘 146

    3　永遠的祖母 151

    4　水晶小鎮 156

    5　水中的小弟弟 161

    6　山頂上的戰鬥 165

    7　陷阱 170

    8　「古」裡的表叔 175

    9　遠方來客 181

    10　遊戲 186

    11　溫塘 192

    12　守雞 197

    13　臉盆下面的故事 204

    14　地底遺書 215

那個名字叫雲的女孩 229

二寶上學 243

其其一和其其二

1

「其其二……」

「哎！其其一……」

「什麼？我什麼你叫？你叫的嗎其其一是？偉大的其其國的偉大的國王我不光是，你重要的老爸還更是，懂嗎，沒大沒小，目無黨紀國法簡直……」

「哎呀，有什麼了不起的，我一沒說你不是國王，二沒要求和你解除父子關係，來不來就上綱上線，有什麼事直說，不要亂扣帽子好不好！」

「好！命令你把脖子縮點偉大的其其國的偉大的國王以我的名義，往下蹲點身子，現在，幹什麼挺那麼高！」

「為什麼？」

「我踮著腳尖都夠不著你的耳朵沒看見嗎？怎麼這麼聰明？讀不倒書難怪……」

「哎哎哎……打住！你揪不揪得到我的耳朵與我的智力一毛錢的關係都沒有，和讀不讀得倒書更扯不到一塊，如果為了讓你揪耳朵方便，就將脖子縮起來身子矮下去，那才真叫智力有問題呢！」

「抗議！十分抗議！我是國王，偉大的其其國的偉大的！嚴重地我，提醒你，你現在正在和國王——偉大的其其國的偉大的國王說話，我們倆的身高差不多儘管，但是，你得用仰角和我說話，把頭抬

起來的意思仰角就是⋯⋯」

「厭不厭你，我們是父子，父子，懂嗎，不要來不來就端國王的架子，還有，其其國最辛苦的事是什麼你知道嗎——和你說話，拜託你把話說明白點，別顛三倒四文理不通好不好⋯⋯」

「你你你⋯⋯並不是不能把話說清楚說明白我，不允許我說清楚說明白我的身分，國王是我，偉大的其其國的偉大的國王，必須符合國王的語言規範我說的話每一句！區別國王和普通人的是語言，唯一標準看他會不會國王語言這個人是不是國王，不會就是假冒偽劣以次充好短斤少兩，使用平民語言國王，被趕下臺就會失去王位。為了讓你領會我的意思準確，說話的時候在家裡，我就根本沒太邏輯混亂外加語法錯誤和錯別字連篇，在國王辦公大廈哪像⋯⋯這這這，干涉他人語言內政嚴重你這是，無視和踐踏人權的表現極端，偉大的其其國的偉大的國王以我名義表達深切的關懷和不滿。」

「乾脆提交國家爭端與聯盟峰會討論算了！真是豈有此理，天天揪我的耳朵不說侵犯人權，要他把話說清楚點就侵犯了他的人權。這世界只有你有人權是嗎？」

「天天耳朵揪你，為所不願我還不是，迫不得已！讀得倒書你要是，我還不是不會揪耳朵的你。揪耳朵不僅傷害了你我兩人淵源流長的感情我知道，更為嚴肅的是極大的損害了偉大的其其國的偉大的國王的形象與光輝。偉大的其其國的偉大的國王是我，你知道嗎，有事沒事捉到你耳朵拽你以為我願意？你的耳朵長期須要不斷被提醒因為，我的兩隻手患上了嚴格的拽耳綜合症，不拽你的耳朵就疼就癢就心裡不爽就寢食難安⋯⋯我容易嗎你以為？說到人權至於，我覺得我們應該好好地坐下來認真仔細全面討地論討論，商鶴商鶴，而且，交換意見和看法還應該深刻，只有這樣，才能使我們兩個的世界的關係朝著一個健康、深遠，有利於邦交正常化的方向發展和萬進。但是，

對於人權在父子關係上具體、特殊的表達，立場和原則我一貫堅持的是，父親居於中心和主力地位，這是任何歪理邪說都不能顛卜的真理。對此，我們應該本著互諒互讓和雙贏的立場發揚光大，為了眼前利益而讓烏雲遮住了太陽的萬丈光芒不應該很。」

「好好好……別扯遠了，像個表達狂。你說了半天，照你說的我永遠只有被動挨揪的份囉？」

「年輕你還，對於這個世界當然應該多做一點貝獻，年輕人嘛，不然的話，人家會說你們不心疼不尊敬不體血老人，說我們這個社會完了，希望沒有。當然，年輕人老人愛護也應該，偉大的其其國的偉大的國王特別是……」

「照你這麼說，我的人權也應該貢獻出來哦？」

「對極了！年輕人嘛，聽話和貝獻永遠是第一位的，只有認真聽話出息才會不斷湧出……」

「把身子矮下來好讓你揪耳朵方便些？」

「正確完全，200%。這是一個良好的公民最起碼應該具備的基本品質。需子可教也真是！看來，還是非常很卓有成效的我們的對話。這次會晤應該栽入史川！我們取得了令人注目和欣然的發展，以後，我們雙方應多做這方面的有益探討……」

「屁！」

「你你你……態度什麼？這是對偉大的其其國的偉大的國王，對我們雙方剛剛帝結的友誼的公開挑血！嚴屬的傷害了我們的雙邊感情你的這種行動，其後果是嚴肅的，你要對你的這一行為負責完全徹底！回到我們原先已經達到的共視上來我希望你立即，一意瓜行的不要，這會招致我其其一——也就是偉大的其其國的偉大的國王的非常情緒和異常血壓以及過速心動抽搐中風智力全塞腦癱半身不遂，後果設想不甚！」

「我天天揪你的耳朵，還要你把腦殼老老實實伸過來，你幹不幹？」

「怎麼能這麼說呢話？揪與被揪是分工問題，貴賤之別沒有，我們應該一視同仁不要厚此薄彼。揪是我的工作，你的義務是被揪，這怎麼能混淆和顛倒呢？再說，你只有在讀不倒書的情況下我才行使職權，開展工作，讀得倒書的時候，我從來就沒碰過你的耳朵啊！當然，還沒發生過這種情況幾乎，因為把書讀倒你根本就沒打算。如果，你讀不倒書我還不揪你的耳朵那就是我的失策。我是國王，一個非常出色而又公私分明的偉大得不能再偉大的其其國的偉大的國王，同時，還是一個稱職的家長，合格的父親，怎麼能行失策？所以，我的處境、身分和地位你應該充分考慮，我的每一個動作每一句話都會作為真理寫進歷史，就是無意中放個屁打個哈欠都會永重不巧，萬世流芳。對此，你理解也得理解不理解也得理解，這是法律──每一句話都是法律我的！因此，你應該對我的工作給予最大的配合和支持而不是非難與對抗，不然，就是妨礙公務，妨礙司法，妨礙國王。至於我們進行換位的建議，我認為這個想法從本質上看還是好的，惡意沒有什麼，它表達了我們雙方的共同意願，也符合……」

「那，你趕快把手鬆了，將耳朵遞過來。」

「這這這……這個問題操作起來還有一定的難度現在，很多地方還有待進一步探討和完善。目前，一個理論框架或概念它還只能算，具體的細節還有待進一步的深入，可能還需要多方多輪會談組織有關專家研究論證也說不準。不過，現在，我可以比較真誠地告訴你一個在這方面令人鼓舞的消息：現在老老實實讓我揪，等以後你有了兒子再到他身上去趕本的想法才是現實的，符合目前的國情和民意的。」

「那我也告訴你一個既不令人鼓舞也不令人歡欣的消息：我永遠不揪我兒子的耳朵！我以後當了國王的第一件事就是廢除老子揪兒子

耳朵的法律，我要讓天下所有的孩子都去狠狠地揪他們父親的耳朵，並以此為終極幸福——終極幸福萬歲！」

「那我就以偉大的其其國的國王偉大的身分且幾：永遠讀不倒書你的兒子！」

……

2

其其國是一個想像中的狹長島國，位於《其其一和其其二》的書頁裡，陸域和海疆均不與任何國家相鄰——其其國是一個常識無法涉足的國度，但是，某天早晨，如果你一覺醒來發現窗外的遠山上長滿了不分冬夏瘋狂開花結果的其其樹，說明你已經跨過常人無法逾越的障礙來到了其其國。烏雲樣籠罩在南北縱貫其其國全境的其其山之上的其其林既是其其國幸福的泉源也是其噩夢的淵藪。其其樹的果子五花八門不僅包括糧食蔬菜水果房子車子鍋碗瓢盆衣帽鞋襪手錶電器等生活必需品更包括金銀首飾珍珠瑪瑙翡玉器等生活非必需品和奢侈品。其其國的居民既不用到工廠上班也不用下田耕種，按說，他們應該過著連神仙都羨慕的悠閒生活，但是，情況恰恰相反，苦役犯都不及他們1/10辛苦，原因有二，其一，採收的進度稍有遲延，其其樹的果子便會淤塞河道引發洪災，甚至填平海溝抬升海床，致使整個島國淪為一片汪洋；其二，其其樹刀砍不斷，火燒不死，一旦落地生根便瘋長不止，為了尋找治理良方，採摘其其果之外的時間，他們全都拿來讀書——研究其其樹，沒有一刻閑暇。

花香是某偏正結構性名詞南方盡頭之外的一個小鎮，比山核桃大不了多少，只有一條獨街，這個詞的第21條本義是花香街21號——一座極不起眼的農家小院，引申做其其一的第3061號皇宮，院裡除了貓

狗雞鴨鵝而外，還有一棵歪脖子柿樹和一株比手指頭粗不了多少的橘子樹。

花香街21號和國王辦公大廈由一個叫密道的複句相連，雖然迢迢千里，其其一走起來卻只需眨眼的工夫。但是，沒人知道這個句子，除了其其一，就如沒人知道國王住在花香街21號一樣，儘管其其一開口國王閉口國王，其其二也不厭其煩地宣稱自己是王子──其其國的王子。

其其一是一個橫徑和直徑幾乎沒有區別，身子比球還圓的胖子。早上，他夾著公文包擰著王子其其二的耳朵將其押進花香小學，然後，當街啟動那個叫密道的句子去國王辦公大廈上班，傍晚，學校放學的時候再趕到校門口拽著其其二的耳朵回家。其其二是其其一最權威最完整的轉譯，形貌和神情都極酷似乃父。

鎮上沒一個人相信這對雙胞胎似的超級大胖子就是他們的國王和王子。王子會被揪耳朵？國王像一個壓扁了的籃球？還有，那個和我們一樣洗衣做飯掃院子的邋遢女人會是王后？哈哈哈⋯⋯小鎮上的其其一與大家在電視報紙上見到的其其一相差太遠了，大大超出了其其一這一詞條的內涵和外延。不過，幸好沒人相信，不然的話，鎮上孩子的耳朵就遭殃了。但是，那個天天牽著兒子耳朵上下學的又矮又胖的中年男子確實是他們的國王，如假包換！

3

「你老實點給我，偉大的其其國最偉大的小學花香是！轉了762次學你已經，還垮了351次級而且，國王是我，偉大的其其國的偉大的國王，你不為自己想，多少也要為我，為偉大的其其國的偉大國王想，其其國是這個世界最最偉大的國家⋯⋯」

「我一點都不得老實！我就喜歡轉學——你的算術是不是該上下補習班，昨天，你說的好像是垮級274次，轉學532次，怎麼一天不到就變成了351次和762次？」

「叫你氣糊塗了給！你這麼個子孫攤上，早晚得氣死給你。警告嚴重，偉大的其其國的偉大的國王是我，懂嗎，已經強烈關注過好幾次了我對此，希望你太過分的不要。」

「知道，知道，知道你是國王，早就知道！正因為是國王，所以，你更要明白，不要來不來就患糊塗——簡單的加減都不會，不曉得哪麼當國王的⋯⋯」

「什麼？糊塗？你說糊塗我？偉大的其其國的偉大的國王糊塗？真是笑話天大！專門搞錯我，專門搞錯是一門藝術，叫誇張，誇張，懂嗎，小朋友，還是要學些東西多少，再則，對於偉大的其其國的偉大的國王一定要審慎，隨便將糊塗等一類明顯帶貶義色彩的詞往我身上安不要，這不僅是對我其其一本人的每辱，就是對於整個其其國也是不敬的極大，這個責任是重大的，古時候叫妄議君上，擔得起的沒人。如果讓一些不懷好意的傢伙聽了去，會抓住不放的他們，說其其一的兒子怎麼怎麼⋯⋯」

「你可以抗議啊。」其其二湊近其其一。

「這些傢伙都是反對黨，」其其一四下看了看，然後，壓低聲音道：「抗議不怕，再嚴肅也沒用。」

「揪他們的耳朵！」

「你以為他們像你，小孩子是？沒用。孩子適合揪耳朵，對大人是不管用的。」

「哪——」其其二故意停頓下來，將眼白翻過來著對著天空，一副認真思考的樣子。

「沒用的，最好的辦法是審慎，亂說亂動不要，保住你老爸我的

一世英雄只有這樣才能。以後，你不僅自己要不講壞話我的，而且，還要勇猛地與那些到處講我的壞話，散播流言虫語的傢伙做頑固徹底的階級鬥爭，將他們打翻在地再踏上一隻腳，叫他們永遠翻身不得。」說完，其其一將一隻腳在地上狠狠地跺了一下。

「沒問題，包在我身上，誰叫你是我老爸呢⋯⋯」其其二胸脯拍得砰砰響。

「我偉大的其其一的兒子不鬼是⋯⋯」其其一高興得只差跳起來。但是，他的話還沒說完便被其其二截住了：

「不過──」

「不過？」其其一渾身緊張。

「我真心想幫你，發自內心的真心想幫你，真的，老爸，可是，我早上爬起來就要去學校，晚上還要上各種各樣的補習班，我是心有餘而力不足啊，不如──」

「不如──」其其一鬆開其其二的耳朵。

「不如你讓我休學，反正對學校來說學生多一個少一個無所謂，他們又不缺學生，說不定我不去上學他們還開心點，這樣一來你和媽媽也就再不用為我讀書的事煩心了，或是乾脆你成立一個造謠中傷抹黑國王糾察隊，聘請我當隊長⋯⋯」

「想得美！小兔崽子⋯⋯」

其其二剛剛獲得解放的耳朵再次失去自由。

「抗議！」

「無效！」

「兒子加王子⋯⋯」

「加老子加國王加偉大的其其國的偉大的國王也沒用。」

「老爸──」其其二改變策略：「不可否認，你是這個世界上最偉大的國王，但是，動不動就揪兒子的耳朵確實有失明智，你看，我

都和你一般高了，你再不考慮我的感受至少也要顧及自己的形象啊，堂堂國王時刻揪著兒子的耳朵不放，多沒品位啊，你是國王，你代表的是國家……」

「早算過了賬我，這筆，兒子有所不知你，嘿嘿，我們倆個子差不多，樣子區別也沒什麼，你的耳朵我不揪，別人怎麼知道父親是我，怎麼知道偉大的其其國的偉大的國王我又是，萬一你冒充我，算黨奪權，然後，一把揪住我的耳朵將我當兒子我不就虧大了……」

「啊！」

「誇張，誇張，」見其其二嘴巴大張著，半天合不上，其其一忙擠出臉笑，道：「誇張的我。誰願意有事沒事揪耳朵自己孩子的？以後，你只要讀得倒書，我就把你含在嘴裡，捧在手裡，決不耳朵揪你……」

4

其其一是一位受人尊敬的國王，為人厚道，心地善良，不抽菸不喝酒不打牌，除了愛揪其其二的耳朵外沒有不良嗜好。在他的領導下，其其樹儘管依舊瘋狂並不時繁殖緊急情況，但是，凱歌高奏者的主角卻一直是有驚無險和國泰民安這兩個短語。其其一唯一的煩惱是接班人其其二不思上進。其其一只有其其二一個兒子，其其二之於其其一猶如主語之於謂語想像之於詩。

「以後，努力讀書只要你，下學不再耳朵揪我保證！」其其一把手從其其二的耳朵上移開，「當然，除外上學。其實，你一不蠢二不笨，老實點稍微，讀不倒書的理哪有……」

「這樣的保證不說有100次至少有200次了！」

「嗨！態度什麼？每慢國王你這是，每慢偉大的其其國的偉大的

國王，嚴重我表示！」

「大不了揪耳朵，什麼了不起的。」

其其一舉起的手僵在了半空，不知道下一步該怎麼辦，不揪吧其其二太囂張，揪吧說明自己的 IQ 有問題，智力亟待開發……

「不就轉個學嘛，多大個事，天塌下來似的……」

「這麼轉的有你嗎，轉了789次學一年級沒讀完，還沒算在內跨級！參觀啊？參觀也沒這個參法！這是讀書嗎你？簡直是式君，顛覆國家，罪不可赤……」

「你怎麼這麼喜歡上綱上線，哪跟哪呀！」

「還哪跟哪，以為沒人識破陰謀的你？擺著明嘛，死氣我這是要。不是算黨奪權又是什麼？告訴你，我絕不會讓你的陰謀得呈，我一定要活120歲搭一個早工乾著急叫你！」

「老爸……」

「叫我老爸不要！從現在起，父子關係斷絕我和你。叫我國王，偉大的其其國的偉大的國王！不然，治你甲昵國王罪……」

「別繞彎子了，一句話，到底同不同意轉學？」

「同意不！」

「真的假的？」

「真的。」

「那你就拐噠！」

「拐噠？我？」其其一拿食指指著自己的鼻尖。

「對！你！馬上，你就要斷子絕孫了！」

「斷子絕孫？」

「我要去跳海我要去自殺……」其其二邊喊邊向海邊走去。

「幹傻事千萬別，孩子，」其其一追上去一把將其其二抱住，「好說有話，好說有話……」

「這還差不多。既然這樣，我就勉為其難收回成命，但是，作為交換，你得回答我一個問題，介意嗎老爸？」

「難道你不問我介意？」其其一知道自己沒有選擇。

「爺爺喜歡揪耳朵嗎？」

「這——意思什麼？」

「沒什麼意思，隨便問問。」

「回答拒絕我可以嗎？」

「我們是父子，哪要這麼隆重，記者招待會似的。」

「個人隱私屬這個問題。」

「我們是父子，父子應該是哥們兒是朋友，我的就是你的你的就是我的，什麼隱私不隱私，多生分。」

「那我說了你可千萬不能告訴外人……」

「放120個心好了，儘管說吧，我保證不告訴任何人。」

「喜歡不。」

「那——你肯定不是爺爺親生的！」

「什麼話！你這是國王氏毀，殺頭的要，你的行為請立即正視。」

「那你為什麼這麼喜歡揪耳朵？上癮似的，好像一天不揪就活不下去一般。」

「那是因為你讀不倒書，不我能怪。其實，揪耳朵十分討厭我也。你以為只有你痛嗎？更痛我比你，耳朵痛你只是，我除了膀子痛手腕痛手指痛還心裡痛，心裡痛！懂嗎？」

「那你還揪？自討苦吃？」

「誰叫你讀不倒書，王子資格考試36.5次！」

「那你小的時候一定讀得倒書囉。」

「像你！門門雙百。你為什麼就是讀不倒書我不明白，腦瓜子為

什麼就笨這麼，奇耳大辱簡直對我！」

「我大概不是你親生的吧，不然，沒這麼大差距？」

「胡說！不像話了越來越，目無國法目無偉大的其其國的偉大的國王，簡直貌視就是，顛倒是非就是……你怎麼會不是我的親生兒子我們的外貌這麼像？我們簡直就是孿生兄弟。胡言一派！」其其一氣得發抖。

「那你想過沒有，我為什麼讀不倒書？」

「蠢！」

「我為什麼會蠢？」

「誰知道？自己願意唄。」

「誰願意自己愚蠢？天底下沒這樣的人！」

「為什麼那你說？」

「並不是我不聰明，我很聰明！告訴你，你那些學校不可能把誰教成國王！你要我讀的那些書簡直比驢還蠢……」

「哎哎哎……正視你的言行請，王室成員是你，站在國家的立場說話應該！」

「好的，我馬上站在國家的立場，我決定不轉學了……」

「歡迎，歡迎，熱烈隆重，21響鳴禮炮……」其其一鼓掌。

「我不轉學了，我要休學，永久……」

「停停停，現在，目前，偉大的其其國的偉大的國王是我其其一，不是其其二你，所以，你的這種想法極其錯誤和非常有害，必須嚴重抵制，外加堅持反對。而今眼目下，擺在你面前的出路只有一條，努力讀書，好成績取得，話語權取得，都是扯淡其他的一切。花香是你最佳的選擇也就是說！就是斷子絕孫的巨大危險冒著，我也不會上你的當讓你轉學，休學別想更，八道胡說再，治你個妄議國是小心。」

5

「反了，反了……收拾你哪麼看我！嚴重不拿點出來偉大的其其國的偉大的國王長幾隻眼你不知道……」

「放馬過來——揪耳朵——揪耳朵算什麼本事，有能耐一刀子割下來！來，來，來啊！退什麼？怕了？誰不割誰是兒子！」

「太太太……史無前例簡直，」其其一怒不可遏，真想一把將其其一的耳朵擰下來，但是，哪個國王沒有耳朵呢？沒有耳朵的國王還叫國王嗎？其其一感到 CPU 的溫度過高，系統隨時有關閉的危險，幾次艱難地重啟之後，道：「還是休學不論是轉學都是校方或家方在機會煮熟的時候適當提供的，生方——也就是你其其二方面提出沒有權力。再說，762次你已經轉了！其其國一共有多少學校，你想把我們所有的學校都轉遍嗎難道？我還害羞呢你不害羞！拿偉大的其其國的偉大的國王不當國王簡直！我們都無家可歸了為了給你轉學你知道嗎？都要無條件接受學校的垃圾——其其果很多時候垃圾是，吃不完用不完的時候都是，當然很不公平這麼說對其其果，功勞很大，我們離不開根本——你每轉一次學，我們不得不搬出皇宮並一再搬家，這些其其果因為數量實在是太龐大了，將我們的房子被塞實了！國王沒有王宮世界上有嗎？房子就不說了！轉學為了給你，到處我求爹爹拜奶奶給人家好話說不盡，磕頭只差給人家。轉學為了給你，流離失所已經我們……我容易嗎，你說，偉大的其其國的偉大的國王還偉大嗎，嗚嗚嗚……」其其一大放悲聲，哭過一陣又道：「雖然，我路上一直耳朵拽著你的，心疼老爸你一點也不，老梗著脖子，夠不著耳朵我幾乎就，使不上勁根本。儘管這樣，換位問題進行了深入而廣泛的探討我和你還是，即使，讀不倒書全是流氓你罵我的子孫，我們仍然交談在一片輕鬆、友好、和諧與共贏的氣氛中，進去快，夜間補習班

要遲到了不然⋯⋯」

「你斯文點好不好⋯⋯」

「知道斯文點還！有什麼用耳朵長著？乾危揪下來算了！」

「哎喲——媽呀——你還不出來，你的兒子就要少零件了說不定還會報廢⋯⋯媽——」

「天哪——天！不是你的孩子嗎？腦袋都快被擰下來了⋯⋯」王后掰國王的手，「鬆開！」

「這麼無用的東西留著他幹什麼，乾危一把弄死算了！」

王后是一種堅定的否定性溶劑，甫一出場，國王權威的敘述便會立即喪失硬度。其其一並不是怕老婆，只是對老婆這一與老虎同源的詞所發出的威懾性震頻先天免疫不足，偉大的其其國的偉大的國王會怕老婆？笑話！其其一停止用力，其其二扯開嗓子乾嚎。

「沒用就要弄死？你沒生不心疼啵？他只不過讀不倒書，又沒別的錯，其其國哪一部法律寫著讀不倒書就該死罪？你是國王，知道依法治國怎麼就不曉得依法治家呢？」

「要轉學——不，轉學不是，休學是，永久休學，他說，講學校壞話氏毀偉大的其其國的教育體制外帶，皮子發癢這是他，欠揍，我不錯的是，不依法治家我也不是，是他⋯⋯」

「《花香常年招生隨到隨學簡章》——剛剛在大門口撿到的——過來，孩子，我讀你聽，《花香常年招生隨到隨學簡章》：世界第一名校——花香歡迎您！其其大學是天底下最最最最著名的大學，其其國的著名人物幾乎全都來自其其大學，其其國周邊很多國家的國王也都曾在這裡求學或深造。每年都有無以計數的外國人向其其大學提出留學申請，現在，其其大學招收國外留學生的計劃已經排到了-1215年。其其大學明文規定，其招生範圍僅限於其大附中。其大附中的學生從哪裡來呢？125%來自花香小學！你千萬別錯誤的以為花香小學

與其大附中有什麼特殊關係或私募交易，沒有，絕對沒有，他們的校長一個叫牛甲one一個叫午田0，花香小學與其大附中相隔十萬八千里，它的學生全都是憑了自己的成績考進其大附中的，沒一個走後門……」王后將其其二攬在懷裡，「多好的學校啊！為了把你轉進來，我們花了3572個其其空間，3572個其其空間是多少你知道嗎？一座帶地下儲藏室和空中花園外加車庫的皇宮。孩子，聽媽媽的話，別再惹你父王生氣了……」

「不！」

「看樣子，不真傢伙動……」其其一的手向其其二的耳朵伸出去，「別跑啊本事有……」

「聽你訕！」

……

「都給我停下！這裡是皇宮，打打鬧鬧成何體統！不准揪耳朵！你──其其二，老老實實上學……」

「媽咪──」

「聽話！」

「為什麼只要我一個人讀書？太不公平了！我們輪換……」

「孩子，這個世界並不存在什麼公平或不公平，公平是弱者的希望強者的幌子……」

「因為有書需要讀人們生孩子，不要讀書的話生孩子沒人願意，辛苦死了還有生命危險弄不好，當然，也一樣辛苦讀書，不然寒窗苦讀怎麼叫，方為人上人吃得苦中苦但是，一點苦都不吃得，當國王以後怎麼辦，領導偉大的其其國的人民從輝煌走向輝煌怎麼，不是奢談偉大的偉大實現……」

「養兒不讀書等於餵頭豬……」

……

王后和國王將大道理小道理放入修辭和詭辯的鍋子用不是道理勝似道理的大火熬成真理猛澆其其二，但是，其其二始終不依不饒：一、休息一天，二、轉學或休學。

　　「沒有回頭箭開弓，任何學生任何理由都不能缺課其其國教育考試法明文規定，一定要請人代學非缺不可的情況遇到，代學者僅限男性公民而且，你休息誰代學給你？我要上班在國王辦公大廈，不可一日無國王偉大的其其國……」

　　「法律是死的人是活的！」

　　「活法怎麼你說！」

　　「這是你的事，我不管，我只管我要休息一天，不答應就轉學……」

　　「不活了不活了……」其其一走到院子裡，解下褲帶掛在橘樹上，「這樹非吊死我不可！」

　　「老爸，到底是要把人吊死還是要把樹吊死？」

　　「人死樹死一樣都，」其其一將脖子伸進掛在樹杈上的褲帶環裡，「又不是不懂你們！」

　　「等等，老爸，你真不想活了就應該換個地方，橘子樹那麼小，你那麼重——依我看柿樹比較合適。」

　　「態度什麼？是你老子呢我！不死了！不死了！不死了……」

　　其其一解下褲帶，氣衝衝回了客廳。

　　10分鐘後，王后國王緊急閉門磋商會議召開，約半小時後，摘要出臺：由於轉學也好休學也好理由不充足時機不成熟，不予考慮，但是，為了體現偉大的其其國一以貫之的以德治國以人為本的精神，明天也就是其其二到花香的第10天，其其二上學事宜由其父其其一也就是偉大的其其國的偉大的國王全權負責處理。

　　「噢——噢……國王萬歲，媽媽萬歲！不對——全權負責處理是

什麼意思？你們是大人，可不許蒙我。欺負小孩是極端要不得的。我覺得全權負責處理的正確理解應該是，明天爸爸以我——其其二的身分上學，對嗎，媽媽？」

「你呢？」國王緊張地問。

「我——自然是去當國王了。」

「不行！這是算位你……」

「自己的孩子怎麼能這麼說呢？你的位子遲早要讓給他的，什麼篡位不篡位的，再說，你明天代他去學校，不叫他給你代班叫誰？自己的孩子不相信相信誰？把眼睛眯一眯，不要瞪這麼大，一副小氣鬼的樣子，難看死了。這件事，就這麼辦，明天，你上學，你——幫你父親去國王辦公大廈上班，誰都不許討價還價，我馬上要開飯了……」

6

第二天早晨，天還沒亮，其其一便起了床。以往，國王家裡總是王后最先起床，國王第二，其其二老是時間還早讓我再睡會兒，即使被子給抱走了，不到最後5分鐘決不起床。哪知，其其一上過廁所洗漱完畢，正要走進客廳打開電視的時候，餐桌上，其其二為他準備的補腦益智營養學生早餐已經在橘黃色的燈下冒熱氣好久了，十分誘人。

「快趁熱吃，吃完送你去學校。」其其二端坐桌前。

「我我我……我去自己，路認得我，謝謝，送的不必，孝心領了你的……」

「那怎麼行？這麼多年來，你天天送我天天接我，我早就想好好地報答你卻一直找不到機會，今天怎麼說我都要送你去學校，盡一個父親的責任。我再重複一遍，上學要有個上學的樣子，不要當白字先生不要把話故意搞得七扭八歪要人翻譯，你是上學不是訓斥大臣，學

校可沒有我和媽媽那麼寬容，他們並不認為你把話說得稀裡糊塗就高人一等，其實，你就是想顯擺顯擺……」

「慢——父親的責任你要盡嗎你是說？」

「對。是的。沒錯。」

「父親？你？」其其一努力使自己的語言邁上約定俗成的道路。

「對！今天，從現在開始——不！應該是從昨晚開始，我就升格了，成了父親。」其其二不無得意地說，同時，板起臉命令：「快點吃，再不吃就冷了，要遲到了。」這後一句的語氣幾乎和其其一一模一樣。

可惡！其其一在心裡罵。如何對付這小子？其其一一邊埋頭吃飯一邊盤算。有了！其其一以拳擊掌。做一個壞學生，做一個頭頂長包腳底流膿的壞學生，然後，叫老師把所有的賬都記在你其其二的名下，他們不可能知道今天上學的是我其其一，哈哈，但是，其其二會自己揪著自己的耳朵去花香嗎……

其其二已將其其一的衣服穿在了身上，領帶也繫好了，正忙著找其其一的皮鞋和公文包。他一邊忙著，一邊不停地在其其一的耳邊嘮叨，什麼上課認真聽講啊，下課玩耍注意安全啊，什麼尊敬老師團結同學啊，不懂的一定要問千萬別裝懂啊，還有在學校吃飯不比家裡不可挑三揀四……

「哎喲——你，你，你什麼的幹？」

「不幹什麼，揪耳朵啊！」

「你你你……」

「你什麼你？你哪一天不是還沒出門就死死地抓著我的耳朵……」

「代你去讀書只答應，耳朵讓你揪從來沒說過。再說，國王我是，偉大的其其國的偉大的國王，懂嗎你，國王以我的名義……」

「既然我們換了位置你就該享受全部待遇。今天你是兒子我是老

子！你口口聲聲對我如何如何關心，如何如何愛護，我今天就要讓你嘗嘗你對我的關心和愛護是什麼滋味。」

「我我我……你的意思明白我，你對我不滿是報復要，沒什麼，我認！可是，我——偉大的其其國的偉大的國王耳朵叫人揪著……這這這，體統成何？不笑掉大牙才怪讓人看見，尚若被那些小報記者拍成照片登在報上，再，再，再……那麼一炒做的話，往哪兒擱呢我這臉？讀一天書我答應替你去，這，這，這什麼說明？設身處地的為你著想說明我能，心裡還是很疼你愛你的。不疼愛自己孩子的父親天下哪有？為你著想，為我想想也應該你多少。再說，不為我想你就是，也應該為偉大的其其國想啊，你偉大的祖國的最高統帥和英明領袖也就是我其其一讓人揪著耳朵，這是多麼的……對你是多大的……祖國熱愛國王熱愛是我們每個必備的其其國公民的優良品質之一，關於這點，每次王子資格考試答對了的你都……」

「你每次揪我的耳朵的時候想過我是一個王子嗎？」

「王后，王后，王后……」

「叫媽媽幹什麼？每次你揪我耳朵的時候可是禁止我叫媽媽的，我一叫你就更加用力——這，你可要注意哦。是不是嫌我用力不夠？再說，媽媽早出門了。」

「別別別……我叫和你叫可是本質的區別有，是媽媽你叫的，我叫的是妻子而不是你的奶奶，叫王后給找一把傘再說我是，不是……」

「外面又沒下雨要傘做什麼？」

「太陽遮啊。」

「現在才六點不到，哪來什麼太陽！」

「晴帶雨傘饑糧飽帶，吃飯反正又不。」

「不帶！那次，在中央大街，求你把被你揪著的耳朵用衣服掩一

下，你是怎麼說的？」

「說怎麼的？」

「怕醜？可以耳朵遮，倒數第一怎麼遮讀書天天？」

「今天就不去了我！」

「求之不得！這樣，我就可以放長假不上學了，因為是你先違約的，嘻嘻。」

「那——只牽一牽在院子裡你，做做樣子，做父親的快樂體會一下就行了好不好？再說了，你還要去國王辦公大廈替我上班過一會兒，你會遲到的把我揪到學校。怎麼樣？是哥們我們，還要共事的以後，不能太絕做事——你看，偉大的其其國的偉大的國王明天我還是……」其其一調整策略。

「這還差不多。別人都說你是一個英明的國王，原來我還不信，現在我終於信了。這樣吧，今天依你一次，但是，算你欠我200其其空間人情……」

7

「快點，再不快點又遲到了！」其其二朝其其一吼。

「快點快點你自己就是了快點，書包自己背，我天天背不成難道要，哪一天我死了呢要是？到底有沒有偉大的其其國的偉大的國王在你眼裡……」

「是的，對，就這個意思，書包要自己背。」

「什麼？你你你……我我我，明天呢我們是說，再說……」

「今天明天還不一樣，反正都免不了，再說，你經常說話不算數，喜歡賴帳，你要是明天改主意了呢？」

「跟一個小孩子計較什麼，去吧，再不走就真要遲到了。既然答

應了就應該認認真真地執行，男子漢大丈夫一言既出駟馬難追，何況國王，千萬不能失信於民，自己的孩子也是民。」王后抓著晚餐的髒盤子和洗碗布從廚房裡伸出腦袋裁決。

如果你問其其國誰最聽老婆的話，答案絕對只有一個——其其一！其其一自己也認為，一般情況下，對王后的話他都是言聽計從的，就像絕大多數場合賓語都要作為小弟跟在謂語的屁股後面，只有二般情況三般情況等特殊情況除外，但是，二般情況三般情況等賓語前置的情況雖然其其一盼望已久，卻從沒出現過一次。

其其一是22點11分回家的——離家上晚間補習班的時間是18點過3分，迎接他的是其其二攢過來的作業本。

「錯了，錯了，全錯了！更正，每題罰寫101遍！」

「錯了？2不等於一加一，等於3難道？」

「我說錯了就錯了！狡辯？每題再加罰101遍！」

「什麼？你你你⋯⋯你這是，打倒和報復簡直！」

「打擊報復？我這是為你好，吃得苦中苦方為人上人⋯⋯」

其其一只得重做，他明白，現在自己是兒子，其其二是老子，兒子是沒有發言權的。

⋯⋯

「你肩膀上長的是人腦子還豬腦子？全都一個結果！」

「一個樣啊題目全都是，一個樣的題目有幾個答案難道不成？」

「當然有幾個，不然出幾道題幹啥，老師癲噠？告訴你第一題等於3，第二題等於5，第三題得1，第四題是0⋯⋯」

「得得得！這不是純粹為難人，一個一加一就弄這麼多結果，不把人算出精神病二加二還了得，還算得出來別的數字誰？」

「那你天天還說我讀書沒攢勁？告訴你，為了把成績搞好，我腦袋都快磨尖噠！」

「你的腦殼磨尖噠不是，你們老師的腦子磨滑絲了應該是我看！」

「什麼？你竟敢罵老師的腦子有問題，對不起，每題再加罰101遍！」

「你你你，權利監用這是你！我我我，我要打12345678910投訴你⋯⋯我，我我我不讀書了！」

⋯⋯

「一加一等於一，一加一等於三⋯⋯故意把話說亂不要，把話說得與臣民百姓不一樣不要，查字典不認識的字，弄明白了再說，蒙的不要⋯⋯一加一等於四，一加一等於七，一加一等於一十二⋯⋯亂扣帽子不要，上綱上線不要，承認你是國王沒人⋯⋯一加一等於六，等於九，等於⋯⋯」

其其一一邊走一邊背昨晚做的作業和其其二的叮囑，那老實巴交的神情像極了一個被一群定語重重包裹的謊言。其其一覺得憋屈，但是，為了其其國永不改姓，他還是決定做一個好學生——就是爬也要爬出個好學生的模樣，絕不能落其其二的笑場，一定要做一個叫老師喜歡叫家長——誰是家長？其其二嗎？——高興的孩子⋯⋯

「嗨——王子！」

其其一的背被擂了一傢伙。

多多！

一直以來，多多都只是一個漂浮的能指，昨晚，借助描述和闡釋的渠道，才得以葉落歸根為一個四肢又細又長和滿臉指甲傷痕的少年。「多多是你明天的同桌，」其其二向其其一介紹，「一進教室就忘記自己的身分，不停地手舞足蹈，不停地搖脖子晃腦袋，或是噓——噓——噓——地吹口哨，媽媽給寶寶端尿似的，一刻也不閑著⋯⋯」自己120%的時間都在其其國各美食城風味街精神漫游的事則隻字未提。第二片落下的樹葉叫土豆3，之後是另一些必要的降臨。其其一

將能指和所指固定的工具是手機。

「今天怎麼了？耳朵沒有攥在人家手裡了？難道國王出國訪問去了？」

「國王？國王我就是，偉大的其其國的偉大的……」其其一還沒有完全將自己轉換成其其二。

「我們其其國的各大小電臺還沒播哀樂商店百貨大樓也沒降國旗呢——嚴肅點？我哪裡不嚴肅？動一下就不嚴肅？就要動，偏要動，左三圈右三圈屁股扭扭……你冒充王子冒充膩了是不是？冒充國王——吹牛也不和牛打商量。」

「我……國王我真是——不，應該說成我真是偉大的其其國的偉大的國王！偉大的其其國的偉大的國王以我的名義——又說錯了！」其其一狠狠地給了自己一個耳巴子，「保證……」

「吹牛雖然不須要支付其其空間，本錢多少還是要點的——沒三坨水牛屎高——瘋了吧你？」

「你你你……每慢國王，小心——不和你說了我，我以偉大的其其國的偉大的國王的名義……」其其一拿不出任何證據，同時，他想起今天去花香的目的是代其其二讀書不是當國王，只好自己找臺階下。

「這還差不多，不然，倒數第一都成了國王，我這倒數第二幹什麼去呢？」

「成第一了嘛你不就，嘿嘿……」

「放心，我永遠也不會成為第一的，有你在。哦——剛才，你幹什麼來著？我叫你的時候你是不是在背題目？你這個人就是頑固，我早就說過，土豆3的那些愚蠢至極的題目是沒有人能夠做得倒的，你的答案是一個好人加一個壞人時，他的問題卻是一個壞人加一個好人，等你好不容易把這個壞人和好人的位置換過來時，他又變成了一頭牛加一頭驢……沒有人能知道土豆3『1+1』的結果，除非你買了他

的『洋芋四學習機』……」

「你的臉怎麼回事？」

「……」

「一定是你父親！脾氣不好他肯定，得了肝硬化因此，滿肚子的水，沒力氣打你，用這種下三濫的辦法來懲罰你只能——晃了別！腦袋晃暈都了！婁教不改啊你怎麼？看看醫生你應該……殘忍了太！竟這樣父親！教育孩子這哪裡是，摧殘簡直就是，摧殘地嚴肅，祖國的花朵摧殘，其其國未來摧殘，無法無天簡直！」其其一一把抓住多多往回拖，「也許，一個孝子你是，送上門去你主動，因為，你覺得成績好的話要是你，得肝硬化你爸就不會，你氣的全是，揪吧，揪吧，揪吧使勁，這麼說過你也說不定，揪你的時候他，但是，我這些不管，怎麼也得會一會你父親，談談和他，然後，教川教川他狠狠地——能安靜一會嗎你，猴子像只，對國王不敬至少……這樣的事情發生，我不允許在我偉大的其其國……午在地上幹嗎？什麼怕，別怕，偉大的其其國的偉大的國王做主為你……」

「我沒有父親！」

「沒有父親？媽媽難道是……不，是誰不管，不能坐視不管我都！太殘酷了，揪揪耳朵還是可以的……」

「我也沒有媽媽！都說100遍了！要我說101遍嗎？」多多喊。

「自己揪的難道是？什麼為？瘋了你？不！坐視不管我不能！走，我要家訪你……」

「面具！」多多將臉揭開一角，喊：「寶！」

……

8

　　花香校園商業街是用近音詞和近形詞與近義詞建造的，不足200米的巷子僅「洋芋回」、「洋于回」、「洋于四」、「羊于四」、「羊于回」、「洋干四」、「洋干回」、「羊干四」、「羊干回」、「羊千四」、「羊千回」、「羊魚四」、「羊魚回」、「土豆四」、「土豆回」等與「洋芋四」有關聯的學習機專賣店就有125.25家。哇塞，多麼繁華啊，我偉大的其其國真不愧偉大！其其一感慨。這麼多的專賣店──在其其一粗枝大葉的眼裡125.25家學習機店全都是「洋芋四學習機」專賣店，進哪家好呢？其其一正猶豫間，身體已叫人流給擠到了一個櫃檯前。

　　「買學習機，小朋友？我們店的學習機可是250%的正版貨，不像他們頂多只有100%的正版率，我們的東西絕對的物超所值，絕對的高科技，絕對的三陪，絕對……」導購小姐的吐沫星子濺了其其一一臉。

　　「250%是──」其其一邊擦臉一邊問。

　　「250%就是百分之百的二百五的意思，小朋友。」

　　「那──百分之百的二百五什麼又是呢？」

　　「……」

　　導購小姐笑而不答。她笑得很迷人，也很詭異，像一口隱喻的井。

　　「你知道小豬的爸爸是怎麼死的嗎，小朋友？」

　　「怎麼死的？」其其一一臉茫然。

　　「你一定是剛轉來的其其二吧……250%一點不假！快買吧，這東西和你很般配。」

　　「……」

　　「洋芋四？」多多驚得像一個無主句樣繞著其其一轉圈，身子一搖一晃，雙腿青蛙似的屈曲著，「你不會連土豆3的商店都找不著

吧？」多多將手掌貼在其其一的額頭上,「不燒啊？洋芋四學習機是土豆3老師的專利。據說土豆3是其其國最偉大的學科『1+1』的創始人,『1+1』之所以偉大是因為它的答案沒有絲毫的規律可循,今天是4,明天是5,到了後天說不定就成了7或8,甚至是豬牛羊馬石頭沙子風霜雨雪洪水冰雹……『1+1』無所不包。」多多邊轉圈邊說:「『那麼,怎樣才能掌握這門偉大而深奧的學問呢？』每個學期開班的第一節課,土豆3老師都會鼓著一雙金魚眼睛這麼啟發他的學生,然後,扶一下滑到鼻尖上的眼鏡,搖晃著腦袋,答:『緊跟老師的步伐！一個學生除了緊緊跟著老師的腳步走以外別無選擇。但是,在我們花香『1+1』——』說到這裡,土豆3必會做長時間的停頓,待到吊足大家的胃口之後,再不慌不忙從講臺下面拿出一個方形的盒子舉在手中,喊:『同學們,請看這個,洋芋四學習機——我發明的！有了洋芋四學習機,大家就不用擔心腦子不夠用了,也不用擔心思維不跟著老師走。上課的時候,大家只要打開它,老師講到哪裡它就會指向那裡。在洋芋四學習機的引導下,不出三個月,我保證……』」

「站住！」

「壞了……」

「嘀咕什麼？多多！不孝的徒兒,你就是這樣幫助為師的嗎？你忘了你曾經許下的諾言了嗎？」

「沒有！」多多頭搖,「沒有忘記,老師,只是,只是……」兩個「只是」之後,多多踩下了剎車,他既怕說出真相叫其其一受罪,又怕不說出實情讓自己吃苦。多多變成了一個首鼠兩端的歧義句。

「其其二,跟你說了多少遍了？沒有100遍也有101遍吧,說了那麼多次你都不買,一買就買假冒的！你是成心要氣死為師嗎——你癲癇又發了,多多？你要氣死為師嗎……『洋芋四』和『羊千回』都分不清還口口聲聲說自己是王子,以後再不要在我土豆3面前提王子兩

個字了！真是不怕羞了你家先人……」

「老師，我……其其二不是，我我我其其一是，偉大的其其國的偉大的……」

「呸！住口！不要以為把話說得亂七八糟讓人半懂不懂就可以冒充國家高級工作人員，再這樣智商有毛病一樣說話打你屁股！」

「生氣別您，老師，學習機全包了我！假冒的那些，下旨把它們全部銷毀明天我，嚴正地保護我以偉大的其其國的偉大的國王的名義。認真教書就是了您只管，以後，賣學習機的事交給我就是，絕對不再費心勞您。另外，提請注意，冒犯國王的不要，小心抹黑國王……」

「住口！你這不害臊的東西，不准你冒充王子你就冒充國王，我是三歲孩子嗎？老天啊，可憐可憐我吧，可憐我39個老婆，84個孩子，嗚嗚嗚……」

「這樣怎麼會，這會怎麼樣？」其其一搖著把臉弄得血肉模糊的多多的肩膀問：「有那麼多老婆和孩子怎麼會他，羨慕快死了我……孤老頭子嗎招生簡章上不是說他們是一群，這麼多老婆和孩子怎麼……」

「學習不長進，對老婆倒感興趣……告訴你，明天我還要在網上舉行第40場婚禮！小壞蛋，氣死為師了，耳朵伺候……」土豆3眼睛鼓突，頭髮倒豎。

「伺候耳朵好，伺候耳朵好，既活動筋骨身體鍛煉又富有震懾性，支持我，支持我，說實話，其其二的耳朵經常伺候我……」

「兩隻耳朵！」

「好，支持100！」其其一將脖子伸到土豆3的跟前，「學其其二我決不！做榜樣我要……」

「3隻！」

「你沒3隻手啊，老師，可是……」

「4隻，不，5隻，5隻！」土豆3臉色鐵青。

「5……隻？」

「不會吧！」其其一叫，「一隻耳朵1.56其其空間等於……」

「還敢眼紅別人的老婆嗎？」

「我我我眼紅你老婆沒有，我眼紅你老婆沒……減幾隻耳朵給我，老師，把手弄辛苦了別，已經變紫了你看手，血液循環不良了的嚴重，以後就沒機會揪耳朵了不減的話……」

「這還差不多，知道心疼為師……」

「老師謝謝，老師謝謝，老師謝謝開恩，剛才，我不是跟你眼紅，替你擔心的是……」

「擔心？擔心什麼？」土豆3的眼睛又開始往外凸。

「照顧得過來那麼多老婆孩子怎麼，我的意思是……」

「那你還一點不心疼我，買東西都買別人的，我的比別人的也只稍稍多了那麼一點點其其空間質量也僅只略微差了101%，可是，我是正版的，就是多250%的空間也沒什麼啊——多多，老老實實站著別動，不然，為師馬上叫120……」

「學習機我包了您的！您的老婆包也可以……」

「包我老婆——你想？」

「為老師分憂！」

「呸！你你你……你眼中還有尊長沒有？」土豆3的眼球只差凸掉了下來。

「我……老師，戴綠帽子的不是，誤會了您，幫您養活她們我是想，還是您的老婆她們照樣。」

「你行嗎？」

「行！問題絕對沒有。」

「那好吧，你就先把qq125領回家吧，她是個非常聽話的女孩。」

「他不是女孩是男孩！」

「又騙人。說謊可不是好孩子。」

「真的，騙你絕對我沒，我兒子他是，其其二。」

「什麼？」

「我說qq125我兒子是，老師，那是他的網名，沒錯絕對。」其其一賭咒發誓。

「好，就算你的兒子吧，反正我的兒子多，生兒子的老婆也不少，你願意養的話我一天可以給你生10個——我們說什麼來著，剛才？」

「什麼來著說？」

「學習機——我提醒一下，想起來了嗎——好！砸鍋賣鐵都包了好！男子漢大丈夫一諾千金，否則，別讓我看見你——多多，你是不是覺得為師太只打雷不下雨了……好，你買盜版學習機的事就5隻耳朵算了——怎麼沒優惠？5只是裸算，按『1+1』算法至少13隻！說話要有理有據！嗷——可憐可憐我這孤老頭子吧……」土豆3涕淚長流。

「老師，金邊眼鏡，沒穩戴你的，鼻子掉了……」

「啊——老天啊，你看看我這劣徒吧，他騙我說他是國王其其一的賬沒算完竟然又戲弄起我的鼻子來了，老天啊，你可憐可憐我吧，我是一個無兒無女的孤老頭子啊！」

「真的，其其一我真是，老師，騙您戲弄鼻子更沒我，真的！」

「誰能證明？」

「其其二。其其二叫來就明白了我把。」其其一一邊說一邊掏出手機，但是，撥了半天也撥不通，「哦——對不起，被並蔽了我的辦公室，我忘了告訴他怎麼撤除並蔽……」其其一汗流浹褙。

「其其二尿褲子了！其其二尿褲子了！其其二尿褲子了！……」同學們起哄。

「不准吵！我看是你其其二讓人給屏蔽掉了吧！你一天書不曉得

攢勁讀，烏七八糟的想法倒不少，昨天想當王子，今天想當國王，也不撒脬尿照照！除了說話顛三倒四古裝神劇裡的龜田進村一般沒一處像國王，又蠢又笨，還撒謊，將昨天的家庭作業抄——1001遍！嗷——老天啊，可憐可憐我吧……」

「片刻，把其其二那小子被弄來真相大白……」說著，其其一轉身向門外跑去。蠢？我其其一——偉大的其其國的偉大的國王其其一蠢？但是，很快，他就站住了——耳朵只差搬家。

「怎麼不跑了？跑啊！拒不執行為師的決議！」土豆3將其其一咚一下丟進教室，「抄！嗷——老天啊，可憐可憐我……」

其其一走向座位。其其一打開書包。其其一取出作業本……「我的耳朵——」其其一哇一聲大哭起來——他發現自己的耳朵叫土豆3給揪成了3瓣。

其其一的耳朵是一位看相先生兼外科美容專家的杰作，問世不久，其其一就當上了國王。其其一認為自己之所以能當上國王憑的就是這件半虛構性的作品。其其一還指望著其其二也借著這雙耳朵的福蔭繼承他的王位呢！國王之耳不存國王焉附？自己都成泥菩薩了拿什麼讓其其二當國王？

「哇啦哇啦哇啦……」其其一躺倒在地，邊打滾邊號哭。

「起來！你給我起來！你起不起來？」土豆3大聲呵斥。

「起來不！起來不！就是起來不，偉大的其其國的偉大國王是我，國王以我的名義起來不，嗚嗚嗚……」其其一犯上倔勁兒了。

「天哪！我為什麼這麼沒人可憐，我前世造了什麼孽啊，竟然遇上這麼頑劣的徒兒，嗷——」

「耳朵賠我，國王耳朵賠我，偉大的其其國的偉大的耳朵國王，次意損壞國王耳朵罪治你，明天，等著……」

「耳朵？誰叫你長那麼重，為了逮住你，我的肩關節都只差讓你

的耳朵給拉脫位了，沒要你賠醫藥費就便宜了你，倒來要我賠耳朵，豈有此理！再說，你的耳朵好好的根本就沒壞——我揪的是耳具，並不是耳朵……」

其其一的耳朵果真完好無損，但是，他覺得自己精神上受到了嚴重摧殘，堅持要老師賠禮道歉，否則，決不罷休，即一直躺在地上打滾不起來。

「真不起來？」土豆3問，嘿嘿笑了兩聲後道：「好，那我告訴你，《花香學生守則》第1011條明文規定：學生在地上打滾——多多，你在幹什麼，這裡是課堂，不是舞臺……不論其原因如何一律視為叛學叛教——我剛剛修訂的。在花香，任何老師任何時間和地點都可以根據自己的需要修改學生守則！」

「什麼？」其其一馬上一屁股坐了起來，「要流放嗎叛學叛教罪？」

「不是叛學叛教罪，是叛學叛教行為！」

「那——我，起來了不！」其其一準備再次躺倒。

「哎哎哎……」多多急匆匆上，「不是罪，但比罪重10倍，」多多拉住其其一，「《花香學生守則》沒有罪只有行為！」

「啊——」其其一忙將快要放倒的身子坐直，但是，很快重又躺倒在地。某年月日，自稱偉大的其其國的偉大的國王其其一在「花香1+1」教室打滾，耍無賴……不不不，決不能授人以柄，一定要找到合適的藉口再起來，不然，以後怎麼見人呢？這麼無名無分地起來一輩子的英名就斷送了！「不，我不起來堅決！」其其一喊，頓了頓，補充道：「起來也行實在要我，學校發個通報說某年月日偉大的其其國的偉大的國王其其一自告奮勇在『花香1+1』打掃教室不慎摔了一跤堅持到底仍然，精神可嘉，大家學習……」

「天哪，你睜開眼看看我這劣徒……多多，我的好多多，嗚嗚

嗚……可憐可憐我這無兒無女的孤老頭子吧……」

「多多來也──」多多翅膀樣撲扇著雙臂上,「王子請──」多多蹲下,「何必呢?」

「發通報起來就!偉大的其其國的偉大的國王以其其一我的名義發誓……」

「沒有用的,」多多尖著嗓子道:「《花香學生守則》第一章第一條第一款規定禁止以任何形式和名義為學生發通報,起來吧。」

「那──《花香老師守則》呢?」

「也沒有用的,王子,《花香老師守則》一共兩條,第一條:凡是老師的都是正確的,老師絕不會出錯;第二條:即使錯了原因也不在老師,視同正確,不必承擔任何實際的和道義的責任。」

「就只好自認倒楣了那我?見人我怎麼,當偉大的其其國的偉大的國王我怎麼……」其其一嘟嘟嚷嚷地站起來。

「我的個媽呀──」多多捂住眼睛,「蹲下,蹲下,快蹲下……」多多手忙腳亂,「不,不是蹲下,是倒下──晃?我什麼時候晃了?我沒有晃!我是激動,激動,懂嗎……沒說謝謝前是絕對不能起來的,這是《花香學生守則》第875條規定的。快說謝謝,謝謝──我的冤家,說了謝謝才能起來的……」

「謝謝我不!」其其一睡在地上喊,「貌視國王,目無黨紀國法簡直,鎖毀,鎖毀,下旨鎖毀我要……」

「我的王子呢──」多多巫師作法樣繞著其其一跳來蹦去,「別叫……」

「不,就叫,就叫,鎖毀……」

「停!」多多跺腳,喝:「目的?」

「目的?目的什麼?」

「你到學校的目的?」

「⋯⋯」

「你想永遠倒數第一嗎？」

其其一睜開眼睛。

「這就對了，」多多俯下身子，「這就對了，既然這樣，那就趕快找個理由將國王拋到九霄雲外，老老實實做其其二⋯⋯」

「理由——明天下旨⋯⋯——不得不低頭人在矮檐下——十年不晚君子報仇——為榮譽而戰——榮譽，其其一，理由⋯⋯啊——有了，榮譽歸於偉大的其其國的偉大的國王其其一⋯⋯『把壞賬記在其其二頭上』立即專利申請——老師謝謝，謝謝老師，老師⋯⋯」

「滾，滾，給我滾回去，我土豆3再也不想看到你了！」

「謝謝！謝謝！謝謝！」其其一拎起書包向後奔跑。

「哎——等等！你今天怎麼了？我的冤家⋯⋯」

「怎麼了我？」

「被木馬了嗎？程序老出錯⋯⋯」

「天哪——我怎麼會遇到你這麼愚笨的徒兒！翻開《花香學生守則》看看第一條是怎麼寫的——倒數第一名必須等所有的人坐好之後才能上位，不論你來得多早。放學的時候，要最後一個離開教室。我的天哪！嗷——⋯⋯」

9

在其其國，「名至實歸」是從政的前提，即假若某個叫「其其一」的人要當國王，他第一件要做的事必是撇清與肥、胖、矮、笨、呆的關係，將自己變成一個身形頎長，外貌俊朗，反應敏捷的帥哥，使「其其一」的形式和內容完美統一。其其一的辦法是身具——倜儻瀟灑的身具，絕無旁逸斜出多頭主題無主題下筆千言離題萬里甚或掛

羊頭賣狗肉之嫌，100%的「名至實歸」。

其其一坐在教室裡的時候，其其二也通過那個名叫密道的句子從花香街21號來到了國王辦公大廈。

國王辦公大廈由兩棟呈 L 形布局的建築構成，國王辦公樓位於 L 的底部是一棟兩層半的小洋樓，一樓二樓是國王其其一辦公會客午休的地方，頂層部分是一臺功率強大的衛星信號接受和發射裝置。

「親愛的，想死了我……」其其二剛換好國王身具，其其一的大祭司五等文官烏梅12娘——一個頭上插滿鮮花的老太婆——就撲了上來，拿沒牙的嘴在其其二臉上亂啃，邊啃邊喊：「吉祥吾王，偉大吾王，萬歲吾王……」

「親愛的大祭司，我也十分想念你啊……」

「晚上昨天我沒睡，一夜，做了一個夢長長的，早上，這個夢，我解開了，一個好夢這是，好夢大大的，非常非常大大的好，就是，偉大的其其國萬眾一心齊心協力只要，堅持對其其樹不聞，不問，不看，不思，不想，不談論，夢都不，忽視和忽略完全，當空氣把它，冷暴力這叫，冷暴力其其樹就不會瘋狂了，偉大的其其國垃圾沒有了就，環境美化整潔了，幸福指數高高……」

「這個夢，自你任大祭司以來好像天天晚上都在做呃，我親愛的大祭司。」

「不我愛了你？好幾十年前我跟著你就，你當海盜那會兒，要娶我做王妃你還說……變心了你難道？這可怎麼得了啊，這可怎麼得了啊，放蠱我要，蠱惑人心，蠱惑國王到年輕的時候去當海盜……」烏梅12娘大聲嚷道。

「瘋婆子！」

「變心了你真的？不！婆子瘋，其其一只說，瘋婆子從不，你你你……你誰是？」

「我是誰？我是我！」

「你不是你。」

「我不是我？我是誰？是你？」

「你兒子你是，你父親你不是，是其其二你！不僅說話七扭八繞詞不達意錯字連篇還喜歡說謊你父親，還有⋯⋯」

「胡說！」其其二佯嗔，略頓了頓，道：「你現在的行為算不算抹黑國王，危害國家安全，我親愛的大祭司？念你數十年如一日忠心耿耿為其其國服務沒有功勞也有苦勞的份上，本王就不跟你計較了，快回家好好休息，晚上為我們偉大的其其國做個好夢將功折罪⋯⋯」邊說邊將大祭司推出門外，接著急匆匆奔向其其一的電腦室。其實，其其二並不想這麼對待大祭司，但是，其其一國王辦公大廈的電腦實在是太誘人了，那可是目前其其國最最先進的 PC 啊，在上面玩《其其110》爽過網吧何止百倍，但是，大祭司不僅瘋瘋癲癲，還是個話癆。對不起，大祭司，委屈你了⋯⋯其其二打開了其其一的辦公電腦，但是，非常遺憾，這臺主機足足占去一間房顯示器像一面牆的巨無霸竟然沒有遊戲功能。老古董！其其二很是生氣，一拳砸向鍵盤，然後轉身離去，但是，他心有不甘，快到門口時又轉回身往裡走。「啊！」其其二驚詫無比，「國王辦公大廈怎麼變成了我家客廳？」但是，他很快就明白過來。「棱鏡！」其其二喊。這時，電腦上的畫面已經切換到了爸媽的臥室，緊接著是他自己的臥室，然後是客房、書房、電腦室、衛生間、廚房、雜物間和院子裡的雞鴨豬狗以及橘樹和那棵歪脖子柿樹，最後出場的是王后，她提著大包小包的蔬菜和食品正在推開院門往屋裡走。「一個家庭主婦有什麼好看的？沒一點意思！」其其二健指如飛，在搜索欄裡輸入「花香1+1」，然後回車。他要看看老爸是怎麼給他代學的，結果卻是：「十分抱歉，我們沒有找到與您的要求相符的結果，請搜『花香小學』或重試。」其其二只好

按要求重輸。「花香小學歡迎您！您是第2525252525位游客，謝謝您的光臨。」目標倒是出現得快，但是，沒有入口，不管其其二怎麼點，就是進不去。其其二退出窗口的時候，發現老爸的信箱裡有一封發件人為花香小學的電子郵件：「尊敬的家長其其一先生／女士：某年月日時分秒，貴子弟其其二置辦學習用品態度不恭，也即不按校方或老師明確暗示購買指定品牌的學習機，被查獲後，先是賴在地上打滾不起來，後又威逼利誘學校出具虛假證明文件，外加假冒國家重要領導人也就是我們偉大的其其國的偉大的國王其其一，貴子弟其其二以上行為嚴重滋擾了我舉世聞名的花香的正常教學秩序和安寧，但又既不違反校紀校規也不破壞黨紀國法，我們雖然著名卻束手無策，特發回家庭嚴加處置，我們強烈建議揪耳朵打屁股，最好多措並舉，力爭一舉將這一嚴重行為消滅在萌芽狀態，以儆效尤。花香小學為荷，某年月日時分秒。」其其二的回復很簡潔：支持200%！放學回家等他，屁股打成兩瓣，耳朵「3」字形擰成！其其一。回完信，時間還不到7點20。「老爸的大臣們在幹什麼？忙著揪孩子的耳朵？不，路上不可能再有孩子了，他們早進了教室。那麼，他們在忙什麼呢？」其其二自言自語，「該不會也像老爸一樣全去了學校吧？」其其二激動得只差跳起來。

10

「太不公平了！」盯著在《密鑰3》中左沖右突的總理大臣卡貝七，其其二喊。卡貝七雙眼充血，頭髮倒豎，像一個忘記自己生辰的意識片段。錄像記錄顯示，卡貝七已經連續一個星期沒回家了，天天在總理辦公室通宵達旦玩網游《密鑰3》。「大臣一玩一個星期你不管，兒子看一下都不行，口口聲聲兒子第一天第二，哄小孩啊……」

其其二很是生氣，當即拷下證據，並發誓「不說清楚不給你其其一做兒子」。總理大臣的工作就是玩遊戲。其其二既冤枉了父親又冤枉了總理大臣。總理大臣是大祭司的學生，「冷暴力」學派的關鍵人物。「把其其樹當空氣」是這個學派的核心理論，大祭司的辦法是做夢，在夢中忘卻其其樹，總理大臣的對策是遊戲，通過遊戲驅逐其其樹。遺憾的是由於涉嫌精神吸毒，「冷暴力」理論自創立之始便一直遭受其他學派的質疑和非難，這之中，最激烈的聲音來自右總理大臣阿O：「冷暴力？狗屁！癔症患者加鴉片鬼……」其其國有兩位副總理大臣，右總理阿O和左總理八丙。阿O屬「山母大叔」學派，「盯著螞蟻！盯著螞蟻！盯著螞蟻！就是從別人的家門口經過也要追上去掐一條腿！」是這個學派的派歌，「不論遇見什麼都應撲上去撈一把」是他們的處世哲學。儘管他們的行為令人費解，但是，在其其國，「山母大叔」卻是顯學。這個學派宣稱只要將山母大叔引入其其國，再多的其其果也不用擔心，因為山母大叔不僅特別貪吃還特別能吃，它見什麼吃什麼，一點也不挑食，且，消化力超強，怎麼吃都不拉肚子。「山母大叔」是其其國唯一建立了實驗室的學派，最大的成就是「徹底激怒法」，即用「看見什麼占有什麼」的辦法將山母大叔誘入其其國。「山母大叔」的硬傷是將學術的大廈建造於一個版本眾多的傳說之上。關於山母大叔是否確有其人的問題，他們的回答是，經過12.525代251位「山母大叔」頂級學者的皓首鑽研，他們確定山母大叔出生於烏有國，姓子名虛，山母大叔是謚號，但是，當被問及烏有國在哪裡時，他們便支吾起來，一會說在其其國的東面一會說在其其國的西面，回答南面和北面的幾率各占25%。其其二搜索右總理阿O時，總理大臣卡貝七正在退出遊戲，向衛生間走去，他再次出現在畫面的時候已經完全換了一個人：西服筆挺，髮型得體，金邊眼鏡裡透著睿智透著精神。這時，阿O擠了進來。

先於阿O占領顯示屏的是鄰居種在院牆下的一棵南瓜。此刻，阿O正趴在院牆上將身子往鄰院探。他的目的很明顯——將鄰居的瓜蔓拉到自家的院子裡來。僅這個星期，他就拉了17次。但是，鄰居並不傻，等他一走開便又拽了回去。

「總理大人，您在幹什麼？」鄰居端著漱口杯含著牙刷含糊不清地問。

「哦——您好，親愛的鄰居……我，我看這蔓兒挺可愛的，味道蠻清新的——聞聞，我聞一聞，看它的味道是不是果真清……新……」

「總理大人，您這麼喜歡南瓜，怎不在自己的院子裡也種一棵——該不是想對我的瓜不勞而獲吧？得了吧……碰上你這麼個鄰居，我真是倒了八輩子大楣！還是總理呢，我看你乾脆給小偷當總理算了……」

「你……你這人怎麼說話？嘴巴用洗必泰牙膏洗乾淨點好不好。我這邊太陽大些，我一片好心想讓你的瓜到我這邊多補充補充太陽免得缺鈣，你反倒誣賴我偷你的瓜。我堂堂國家幹部會看上一南瓜？南瓜值幾個空間！真是笑話。再說，你是我的鄰居，我拉我鄰居的南瓜藤，關你什麼事？我不僅要拉我還要拔，看你怎麼樣……」

但是，阿O話還沒說完就被鄰居咚一杯子——原來鄰居手裡握著的並不是漱口杯而是一塊石頭——放倒在院牆下。接著，鄰居嘩啦一下推倒院牆將阿O的房子並進自己的庭院版圖，然後提著阿O的兩條腿將其拖到院外，唱：「盯著螞蟻！盯著螞蟻！盯著螞蟻……」唱了3遍之後，蹲下來輕聲在阿O耳邊喊：「『熱烈祝賀『山母大叔』最新科研成果——綠色純淨版『徹底激怒法』上線測試』橫幅在哪？」

正在這時，國王辦公大廈上班的鐘聲響了。其其二走出電腦室的時候，阿O已經進了國王辦公大廈的會議大廳，與他一同走進大廳的

是總理大臣卡貝七，跟在他們身後的依次是司法大臣所他、治安大臣小 A、貿易大臣下別樹和左總理大臣八丙，教育考試大臣進十斤走在最後。

教育考試大臣是一個老得只剩下一把鬍子的老頭。他的鬍子長102.525米，重56.22公斤，但是，他的體重卻只有23.33公斤，因為除了菊花上的露水他什麼也不吃，沒有人幫忙，不僅寸步難行就是考試題目也出不出來，所以，教育考試大臣不是一個人來的，他的隊伍包括導引2人，鬍子搬運工8人，攙扶工2人，護士2人，除他自己而外共14人。

11

「吾王萬歲，萬歲，萬萬歲……」教育考試大臣在攙扶的幫助下跪倒在地，「我最偉大的其其國最偉大的國王，在您的英明領導和無限關懷下，《10000年其其國全民考試規劃》已於昨晚25點75分62秒修訂完畢……」說著，命人將重達30.15公斤的《10000年其其國全民考試規劃》電腦打印稿呈給其其二。其其二接過來隨手往桌上一丟便去清點人數，但是，教育考試大臣打斷了他：「我偉大的其其國的偉大的國王，這是我花了一個晚上的功夫才完成的，稱得上是跨時代的巨著，對我們偉大的其其國的未來具有極其偉大的指導意義。為了撰寫好這部著作，我抄襲了13830個網貼，下載了9801個 APP，接受病毒765個，電腦用壞3臺，人腦0.331臺，作廢白紙109874張，產生錯別字5.62公斤，廢話19簍又23擔……現在，請您允許我將其中最最重要的一條念給大家聽一聽——《10000年其其國全民考試規劃》第3498條，凡我偉大的其其國之公民，每年必須參加考試365次，否則……」

「天哪……」本來，接下來，其其二準備說「你瘋了吧！」，但

是，他不想被教育考試大臣糾纏，便將它咽了回去，改口道：「好，好，很好……」

「好——好個屁！這麼不關心教育，有你後悔的日子！教育是治理其其樹的根本所在。偉大的其其國的偉大的『教育考試學派』最新研究表明，只要我偉大的其其國之公民每天集體吟唱3遍偉大的其其國的偉大的『教育考試學派』剛剛研究發明的偉大兒歌《其其樹乖，其其樹聽話，其其樹睡覺覺》，其其樹就會按照我們的需要結果。偉大的其其國的偉大的『教育考試學派』竊以為其其樹結束無序和瘋狂的不二法門非教育莫屬，偉大的其其國永葆偉大之不二法門非教育莫屬，沒有教育我們偉大的其其國就沒有前途，沒有未來，考試是檢驗教育成敗得失的法寶……」

「我親愛的教育考試大臣，你說得很對，但是，偉大的其其國的偉大的國王昨晚偶感風寒頭痛厲害現在不適宜討論重大問題，《10000年其其國全民考試規劃》的事以後再議好嗎？」為了表明所言不虛，說完，其其二即舉起拳頭在腦袋上一通亂敲。

「我親愛的教育考試大臣，你說得很對，但是，偉大的其其國的偉大的國王昨晚偶感風寒頭痛厲害現在不適宜討論重大問題，《10000年其其國全民考試規劃》的事以後再議好嗎？」大臣們齊聲高呼，同時，拿拳頭在頭上猛搗。

「謝謝，謝謝，謝謝諸位愛卿！」其其二抱拳。

「拐噠！拐噠！拐噠！其其國拐噠，偉大的其其國的偉大的國王其其一拐噠，嗚嗚嗚……」教育考試大臣大哭。

「拐噠！拐噠！拐噠！其其國拐噠，偉大的其其國的偉大的國王其其一拐噠，嗚嗚嗚……」眾大臣們抹眼淚。

「什麼意思，你們？」

「我們沒有意思，偉大的其其國的偉大的國王。」

「沒有意思——瞎起哄？」

「我們沒有瞎起哄，我們是落井下石，偉大的其其國的偉大的國王。」

「落井下石？為什麼？」

「不為什麼，我們只是為了落井下石而落井下石，偉大的其其國的偉大的國王！」大臣們高聲回答，接著和教育考試大臣抱在一起哭成一團。

「天哪！」其其二的頭真的痛了起來。「你們能不哭嗎？你們不哭了好不好？」其其二自己也只差哭了，但是，沒一個人聽他的。正無計可施時，其其二想起了父親，抄起文件夾朝桌子上一板，喝：「不許哭了，再哭揪耳朵！」

「偉大的其其國的偉大的國王，揪耳朵萬萬不可，我們不是其其二⋯⋯」

「胡說！其其二的耳朵揪得你們的為什麼揪不得？」

「我們都是大人，大人不適合揪耳朵。」

「那你們適合什麼？」

「我們適合適合⋯⋯落井下石，也就是哄偉大的其其國的偉大的國王開心。你昨天晚上不是在群裡說你今天會心緒不寧，行為有異叫我們小心嗎？你還叫我們必要時將你綁起來關進其其二在花香街21號的臥室⋯⋯」

「關起來？」其其二很是生氣，「誰敢？」

「我們都不敢，偉大的其其國的偉大的國王。」

「眾大臣聽令，」其其二挺直身子，「經偉大的其其國的偉大的國王其其一第000次國王辦公會議1人領導小組研究決定，你們剛才說的那個群為非法團體，自本決定公布之日起立即取締，一並取締的還有落井下石等哄國王開心的遊戲。還有，偉大的其其國的偉大的國王

接到密報，今天可能有人冒充偉大的其其國的偉大的國王，大家都把眼睛睜大點，不管他是真的還是假的，只要是冒充的都給我統統抓起來！」哼，敢玩我……

「可是教育考試大臣還在哭啊，你不是經常教導我們要有團隊精神嗎，扔下他一個人不管我們萬萬做不到，我們要一個都不能少！」

「親愛的教育考試大臣你能不哭了嗎？偉大的其其國的偉大的教育考試大臣哭鼻子是不是太有點不顧國際影響了……」

「我不管！我要哭！我就要哭！」教育考試大臣梗著脖子邊哭邊叫。「我不管！我要哭！我就要哭！」大臣們哭喊。會議大廳重又陷入哭海。正不可開交時，身著綴有2125顆金紐扣的紫風衣的外交大臣丘比丘高喊著「吾王萬歲，萬歲，萬萬歲！」踱進大廳。

在學派林立每個人都必須歸屬於某一學派的其其國，外交大臣丘比丘是個例外，對於學派，他的方法簡單得近乎粗暴：一、拒絕加入，二、猛烈抨擊外加頻伸橄欖枝，因此，整個學界對他且怕且恨且愛。

「微臣丘比丘向偉大的其其國的偉大的國王請安，微臣丘比丘今天又遲到了，微臣丘比丘懇請偉大的其其國的偉大的國王恕罪。微臣今天不是因為老婆叮梢遲到的，女人都是小心眼不放心丈夫，偉大的其其國的偉大的國王，請莫見笑，今天，我在上班的路上遇到了一個多年不見的老朋友，他問我借其其空間，但是，空間存貯中心的人實在是太多了，不僅營業廳進不去，就是 ATM 機前面也排著好幾公里的隊伍……」其其國根本不存在 ATM 機，丘比丘這是在胡侃，目的是叫國王開心，「落井下石」就是他的主意。但見侃了好半天也看不到效果丘比丘只好硬著頭皮問：「我偉大的其其國的偉大的國王何事龍顏不悅？微臣丘比丘上火山下油鍋願博我偉大的其其國的偉大的國王龍眉一展！」

「我親愛的外交大臣丘比丘同志，偉大的其其國的偉大的國王沒

什麼煩心事，也不勞愛卿你赴湯蹈火，你能叫他們不哭嗎？」

「這有何難？小菜一碟！偉大的其其國的偉大的國王請放心，微臣這就叫他們停止哭泣——各位同仁，各位兄台，」外交大臣向大家施禮，然後明知故問：「一上班就集體啼哭卻是為何？」

「一個都不能少！」大臣們一邊哭一邊答，他們早將「落井下石」忘到了九霄雲外。

「你們能不哭嗎？」

「我們不能！」

「為什麼？」

「一個都不能少！」

「一個都不能少？」外交大臣的腳本裡沒有這句臺詞。

「就是抗旨到底！」其其二跺腳。

「抗旨到底？偉大的其其國的偉大的國王，微臣愚鈍……」

「擒賊擒王！」

「誰是王？微臣斗膽懇請偉大的其其國的偉大的國王明示。」

「除了教育考試大臣還能是誰！」

「偉大的其其國的偉大的國王且請寬一百個心，微臣這就為偉大的其其國的偉大的國王立馬手到擒來——尊敬的教育考試大臣進十斤先生，你能不哭了嗎……」

「為什麼要聽你的！我偉大的其其國的偉大的『教育考試』學派的掌門為什麼要聽你一黃口小兒的？仗著和偉大的其其國的偉大的國王是親戚，動不動就攛掇偉大的其其國的偉大的國王注銷我偉大的其其國的偉大的『教育考試』學派，胡說什麼『教育考試』學派加上國王就兩個人，人數太少，缺少成立一個學派必要的條件，胡說什麼國王應該家天下，公開加入某個學派是小家子氣，簡直就是滿口胡言……」

「你到底聽還是不聽？」

「不聽，不聽，就不聽，我偏要哭，就要哭，嗚嗚嗚……」

「偉大的其其國的偉大的國王，微臣承認無能，」外交大臣兩手一攤，「懇請偉大的其其國的偉大的國王治罪。」

「治個什麼罪好呢？輕了不能起到懲戒作用，重了又影響君臣感情……」其其二自言自語。「揪耳朵怎麼樣，諸位愛卿？」突然，其其二喊。大臣們一聽便蹦了起來，邊跳邊唱：「揪耳朵好！揪耳朵好！揪耳朵好！揪耳朵！揪耳朵！揪耳朵！趕快揪，使勁揪，狠命揪，揪揪揪……」

「諸位愛卿，你們怎不哭了？」

「我們要看揪耳朵，我們沒法一方面哭另一方面又笑，偉大的其其國的偉大的國王。」眾大臣喊，教育考試大臣的聲音最大。

「以後偉大的其其國的偉大的國王天天揪耳朵讓你們看可好？」

「好！」

「眾卿家可都願意？」

「願意！」

「諸位愛卿不愧是我的好同事，偉大的其其國的偉大的國王宣布，從現在起，誰都不許哭，誰哭揪誰！朝堂之上哭哭啼啼一點都不像樣！還有，外交大臣丘比丘同志拯偉大的其其國的偉大的國王於哭海之中，救駕有功，特擢升為偉大的其其國的偉大的外交大臣，賜隨便揪耳朵權1天……」

「恭喜，恭喜，恭喜老弟，」其其二的決定還沒宣布完，右總理大臣阿O就一把將丘比丘抱在了懷裡，「羨慕死我了，羨慕死我了……」

「啊！阿兄，我怎麼感覺身上突然輕了許多，是不是背帶上的那顆金紐扣又叫你給『撿』到了？」

「我看看，確實不見了，不過，這次我絕對沒撿到，不信，你看

我的嘴巴──」阿O將嘴巴使勁張開,接著,迅速將扣子扔到舌頭下面:「沒有,沒有,真沒有……」

「哈哈哈……」眾人一齊哄笑。

「你們笑什麼,你們怎麼不相信人……」阿O急得只跳,「我會是那樣的人嗎?我們『山母大叔』……」突然,阿O口吐白沫兩眼上翻,大喊:「救命!」但是,「命」字還沒出口就咚一聲倒在地上抽搐起來。

「快,快把右總理大臣倒提起來,快……」其其二大叫,但是,大家依舊笑個不停,沒一個人上前施救,其其二正要發火時,阿O卻自己坐了起來,舉著金紐扣高聲唱道:「盯住螞蟻,盯住螞蟻,盯住螞蟻……」

「嚇死寶寶了!」其其二撫胸口。

「謝謝偉大的其其國的偉大的國王誇獎,我們『山母大叔』一定再接再厲,再創輝煌,力爭早些引入山母大叔,為偉大的其其國的偉大的國王分憂。」

「謝謝阿O愛卿,謝謝『山母大叔』,眾愛卿,大家可還有奏議?」

「我我我……有!」

「考試嗎?親愛的教育考試大臣,我真的頭痛得厲害……」

「偉大的其其國的偉大的國王瘋了!偉大的其其國的偉大的國王再也不偉大了──我的媽呀,嗚嗚嗚……」

「好好好,我帶病堅持工作,你別哭了行嗎……」其其二不得不同意討論完考試問題才能退朝的動議,但是,《10000年其其國全民考試規劃》卻不見了蹤影,怎麼也找不到。

12

　　此時，其其二的父王其其一正在花香挨訓。

　　「學習。什麼是學習？答不上？就知道你答不上！你其其二都能答到我們『1+1』就不會有倒數第一！我來告訴你什麼是學習，學習就是一不怕苦二不怕死，就是輕傷不能下火線，重傷不能離戰場！你看你，一副要死不活的樣子，不就是手抽了下筋嘛，彷彿斷了似的，就是真斷掉了，用膠水一黏再拿紗布裹上也和好手沒什麼兩樣啊，你不說誰看得出來——多多，你就不能安靜會兒嗎……讀書肯定是要吃一點苦的，怕苦怕累知識它會自動往你肚子裡鑽？這樣的話，誰不願讀書？誰還讀不倒書？古人怎麼形容讀書？『十年寒窗苦讀』！我希望你其其二好好地領會一下這句話的意思，然後，老老實實給我把剩餘的作業做完，一個都不要少。告訴你，我土豆3教這麼多年的書，過手的學生不說有幾十，幾千幾百肯定是有的，還從來沒遇到像你這樣又愚笨又懶惰的東西……」

　　「我不東西是，嚴格關注警告，關注好久了我已經，國王是我，偉大的其其國的偉大的國王，小心……」

　　「小心？」土豆3把脖子伸過講臺，「說東西是抬舉你，你根本就不是個東西，還國王，神經病！」

　　「神經病你！鬼喊鬼叫，人性沒有……」其其一剛剛略微平民化的語言又回歸了宮廷。

　　「誰鬼喊鬼叫？」土豆3站起來，眼睛瞪得像銅鈴，「哪個鬼喊鬼叫？天哪——」土豆3跌坐在椅子上，「我的天！嗷——」

　　「看，看，聽一聽大家，承認還不，要賴！」

　　「要賴？有你這麼說老師的嗎？老師就是你的父母，你的父母給了你的肉體，老師給你的是知識，你應該像孝敬父母一樣孝敬老師，

即使老師錯了也要認真執行,這是作為學生應該具備的起碼美德之一,也是《花香學生守則》第3342條明文規定了,我希望你認真地學一學,今後對老師不要這麼沒禮貌,來不來就說老師耍賴。我根本就沒耍賴,就是耍了也不應該說,一日為師終身為父的道理你懂不懂?」

「喊沒叫沒你?」

「我這哪算什麼喊叫!在教室裡,我從來不叫不喊。你看,我們的教室密封得這麼緊,隨便叫喊沒人受得了,把你們吵聲沒關係,把我自己的耳朵吵壞了就太不划算了。我聾了就教不成書了,教不成書就沒辦法將39個老婆和84個孩子對付不了的其其果弄到你們家,不把其其果弄到你們家他們便會被其其果窒息淹死,還有,我教不了書你們便永遠無法知道一加一除了等於二還可以等於三,等於五,等於一……一般情況下,我只在教室外面喊叫,在教室裡喊叫是特殊情況,而且,我能控制好音量並及時剎車,就像剛才一樣。」

「自己你這麼關心,不把別人當回事怎麼?」

「這就是關心,嚴重的關心——多多,你瘋了?再不老實,可別怪為師真叫120了……我要是不關心你的話看都不會看你一眼,還會要你寫作業?我且問你,你到學校是幹什麼來的?」

「給其其二代學。」

「代學——代學要不要學習?」

「要。」

「做作業是不是學習?」

「是。」

「做錯了該不該返工?」

「該。」

「那你是不是應當接著抄?」

「……」

其其一無言以對。

「唉，這就對了，孺子可教，」土豆3啪一下關了電源，「上面查起來就說負荷太大人工跳閘與老師無關，當然，與你們也關係不大……」土豆3飛一般走下講臺，來到教室後面將其其一的頭抱在胸前，哭道：「孩子，你受苦了！我是罰在口裡痛在心裡啊！你們都是好孩子，每個人都是，這一點，我比誰都清楚，你們聽話懂事，只是有點調皮有點淘氣，本質不壞，我像愛自己的孩子一樣愛你們，但是，我又不得不對你們凶，罵你們罰你們，我並不想這麼做啊，我是沒有辦法啊，假如我不罰你們不罵你們不對你們凶，你們的爸媽就會找學校的麻煩，說我為師不嚴沒把你們教好，這樣一來，學校就只好給我們施壓，輕則批評教育重的解聘開除。其實，學校也是沒有辦法。那麼，能不能怪你們的父母呢？不能。誰不希望自己的孩子成龍成鳳呢？將來，你們也一樣，這是一個怪圈，沒人能夠走出來。唉！大家要怪就怪我這孤老頭子吧，誰叫我除了教書什麼都不會呢，唉……」土豆3抹眼淚，連連嘆氣，「孩子，作業抄完了吧，我要上課了，跳閘的時間也快到了——哪個叫你真抄啊！誰能抄得完，那麼多！你只須在心裡抄就行了，上面檢查起來說抄完了——那是讓學校和家長看的，寶寶……」正說到興頭上，突然，教室的燈刷一下亮了——電閘自動合上了，土豆3不得不回到講臺高聲宣布開課。

「有學習機代勞動腦的事，在心裡說一遍完了就 OK 再多的作業，不用動手根本，這麼好的學校不去國王辦公大廈非去不可——轉學——休學——氏毀學校——要夾——代學，誑我進學校，算權的目的一步一步達到——絕對，一定，千真萬確！其其一啊其其一，這麼蠢怎麼，糊塗一時英明一世真是，上小孩子的當竟然……好小子，算計老子居然，逮住別讓我，非剝了你的皮……」其其一嘀嘀咕咕。

「其其二！其其二！」

土豆3老師邊用教鞭敲講臺邊喊，但是，其其一毫無反應。

「其其二！」

　　土豆3吼了起來。

「什麼事？」

　　其其一如夢方醒。

「你在幹什麼？」

「聽課我在，沒什麼幹。」

「聽課？」土豆3將「思維動態儀」的顯示器轉過來，「你看看你的聽課波，簡直就是一匹野馬，你看看別人的——鏡子一樣平滑。聽課？什麼叫聽課？聽課就是腦瓜子緊跟老師的步伐，和老師保持一致，就是想老師之所想急老師之所急一切以老師的意志為轉移。這是聽課最起碼的要求，起碼得《花香學生守則》上都沒寫。為什麼沒有寫？重要！重要到什麼程度呢？重要到不須要寫出來！這個問題我跟你說多少遍了？沒有100遍也有101遍！你怎麼就教不會呢？教牛都只要三個早功！簡直比豬還蠢！真是一頭蠢豬……」

「不，豬我不是，蠢豬更不，偉大的其其國的偉大的國王其其一是我，每辱我不許，非治你個毀謗國王罪不可再這麼胡說八道，明天下旨，婁教不改，打翻在地踏上一隻腳再，剛剛說我是好孩子，前後矛盾你這是，外加信用不講……」

「打翻在地？誰把誰打翻在地？哈哈哈……我說你是好孩子？我瘋了？我什麼時候說你是好孩子了，你拿得出證據嗎？拿不出就是造謠，典型的造謠，至少是傳謠，對於謠言，《花香學生守則》講得很清楚——凡我花香學生必須主動遠離謠言，築牢抗謠防線，首先要不造謠，其次不傳謠，更不能信謠，否則——……」

「口說為憑男兒三十六牙，怎麼能行這樣，老師是你，要賴不能！」

「男兒三十六牙口說為憑是針對學生的，老師的原則是口說無憑。」

「這不公平，抗議我要，抗議嚴格……」

「課堂之上嚴禁抗議，特別是學生，違者嚴懲不貸！」

「不聽你的課我！」

「不聽我的課？你不說我還忘了——我且問你，剛剛我講到哪了？」

「『剛剛我講到哪了？』你說。」

「天哪！」土豆3氣得只差背過氣去，好一陣才緩過來，「我是說你這頭——二百五！」

「不，二百五我不是，三百二我是，少算了20斤，身高1.633米我，你不能貪汙……」

「少囉嗦，回答我的問題！」

「真話假話？」

「你要急死為師嗎？真話！」

「沒聽我。」

同學們一齊將腦袋扭向其其一。

「為什麼？」

「沒用！」

「沒用？」土豆3臉氣得鐵青，「你你你……你算老幾？不說你算老幾，就是算也沒有資格談論老師的課有沒有用，何況還是『1+1』，你知道『1+1』嗎？『1+1』不僅是其其國最先進的學科，更是宇宙運行的法則，放之四海皆準的真理……」

「法則真理狗屁，不須要偉大的其其國，如何治理其其樹需要，除此而外，扯淡統統，作廢明天下旨……」

「你知道『1+1』為什麼不叫學派嗎？告訴你，它是所有學派的

學派，沒有人能夠凌駕於它之上，就是偉大的其其國的偉大的國王其其一也不行！你你你氣死我了，我要將你送交學派法庭，判你藐視學派罪……」

「不會得呈你的陰謀，學派法庭為非法我這就下旨宣布，同時，取帝『1+1』我還要，都等於二別人，今天等於三明天等於四後天又等於五，就你沒個準，把我們的腦袋集體繞暈成心，要教我們本領並不是，什麼學科，歪理，邪說，邪教，你這是……」

「本來我是準備很生氣的，現在，我一點也不打算生氣了，你剛才的話除了證明你是一個十足的不學無術的野蠻人而外什麼也證明不了，告訴你，『1+1』的精妙之處就在於它的答案不確定，它既可以是某個數值，也可以是某條公理，甚至是一條河流的名字或無人知曉的某個角落裡的一隻螞蟻的生日，『1+1』就是宇宙，治不了其其樹的不是『1+1』而是我們，是我們還沒有找到『『1+1』=其其樹按照我們的要求開花結果』——多多！……我相信只要大家努力這個公式馬上就會成為我們的囊中之物。偉大的其其國萬歲！萬歲！萬萬歲……」

「老師，對不起，我不對，錯了我，偉大的其其國的棟梁你是，封你為其其樹治理大臣我馬上……」

「本來我已經抓到了『『1+1』=其其樹按照我們的要求開花結果』的尾巴，可是，剛剛被你一氣又茫然了，我怎麼這麼苦命，嗷——我的39個老婆83個孩子，我的第40場婚禮……」

「哇——」同學們大叫，「老師的淚具好爽啊，我們的教室都成淚河了！」

「胡說，老師會用淚具！我這是真感情……」

「老師，」多多爬上桌子，「你這淚具哪有賣——謝謝，不用，老師，多多沒病，多多在給老師表演節目，老師辛苦了，應該放鬆放鬆——不會的，放心，老師，多多這麼好的身手怎會從桌子上摔下來

呢⋯⋯我也想買一個！」

「13其其空間一副。」

「太貴了，我沒那麼多空間⋯⋯」

「不貴，一點也不貴，俗話說得好一分空間一分貨，我建議大家一個人買一副，既幫老師的忙又可以使自己免去很多麻煩，這是說明書，我給大家念一下——作用：對付校懲和家暴游刃有餘，感化歹徒惡人效果保證；使用範圍：居家旅行之必備；適用人群：0——99歲人群，特別適用少年兒童；使用方法：危急時刻以迅雷不及掩耳之勢戴上並打開開關，配以語言表情及必要之動作，越以假能亂真越好⋯⋯」

「老師！」其其一舉手。

「什麼！」

「上課我們什麼時候？」

「不上課！老師家的門叫其其果給封住了，你們都不肯施以援手，哪怕買一副，一副也行啊，你們是何其歹毒何其殘忍啊，你們太辜負為師了，嗚嗚嗚⋯⋯」

「老師，別哭了行嗎你？他們買我替，一副每人！」

「怎不說包了呢？你這個小騙子！當我是傻子，告訴你，說把我的學習機全包了的時候，我就知道你是個騙子！你說除了空頭支票和以後怎麼怎麼這些騙子慣用的伎倆你還會什麼⋯⋯」

「不不不，以後不是，絕對，現在，現在，現在就！」

「現在？」

「現在！」

「願聞其詳。」

「到講臺上來說我能嗎，老師？機密是這，越少越好知道的人。」

「沒問題，就是爬到為師頭上拉屎也沒問題。」

其其一快步走上講臺，貼著土豆3的耳朵說：「太委屈你了教書，老師，這樣吧，跟我混你，其其果困擾永遠不受包你，操心學習機啊淚具啊什麼的根本不用，用『1+1』奪回王位幫我，封你僅次於國王大臣立即……」

「呸！我哪裡得罪你了，你這劣徒，在臺下公開羞辱猶不解恨還要跑到講臺上來悄悄地給我潑髒水，你說你這是何居心，告訴你，這是最最惡劣——不，簡直就是卑鄙下流無恥——多多，你打算在桌子上待一輩子嗎……『1+1』是關於和平的學問，它頂頂瞧不起的就是偷雞摸狗的謀反，我土豆3光明磊落，胸懷坦蕩，會為你的什麼鬼僅次於國王大臣所動？滾，再提國王二字看我怎麼收拾你……」

「好好好，『1+1』不用，『1+1』不用，」其其一不死心，「別的方法我們用，好嗎，奪回王位只要就行，英雄不問出處，一定讓你做我的次於國王大臣奪回王位幫我，實在不行，我自己想辦法你放我一天假……」

「謀權篡位弄不好會九族被誅的，小朋友，你說個別的我說不定還真會准假，儘管我沒這權力，叫我放假讓你搞政變，休想！還不快滾，我要上課了，本來，我是不準備上課了的，但是，現在，我改主意了，我不能眼睜睜看著我心愛的學生去送死而不作為……」

其其一還在回座位的路上，土豆3就開講了，開講前，他特別申明兩點：一、今天學以致用，除了「1+1」等於騙子還是傻瓜外什麼都不講；二、鑒於「某些個」傻瓜兼騙子想造反，為了免除無謂的流血和犧牲，放學之前，「花香1+1」實施「晝禁」，只進不出，就是老鼠蒼蠅灰塵也概莫能外。「倘僅僅是個傻瓜也就罷了，」申明之後，土豆3解釋：「偏偏這個傻瓜還是個騙子，不然的話，為師決不會連累大家，大家千萬莫把賬記在為師頭上……」其其一剛坐下來，多多就

一把將「思維動態儀」的電極探頭塞進了他的屁股底下，同時，把和「思維動態儀」探頭一模一樣的「交頭接耳器」戴在他的腦袋上。整個過程不足10秒，比變魔術還快，其其一還沒反應過來就結束了。

「交頭接耳器」剛戴上，其其一就收到了多多的短信：「好了，自由了，『思維動態儀』再也不知道你想什麼了，哈哈。」緊接著，是第二條：「放心好了，沒人會知道你想了些什麼，除了我，但是，千萬別開口說話。」第二條信息後面，多多還還發了個抿嘴壞笑的表情。

「給我戴上怎不早點？」其其一回。

「不遲啊，每天都是這個時候啊。你今天怎麼了？得了健忘症還是腦子出了什麼毛病？還國王呢，我看，你連王子都成了問題！」多多特意在「王子」的下面加了倆重點號。

「一輩子囚禁在花香了我可能要，看樣子，其其一啊其其一，真是偉大啊你，其其二這小騙子的話竟也相信！不，得呈我不會讓你，奪回王位我一定要，你等著，其其二……國王是我，偉大的其其國的國王，好同學，相信我吧，懇請你，真的，懇請你，想辦法讓我出去，行嗎？我一定報答你……」

「行。沒問題。」多多很是爽快。

「理由？」

「大號。」

「行嗎？」

「沒什麼行不行的只要交足保證金！」

「買學習機時用光了我的空間可是。」

「再翻翻口袋，要相信驚喜隨時會砸中幸運者腦袋的古諺。」

「沒有，不用，我知道，出門時早上，只讓我帶這麼多其其二。」

「算了，算了——你可能要恢復出廠設置了，你不就是其其二嗎？你幹嗎要同自己過不去，不讓自己多帶點？現在好了！你有什麼

有價值的東西嗎？」

「有，臥室半間在花香街21號，簡陋雖然，但偉大的其其國的偉大的國王配置屬實，另一半王后屬，做不了主我。」

「沒問題，土豆3絕對答應，放心——馬到成功！」

但是，土豆3死活不信，不論其其一怎樣哀求，始終兩個字：「騙子！」其其一只差哭了，都不鬆口。

「老師，我拿人格擔保，」多多再次爬上桌子，「其其二說的句句屬實，花香街21號我到過，不僅院子大且房子既寬敞又明亮，一間頂別處兩間。您儘管讓他去當鋪抵押，我留下來做人質，您信不過其其二難道還信不過多多？」

「早說哈，還是多多同學聰明，倒數第二名就是倒數第二名，比第一名至少強101倍。不用出去，就當在我這裡好了，我網開一面算你們兩人的份子，每人15分鐘，無故超時，算自動放棄贖回權……」

「老師，能再多給幾分鐘嘛，我們都是祖國的花朵正是長身體的時候，能量需求旺盛，只出不進違背自然規律，再說，半間房至少夠給我們班每個人交一個月的保證金呢……」

「幾分鐘而已，大恩大德，耳耳於懷，感激永遠……」

「老師……」多多抓住土豆3的胳膊搖晃。

「好好好，別搖了，肩膀都只差叫你搖脫臼了，每人追加20分鐘，耳朵都吵木了，但是，但是，但是，理由呢？『晝禁』的決定才剛剛公布啊，總不能叫為師自己掌自己的嘴巴吧……這樣吧，你們趕緊打個報告，就說用腦過度，突然患上了神經不做主綜合症，行為紊亂，意識不清，嚴重影響學習和生活，亟需外出呼吸新鮮空氣，特請假35分鐘萬望批准為荷，這樣一來，萬一你們跑了我也好銷票——慢著，手機、證件、其其空間留下——補充——你們該不會連賒帳都不會吧……」

13

　　其其二被請求問題得到妥善解決之前不得擅離國王辦公樓半步「否則後果嚴重自負」。

　　前來宣布和執行這一決議的是教育考試大臣，他稱其其二為「尊敬的極有可能是假冒的偉大的其其國的偉大的國王先生」或「尊敬的極有可能是假的先生」，他解釋這一稱呼是經過全體大臣——「本人現在正在使用的就是偉大的其其國全體大臣的眾智模式而非教育考試大臣的獨夫模式」——包括被來歷不明的其其果大雪樣封住門窗不得不從屋頂上爬出來因而遲到了的3名大臣——辦公會議集體研究決定的，因為他這個國王極有可能是假的——「我們不是沒有證據，我們有證據，而且，很充分，比如，你的語言不符合國王用語規範，僅此一條我們就可以斷定你是假貨，但是，」教育考試大臣停了下來，「但是，但是，但是……」教育考試大臣急得團團轉，「找到了——」教育考試大臣喊，像一個俚語接到被收進詞典的通知一樣興奮，「我們拿不出你不是真國王的證據！既然拿不出你不是真國王的證據，那麼，你這個國王就極有可能不是假的而是真的……」教育考試大臣以其其國全體大臣代表的身分通知其其二，從決定做出之日也就是現在起，他除了國王辦公樓哪都不能去，直至問題徹底解決，同時，命令他的鬍子搬運工將國王辦公樓所有的門窗釘死看牢——「要確保被請求保全者腦子裡的念頭都不少一個」，自己則瞪大眼睛蹲守在國王辦公樓的院門口。最後，請求其其二諒解，說他們並不是要囚禁他，他們這麼做是基於對他的人身安全的考量，完全是一片好心，「我們不希望你畏罪潛逃摔斷腿或胳膊，甚或三長兩短，不論你是真的還是假的，任何人的生命權我們都要予以絕對的尊重。」接著，不無得意地宣布：「不過，這種模棱兩可的狀態只是暫時策略，由右總理大臣和外交大

臣組成的陣容強大的二人聯合外調團，已經開拔，不日即可還你清白或不清白。」但是，緊接著，又說這是一項遙遙無期或了無希望的浩繁而又偉大的系統工程，請其其二配合並務必耐心等待。

「好的，我這就配合⋯⋯」其其二飛起一腳踹開大門來到教育考試大臣面前。

「這不太好吧，尊敬的極有可能是假冒的偉大的其其國的偉大的國王先生，表面看來你是我的囚徒，實際上是你陷我於困窘，而且，我比你更慘更冤，因為我是無辜的，你的清白或嫌疑卻有待證明，難道你不覺得我們是一條繩上的兩個天涯淪落人，互相尊重互相體貼和衷同濟共赴國是才是唯一正確的抉擇嗎，尊敬的極有可能是假的先生⋯⋯」

「滾！」

「我的個媽呀，尊敬的極有可能是假冒的偉大的其其國的偉大的國王先生要棄我而去了──住腳，嗚嗚嗚⋯⋯」教育考試大臣啼哭──一道白色的閃電劃過天際──其其二成了一隻巨大的由鬍子織成的繭子，一同被織進繭子裡的還有鬍子的主人教育考試大臣進十斤先生。兩個護士撲上來將其其二按住，注射鎮靜劑。其其二和教育考試大臣被從鬍子裡扒拉出來後，進行了如下對話：

「不不不，我們比誰都清楚，拿一個人的語言衡量這個人是不是國王的規定十分荒唐，但是，我們決不會放棄這一原則，因為我們深信語言是國王之為國王的根本，沒有國王的語言就沒有國王，任何國王都必須認真貫徹執行，不得以有悖邏輯不合語法以及錯字連篇理解困難不夠親民等藉口拒絕⋯⋯」

「這種語言要是被騙子學去了呢──你們也一樣認他做國王嗎？」

「這種情況不是沒有可能，但是，國王語言禁止學習，除了國王和大祭司任何人不得研習和使用，當然，大臣們的偶一為之和臨時性

的戲擬也不是不可以的，這《偉大的其其國憲法》說得非常清楚，如果真有你說的事端發生，我們唯一能做的事情就是擁戴——不不不，不論是誰，只要穿上國王的身具，即刻便會容端儀方或威震四方或恩施八面……」

「要是這個人是個壞人呢？」

「瞎說！我們其其國是一個偉大的國家！偉大的國家會有壞人？不可能，絕對不可能……」

「我是壞人嗎？」

「不是。」

「那你們關我幹什麼？」

「這個問題比較複雜，首先，我們既沒有這麼說也沒有這麼做，我個人認為可能是你的感覺出了問題，我們為什麼要關你呢？關你能得到什麼好處？我們只是暫時將你保管在規定的地方，前面已經說過這完全是為你好，我們本打算將你保管在花香街21號其其二的臥室，就像昨晚你——也許那個你不是你——在群裡交代的那樣，但是，我們怕你就是你，雖然我們傾向於你可能遭到了你的暗算，但是，我們不能肯定你不是你，因為除了語言而外別的地方你都像你，但是，別的地方像有什麼用呢——我們認為你盜用了國王的身具。其次，也是非常重要的一點，我們的監獄只關好人……」

「你們打算把我關到什麼時候？」

「找到真正的國王為止，但是，卸卻身具的國王我們誰都沒見過，我們唯一的線索是語言，且莫說國王被你怎麼樣了，就是還活著，他也不敢使用國王語言啊，無人能懂是一方面，更重要的是這樣一來就可能違反禁止學習國王語言的規定而將自己置於萬劫不復的境地，唉，也許一月，也許一年，也許一輩子，誰知道呢……」

「如此說來，你們的忠心永遠只能被日月所鑒……」

「是有這方面的尷尬,不瞞你說,但也不是完全無解,必要的時候我們可以請你點綴一下……」

「要是我不肯合作呢?」

「這你不用操心,我們有的是辦法……」

「我知道你們的辦法,無非是打安眠針服鎮靜劑,但是,智者千慮必有一失,你們真想要我配合的話,我倒有一個萬全之策──」

「但說無妨。」

「你們別找了──」

「這個問題我們不是沒討論過,但是,很遺憾,沒通過,大家一直認為就算你各方面都符合國王的標準,甚至比國王還優秀,我們也不能叫你當國王,因為,這是不忠,這樣一來,社會上的人就會說我們沒有氣節,瞧不起我們,不要我們當大臣,拒絕我們的領導,將我們推向輿論的風口浪尖,使我們的社會地位一落千丈。那麼,不叫你當國王行不行呢?也不行,如果我們不把國王的位子給你──按照先來後到的規則再加上除你而外根本就沒第二個人自動往槍口上撞,目前的情況是偉大的其其國的偉大的國王非你莫屬,沒有人比你更合適──其其國便會因為沒有國王而貽笑歷史,更為麻煩問題的是,我們雖是一個整體但並非鐵板一塊,也就是說我們的統一戰線隨時都有崩塌的危險。唉,我們也難,比你還難!我偉大的其其國的偉大的國王啊,你是多麼的狠心啊,不說一聲就──嗚嗚嗚……」

……

如果說上述對話是一個比喻,那麼,教育考試大臣便是本體,其其二則是喻體,前者沉實,後者驕矯,因為他的手裡握著王牌──那個名叫密道的複句,但是,他嚴重地低估了對手──早在接受看押任務之前,教育考試大臣就將其其國所有的複句拆成了一堆七零八落的語言配件,無論你怎麼努力都無法使「雖然」和「但是」等關鍵詞找

到原來的位置。其其二踢門，砸椅子，摔杯子，但是，沒一個人理他。老老實實做他們的囚徒？一輩子被關在這裡？不，決不！怎麼出去呢？其其二瞪著牆上的顯示器問，乾脆，實話實說，直接告訴他們老爸在花香替自己上學——除此而外好像也沒別的辦法，但是，但是，但是，這樣一來以後拿什麼跟老爸叫板呢？坐等老爸上門解救？這和告訴他們老爸在花香有區別嗎？不不不……老爸啊，你也真是的，什麼都聽媽媽的，你是國王，國王，知道嗎，船裝千斤以舵為主！老媽啊，你太縱容太嬌慣孩子了，孩子懂什麼呢，不能什麼都依著他，你要對他嚴點！其其二啊其其二，你為什麼不好好讀書非要跑到這裡自討苦吃呢？怎樣才能全身而退呢……

電話線剪了，手機信號屏蔽了，其其二和外面唯一的聯繫是電腦。顯示器被分割成14格，花香小學1格，王后1格，剩餘12格12位大臣每人一格，其中，13格都有圖像活動，只有位於左上角的花香小學的那一小塊始終是一片朱紅的雪花點。

出來，老爸，快點出來，怎麼還不出來啊……蠢蛋，瘋子，精神病，和你們呆在一起不瘋才怪呢，難怪老爸願意替我讀書……老爸，你該不會將這個爛攤子丟給我吧……

突然，顯示器左上角那片朱紅色的斑點消失不見了，取而代之的是一塊不下兩百公斤的大石塊，接著是花香小學臨河的圍牆，再接著是一顆沾滿泥巴的腦袋，肥碩而滾圓。其其二眨了眨眼，再看屏幕時，父王其其一已經站在了花香小學的外面，身邊是滿臉血汗手舞足蹈的多多。

「還懷疑我現在？」其其一問多多。「告訴你，偉大的其其國偉大的國王不僅還更是掘地道高手其其一我，在地下暢行無阻像蚯蚓一樣能夠，速度比火車還快，而且……」其其一停了下來，緊盯著多多的眼睛道：「奪回王位幫我你願意嗎？封你做偉大的其其國最大的大

臣我馬上……」

「大臣？」

「不相信你？將其其國的半壁江山送給你甚至，共同管理其其國，偉大的其其國的偉大的國王我們都是……」

「不不不，信，信，信，怎會不信，傻子才不信，我我我的意思是我能行嗎？」

「不行怎麼？」

「我小學都還沒畢業呢！」

「當教授又不是叫你，根本就不須要文化當大臣，不照樣當國王我其其一還不是小學沒畢業，偉大的其其國的偉大的國王還是，英雄不問來路，相對來說，自視太高難以駕馭反倒不適合從政大多數文化人……大臣也好國王也罷，只要會使用權力就行。權力怎樣使用？簡單十分，架子端足，就是官比村長小權力比國王大讓人感覺——嚴格一點嗎你能，小丑跳神不要，大臣端莊叔女國王更要，羊癲瘋多動症帕金森已韋……低估自己千萬不要，誰天生就是大臣就是國王，努力要……」

「就像土豆3那樣，課間上廁所都要交押金，寫保證書，還要批不批……」

「對對對，是個天才土豆3，可惜他對當大臣興趣不感……」

「真的嗎？」

「我其其一說話算數說過的話一定兌現，偉大的其其國的偉大的國王誰叫我是……不過，和你共事我巨大危險面臨，要是和我不一條心，要是不我聽，要是反叛……」

「我們誰是老大？」

「我當然！」

「不，我第一你第二！我倒數第二你倒數第一——代學？代學也

是學！⋯⋯是的不錯的，一為大二為小，但是，你的第一是倒數的呢，老兄⋯⋯是的不錯的，其其國是你的，但是，那是以往，過去，古時候，現在——現在還是你的嗎？⋯⋯」

「不，第一我，第二你！革命不是做生意，討價還價己韋！」

「那你另請高明吧！我多多從來說一不二！」

「⋯⋯好好好，依你，偉大的其其國的偉大的國王第一你！」其其一擁抱多多，一邊擁抱一邊在心裡罵：「壞蛋，流氓，惡棍，無賴⋯⋯倒數第二——上得了天倒數第二？走人之危——等著吧，怎麼收拾你看我⋯⋯」

「哇——我要當國王了，」多多脫下上衣在頭頂揮舞，「多多要當國王了⋯⋯」

「首先第一步——安靜會兒你能嗎，教養，教養，國王標準——國王辦公大廈進入，肯定是不行硬闖，得智取，國王辦公大廈已被其其二的人重兵把守了我估計，然後，分頭行動我們，那些大臣對付我，希望還沒被徹底收買他們，綁其其二你去，其他的事就不用管，其其二交骨得很，小心多加你要，不過，對付他絕對游刃有餘你，雖然第一之後就是第二，挨得很緊它們，不能同日而語但是，你一定會馬到成功手到擒來的相信我⋯⋯」

「我們是好朋友呢！」

「哥們義氣革命己韋最！算什麼朋友，父子呢我們還是，坑我還不照樣，絕不能心慈手軟，功虧一貴⋯⋯」

「那我申請退出。」

「批准不予！」

「那⋯⋯」

「革命沒有那！革命的船已經上了你，向前唯一的選擇是，叛國投敵否則！」

「什麼時候行動我們？」

「今天晚上——太快了你轉變得，不，通風報信的機會不會給，我決定現在，我還決定你把一切通訊工具統統交我保存，革命成功之後再還你⋯⋯」

終於有救了！真是踏破鐵鞋無覓處得來全不費工夫！其其二跳了起來，老爸啊，你真不愧是一個偉大的國王！但是，但是，但是⋯⋯就這樣見老爸嗎？老爸看到我這副慫樣會怎麼想？我其其二的面子往哪擱？不！決不！怎樣才能全身而退呢⋯⋯

「怎麼會呢？都失靈了所有的複句，其其二搞的鬼看樣子一定⋯⋯取消王位奪取戰暫時，自由活動偉大的其其國的偉大的國王其其一宣布。」

「嚄——嚄——嚄——⋯⋯」多多將衣服拋向空中。

「安靜，安靜，別叫，回去吧我們，放學了再說，王位奪回。」

其其一將多多往地洞裡推，但是，多多壓根兒就沒想過回去的問題。

「回去受罰？」

「受罰？」

「學校的每個角落裡都裝有攝像頭，我們的一舉一動學校一清二楚，我們扒壞了圍牆，回去學校肯定沒好果子給我們吃，何不玩個痛快？」

「好倒是好玩個痛快，實在地說，自當偉大的其其國的偉大的國王之後我一天玩過都沒，光其其樹就已經焦頭爛額了叫人，還要時刻盯著那些大臣，沒一個省心的他們，但是，這樣一來，其其二那裡怎麼說呢，萬一他曉得我躲學？」

「其其二早曉得了！」

「啊！怎麼曉得其其二？」

「你不就是其其二嗎？」

「說多少遍了不是其其二跟你，其其一是我，偉大的其其國的偉大的國王是我，嚴重關切⋯⋯」

「嚷什麼嚷，逗你呢，一點幽默感都沒有！」

「我不是嚷，我我我真是其其一，偉大的⋯⋯」

14

其其一和多多再次將滿是泥巴的腦袋伸到其其二眼前時，「後院——仙客來酒店——癸鎮」已經在屏幕上等他們很久了。

癸鎮位於花香的背面，由浣溪沙蝶念花如夢令等詞牌構築，仄仄的青石板街、茶館、斜陽、竹影、當街而臥的黃狗是其風格。但是，這只是過去式，現在進行時是參加「癸盛典」的民眾從肺裡呼出的水氣在高空遇冷後形成的強降雨差一點就把整個小鎮給沖走了。人們江河歸海樣從四面八方湧向小鎮，小鎮的每個入口都排著好幾公里長的隊伍，鎮上更是人滿為患，街道兩旁的房子都給擠離了礎石。

其其一和多多的「出土」地點是癸鎮唯一的餐館仙客來酒店的後院，此刻，好幾十個廚子廚娘正在這個被臨時委以露天廚房重任的處所忙著，鼻涕流了半 π 長也顧不上擦⋯⋯其其二正出神地望著這兩個呆立在一籠待宰的母雞旁的地底來客時，牆壁上的音響系統裡傳出了外交大臣丘比丘和右總理大臣阿Ｏ的爭吵聲——

「不行，兩個字太少了，表達不清，找蟻王？找蜂王？找⋯⋯至少要4個字——『尋找國王』⋯⋯」

「一點也不少！剛剛我已經讓了兩個字，現在，就是將腦袋砍下來也決不讓步！⋯⋯本來，一個『典』字就夠了，你非要弄成『癸盛典』，凡典必盛，哪個典不盛，『盛』純屬多餘，再說『癸』，癸是活

動的舉辦地，把它加上去不是脫褲子打屁是什麼，還有，我們的目的是找國王，你卻一定要弄成什麼什麼典，你口口聲聲擁護我們山母大叔，實際上是處處給我們設絆子卡脖子……」

「冤枉啊，老兄，天地日月……我之所以這麼做可全都是為了你們山母大叔啊，假若我直奔主題，你們山母大叔能得到那些標語照片和簽名冊嗎？」

「我們山母大叔可是辛壬癸甲也就是一心為公沒有半點私心，不像某些人時刻只想著自己……」

「一心為公沒有半點私心？」

「你不想山母大叔來其其國？山母大叔來了我們就解放了，再也不用為多餘的其其果發愁了，但是，山母大叔可是什麼都吃，要是一旦其其果填不飽它的肚子的話——瞎操心？這叫未雨綢繆，有遠見，老弟……說不定，那時照片和簽名冊會排上大用場呢，我們山母大叔為什麼要連一隻螞蟻都要盯住不放……」

「老兄，天大的事也不能影響我們尋找國王啊！尋找國王才是我們的正事——沒了國王我們就成了無娘的孩子！」

「你這也叫尋找國王？你心裡壓根兒就沒有國王！一路上，你不是叫我拍照就是叫我刷標語再不就是找人簽名，國王早被你拋到九霄雲外去了……」

「這叫意欲善其事必先利其器！」

「屁！你這是看見樹木忘記森林！」

「這叫細節，老兄，細節是整體的生命，沒有細節整體便失去了意義和根基。尋找國王是我們其其國目前最最重大的歷史事件，沒有這些標語、照片和簽名這一重大事件便會墮入虛妄，那樣的話，我們就從其其國的功臣變成了歷史的罪人，再說，假如我們被扣上打著尋找國王的旗號到處遊山玩水等莫須有的罪名，我們手裡沒有足夠的尋

找國王的證據，我們拿什麼證明自己的清白？……」

「停停停，不論你說什麼，我都不會讓步，就『找王』倆字，多餘的全歸我們山母大叔……」

「兩個字不清楚，沒人看得懂，老兄，慶典馬上就要開始了，橫幅再不挂就來不及了，小弟給老兄講個笑話行嗎……兩個字的標語是不是形式上有點說不過去，你在哪見過兩個字的標語，太簡陋了……」

「不行！」

「你是組長還是我是組長？」

「一個破組長算什麼！這個組長是怎麼來的你知道嗎？除了講笑話你還會什麼？你就是一個弄臣，一個擺設……」

「弄臣？擺設？好好好……」

「其其國根本就不須要外交大臣！」

「其其國不須要外交大臣？」

「其其國有外國嗎？」

「你們的山母大叔不就是外國的嗎？」丘比丘坍塌的語言系統恢復了往日的架構和活力。

「那是科學，科學允許假想和虛構，和現實不能同日而語……」

「好好好……依你，就兩個字，快出來吧，慶典馬上要開始了。」

「不！」

「又怎麼了？」

「你幹嗎非要給衣服縫上金紐扣呢？我又沒惹你沒招你幹嗎要同我過不去？好幾次，它們差一點就掉進我的氣管要了我的小命——無論如何你得給個說法，不然，我堅決不出來！」

「說法？」

「至少得賠我——算了，我自認倒楣算了，誰叫我們是兄弟呢……」

「這就對了，誰叫我們是兄弟呢，那你快出來吧……」

「評完先進再說！」

「不是已經說好了的嗎，等工作結束了再評，哪有工作才開始就評先進的……」

「我改主意了！」

「天哪！」丘比丘跌坐在地上（音視頻同步傳輸），「慶典馬上就要開始了——你再不出來就出不來了，你把腦袋伸出來看看吧，桌椅板凳鍋碗瓢盆衣帽鞋襪電腦手錶汽車——癸鎮人正源源不斷地將他們家的其其果往廣場運，往你腦袋上擱，它們已經堆得跟其其山一樣高了，隨時可能倒下來將你埋在裡面……」

「聽你訕！」阿O閉上眼睛，「我阿O是嚇大的嗎？」

「好吧！算是服了你了……」丘比丘不得不讓步。

「這還差不多——這樣吧，我先發言，」阿O拿出早就準備好的會議記錄本和筆，「工作是大家做的不錯，但是，還是可以分出個主次的，我覺得這次找王，外交大臣丘比丘同志居功至偉，先進非他莫屬……」

「那我就承蒙老兄照顧當仁不讓了。」丘比丘一把搶過阿O的本子和筆飛速將阿O的話寫上。

「不不不，這不行，老弟，請按規矩出牌——即被我推舉之後，你也像我一樣假裝將我表揚一番，然後……」

「然後，你就在本子上寫道，某年月日某時某刻幾分幾秒外交大臣丘比丘推選其其國偉大的右總理大臣阿O為尋找國王先進個人，然後再寫道右總理大臣阿O舉雙手贊成——我們還是錘頭剪刀布吧……」

「反對！用錘頭剪刀布決定誰先進誰不先進太不嚴肅了，而且錘

頭剪刀布我從沒贏過你，不合適……」

「合適！」

「不合適！」

「合適！」

「不合適！」

……

阿O和丘比丘正爭得不可開交時，一個身著甲克，下半張臉被豎起的衣領遮得嚴嚴實實的中年男子撲通一聲跪倒在廣場邊緣，喊：

「癸鎮鎮長下勹哈恭請二位大人移步仙客酒店，下官該死，下官無能，讓兩位大人空著肚子憂國憂民，懇請二位大人恕罪……」

「何罪之有，何罪之有，請起，請起，下大人快快請起，下大人勞心勞力鞠躬盡瘁……」丘比丘忙過來攙扶鎮長，但是，他還沒走出廣場，癸鎮首席財稅執行官便一頭撞進了畫面，一同撞進來的還有其其一和多多。

「報——告，我們的工作開展得很是順利，小鎮99.99975%的人都按規定參加了《10000年其其國全民考試規劃》試點考試，但是……」首席財稅執行官上氣不接下氣地彙報，胸前抱著教育考試大臣的《10000年其其國全民考試規劃》。首席財稅執行官是一個去掉大肚腩和肥臀便不存在的客觀事實。

「住口！完成99.99975%也敢說順利……」首席財稅執行官的話還沒說完，下鎮長就吼了起來：「無能，除了貪汙受賄就知道酗酒，我們癸鎮之所以窮之所以趕不上別的地區全都是因為你！我這個鎮長之所以到現在還沒把當鎮長的投資收回來也全是因為你這個首席財稅執行官！我為什麼要當鎮長？因為其其果，不是其其果鬼才會去當鎮長，既辛苦又擔風險，沒有其其果就沒有人會去當官！你想把其其果推出去人家就讓你推出去嗎？做夢！大家講的是回報是收益，你以為

誰輕輕鬆鬆都能當官？你不先接受別人的其其果就當得到官？門都沒有！你們倒好，我提拔你們時你們給我送的那點其其空間還不夠我塞牙縫，當了官之後遇到好事也只想到自己，從來不體諒我的苦楚一個二個狗子烤火只知道往自己懷裡扒！現在，兩位大人給我們帶來了千載難逢的絕佳機會，你們卻不珍惜，竟然只完成了99.99975%，那0.00025%哪去了，你們私吞了？……」發了一通火之後，突然，鎮長將臉扭向身後的首席財稅執行官厲聲喝問：「首席治安官幹什麼去了？又賭博去了嗎？如果今天還賭博，誤了我的事，我非親手宰了他不可！還有，典獄長滿山騅去了什麼地方？是不是又上山打獵去了？這個飯桶，犯人跑了都捨不得放下手裡的兔子去追的蠢材，這次還不聽話的話我一定先把他給關進他自己的監獄！……」

「在，在，在，」首席財稅執行官忙不迭點頭，「他們都在……」

「都在？一群飯桶！」下鎮長跪在地上罵，屁股對著首席財稅執行官。

0.00025%是一個連詞，兩端各連著一面透鏡，一面放大，一面縮小。鎮長是個數字盲，見到數字就腦殼大。如果首席財稅執行官將0.00025%翻譯成一個孤老頭子，不僅不會挨訓說不定還會得到嘉獎。誰能保證什麼都百分百呢？怪只怪他自己，一心表功又「章子」屁，癸鎮誰不清楚下鎮長小學畢業時連一頭羊加一隻蘋果等於幾隻蘋果幾頭羊都算不出來。

「你就是0.00025的組織者？」鎮長兩眼望著別處，「你為什麼要聚眾鬧事？活膩了……什麼？0.00025就他一個人？」鎮長驚問，「飯桶！無能！一個老頭都擺不平……」鎮長猛地轉過臉來：「為什麼不參加考試？啊！為什麼……問你話呢——這傢伙腦子有問題還是耳朵有問題……」

「誰有問題？我看你才有問題呢！」0.00025昂起溝壑縱橫，水

分嚴重丟失的臉答。

「他是將軍本人還是將軍的弟弟？⋯⋯不要擠，大家不要擠，我們在執法，執法有什麼好看的，散開，散開，大家都散開——7卡，7卡，將他們轟走，統統轟走——不聽？你腰上的傢伙呢——趕鳥的嗎？笨死了——氣都出不得了⋯⋯」

「他的資料設了密碼，我們調不出來⋯⋯」首席治安官的頭從電腦上抬起來。

「飯桶！一幫飯桶，」鎮長罵完，換上笑臉，「沒問題就好，沒問題就好，那麼，您叫什麼名字，老人家，0.00025是你的番號嗎？」

「0.00025？你他媽才是二百五呢！」

「好好好，我是二百五，我是二百五，只要你參加考試二千五都行⋯⋯」

「不是說慶典嗎，怎麼變成了考試？」

「沒變啊，」首席財稅執行官擠上前，「怎麼會變呢？慶典就是考試，考試也等於慶典，它們只是字面不一樣內容完全一致，老人家，就好比您老人家有時叫將軍有時叫老頭有時又叫將軍的弟弟一樣，嘿嘿，」首席財稅執行官連腳趾頭都只差擠出笑臉，「不光考試是慶典的意思，其其空間也是考試的意思，相對而言，其其空間可能還更暢曉更直白一些，也就是說⋯⋯」

「放屁！」

「上至死了300年的老媼下到200年後出生的嬰兒，該考的都考了，」首席財稅執行官翻開花名冊，「老人家，看在我們鎮長親自送考的份上——我們鎮長的愛民之心可是輝映日月啊，您就別再猶豫了，交吧，交了我們好走人，免得影響您老人家曬太陽，全鎮就您一個人沒交了。其實，我們一點不想為難你們，但是，這次考試太重要了，它不僅關係到我們癸鎮人民的幸福更關係到我們偉大的其其國的

未來。我們癸鎮是試點，我們有責任有義務帶個好頭。其實，考試只是一個形式，題目一點都不難，通過率100%，關鍵是要交其其空間。老人家，放120個心好了，我們又不是騙子……」首席財稅執行官翻開《10000年其其國全民考試規劃》，「《10000年其其國全民考試規劃》第一章第一條第一款：拒不參加考試者，以叛國罪論處……」

「以叛國罪論處？」老頭嚯一下站了起來。

「別激動，別激動，」鎮長忙上前將老頭扶上之前一直坐著的石頭，「我們沒說您，老人家，我們怎麼會說您呢──有這麼說話的嗎！」鎮長轉過臉，「飯桶！小心你吃飯的傢伙！說不定他本人就是將軍……」鎮長將臉轉回來，「首席財稅執行官的腦子剛剛切除半邊，說話做事找不到分寸，您老千萬別和他計較，當然，我也有管束不力的責任，請您老大人不記小人過，不過……當然……叛國罪卻是真的，假設您老拒絕考試的話，對您本人非常非常非常的不利。您知道這次考試是誰監考的嗎？我們偉大的其其國的右總理大臣阿Ｏ。據說《10000年其其國全民考試規劃》就是他起草的，您您您……卑卑職勸勸勸您老人家還是識時務者為俊杰……」

「一派胡言！」

「您老不信？沒關係──快，快去請阿大人……什麼？阿大人被其其果卡住了，一時半會兒出不來──那還楞著幹什麼，快去拽啊……什麼？人太多了不僅地上挪不開步無法通行就連下水道也擠滿了人，根本去不了廣場？我們剛剛來的時候不是還還還──阿大人的視頻──阿大人，我們這有位有位有位將軍他老人家想和您通話……」

「將軍──」阿Ｏ的聲音小心翼翼，「您好！」

「聲音大點死人了！」

「對不起，將軍，請您原諒，我這裡稍有動靜頭頂上的東西就會雪崩似的往下滾，您聽──」手機裡傳來轟一聲巨響，「不是我阿Ｏ怕

死，我是怕我死了山母大叔便沒人領導了，偉大的其其國就會墮入無邊的黑暗之中⋯⋯」說著，傳過一張衛星圖片。

「這是哪裡？其其山嗎？」

「廣場。」

「廣場？」

「對，廣場⋯⋯什麼？您要看我的照片？我們不是正在視頻通話嗎──視頻晃過來晃過去看不清──好的，您稍等一下，我馬上就發，馬上就發⋯⋯發了，收到了嗎，將軍大人？」

「阿大人，你怎麼比我們多兩條腿？」

「沒有啊！」

「沒有？」

「沒有！」

「這是什麼？」

「那是我的手，將軍大人，您弄錯了！」

「弄錯了？明明是腿！手杵在地上？杵在地上的會是手？拿我老頭子尋開心？」

「冤枉啊，將軍！」

「冤枉？你喊什麼，我都沒喊！」

「您──」

「他們說我沒考試要定我叛國罪！」

「有這事？簡直是無法無天！誰這麼狗膽包天，叫他們等著，我立馬過來收拾他們⋯⋯哎喲，我的媽啊⋯⋯老弟，老弟，丘比丘老弟，能麻煩你幫我跑一趟嗎？什麼，你也被壓著了，出不來⋯⋯將軍大人，您老別急，他們沒跑吧，麻煩您老人家把電話給他們的頭兒⋯⋯」

「阿大人啊，」下鎮長捧著電話哭訴：「我我我們可可可都是按照您您您和丘大人的吩咐⋯⋯」

「我和丘大人的吩咐？我和丘大人說過考試？說過不考就要定罪？」

「您您您……們不是叫我們不拘形式自由發揮的嘛，我們都沒見過世面，再加上腦瓜子頓，除了把尋找國王自由成慶典再發揮為考試並最後等同於一定的其其空間而外，別的沒什麼……」

「等同於一定的其其空間？」

「就是我們必須交足他們規定其其空間，」老頭將腦袋伸到屏幕前喊，「不然，就是叛國！」

「這也叫發揮？有這麼發揮的嗎？亂彈琴！沒見過世面腦瓜子頓——見過世面腦瓜子靈活還了得？全部給我引咎辭職，立即馬上趕快……」

「報告，」首席治安官7卡喊：「進去了！我們進去了——他不是將軍——退後！都給老子往後退兩米！退——退不了？」7卡拔出配槍，「退得了嗎？……」

「把我阿O當奧楚蔑洛夫？無聊！你放120個心好了，老人家，這事我阿O一定給你一個滿意的答覆——你將功折罪的時候到了，下鎮長，把他家所有有用無用的東西給我統統運到廣場來，立即馬上趕快！」

「謝謝，謝謝，謝謝大人……可可可是我們不知道他的家在哪啊！」

「不曉得叫他帶路？」

「他根本就不理我們！」

「宣傳發動！」

「宣傳了——大人，首席財稅執行官一直堅持在宣傳發動一線，可……」

「老人家，這就是你的不對了，我們可全都是為你著想，可是，

你卻這麼不合作——你應該明白，我們代表的可是法律……」

「我明白得很！」老頭脖子一梗，喊：「不就是其其空間嗎？我問你們一個問題，說清楚了要多少給多少。」

「真的？」

「我什麼時候說過假話！」

「你儘管問好了，莫說一個問題就是一千個一萬個我們都願意回答。沒想到，沒想到，真沒想到……老人家，你是我們的榜樣，楷模！其實，我們山母大叔根本不要其其空間，但是，我們很歡迎，十分歡迎……」

「你們的試卷一共就兩道題，」老頭舉起試卷在鏡頭前揮舞，「第一題：《其其樹乖，其其樹聽話，其其樹睡覺覺》是誰譜曲的？第二道題：《其其樹乖，其其樹聽話，其其樹睡覺覺》的曲作者是誰？溫馨提示：兩題答案必須不同，同者——義理，邏輯——計零分。這是考試還是捉弄人！」嘩啦一聲，老頭將試卷撕得粉碎。

「我們的時代是一個知識的時代，對於知識，我們應該抱著活到老學到老永不滿足的態度，人的腦子就像機器一樣，要不斷地運轉，充電，不然就會生鏽朽爛直至癱瘓……」阿O諄諄善誘。

「很多事是不以人的意志為轉移的，老人家，」鎮長抓過老頭的手放在胸口，「我們並不想這樣，我們是沒辦法啊……」

「於是，你們就發明了考試？」

「對對對，另一個名字叫慶典，當然，說尋找國王或集中其其空間也通……老人家，難得！」鎮長豎起大拇指，「那——我們就開考吧——12個其其空間，開票，首席財稅執行官——放心，老人家，這12個其其空間是押金，只要你兩個題目都答對，立馬退給你，當然，不合格的話就不能退了，同時還要補考，再交……」

「放屁！」

「什麼態度！」鎮長臉色鐵青，伸長脖子喊：「7卡，7卡——首席治安官在哪裡……」

「別激動，別激動，有話好好說，」丘比丘一邊喊一邊從人縫裡鑽出來，「老人家，」丘比丘抓住老頭的兩隻手，「您誤會了，下鎮長他們之所以組織這次考試，目只有一個，那就是為了癸鎮的繁榮富強為了癸鎮徹底擺脫其其樹的困擾為了大家都過上幸福美滿的生活，你老人家慈眉善目，一看就是一個道德心很強的公民，我給你表演刀劈活人好嗎，可好看了，老人家，魔術是我們丘家的祖傳……」

「少跟我來這一套，」老頭抽回雙手，「老實告訴你們，我什麼都沒有，除了屁股下面這塊石頭！」

「沒關係，我們可以賒帳……」

「我從不賒帳！」

「7卡！」

「報告鎮長，我們正在給他的資產文檔植入病毒……」7卡滿頭大汗地答。

「可能是條大魚，」首席財稅執行官嘴巴貼著鎮長耳朵道：「你請示下丘大人我們可不可以把線放長點。」

「丘大人，」鎮長不停地向丘比丘眨眼，「時候也不早了，我們是不是先撤……」

「不行！」阿O在電話裡喊。

「可可可是……」鎮長苦著臉喊。

「他屁股下面是什麼？石頭？石頭不是資產嗎？給我扛回來！」

「石頭可以抵其其空間？太不搞笑了！」

「一碗水要端平！」

「我們也要用石頭抵數！」

「退我們其其空間！」

……

　　詞語蝗蟲樣撲來，它們呼喊，嘯叫，憤怒，燃燒，自我裂變、增殖、擴散……

　　「靜一靜，大家靜一靜，」丘比丘兩手向下壓，「這是特殊情況，特殊情況特殊對待，放心，大家放122個心好了，我們絕對會一碗水端平的，決不會厚此薄彼，一視同仁……」

　　「一視同仁？騙鬼他媽吧！」

　　「騙子！」

　　「退我們其其空間！」

　　「他們這次來癸鎮的任務根本就不是考試，也不是慶典，而是找國王，找其其一……」

　　「對的，一點不錯，我們的任務是尋找國王，老鄉，您說得太對了，」丘比丘朝對方拱手，「但是，它們是三位一體的……」

　　「哎哎哎，不用找了，我們就在這裡……」多多踮起腳尖喊。

　　「亂叫別！」其其一一把捂住多多的嘴，小聲耳語：「其其二的殺手他們都，出聲快別，不然，沒命你我……」

　　「騙子！」

　　「退我們其其空間！」

　　「騙子！」

　　「退我們其其空間！」

　　「騙子！」

　　「騙子！」

　　「騙子！」

　　「抓住他們！別讓他們跑了……」

　　「敢！」首席治安官7卡拔出配槍舉向空中，罵：「法盲！」頓了頓，道：「法律是具有強制性的，不是市場，誰想來就來想走就走

的！這次考試依據的就是我們偉大的其其國的偉大的法律，不是我們一時心血來潮想像出來的，我們的目的是提高大家尋找國王的綜合能力並不是為了幾個其其空間。我最討厭的就是其其空間，什麼都其其空間，其其空間，其其空間，其其空間是萬能的嗎？大家不要再提其其空間的事了！再說，老虎吃進嘴裡的肉還會吐出來嗎？」

「可是……」

「可什麼是？不公平？你代表法律還是我代表法律？讓開，讓開──走，我們走，鎮長──丘大人，這邊請……」

「且慢──」阿O在電話裡喊：「法律面前人人平等！對於個別頂風作浪的頑固分子，我們決不應該手軟！」說著，拉開公文包，取出一大堆文書一字兒排開在面前，「把電話對著老頭兒！」阿O從口袋裡掏出一個藍色的小本本，「這是我的執法證，編號YONGSHUNJS 001，看清了嗎？」阿O打開《偉大的其其國考試法》原版提高聲音一字一頓地念：「第二十三章第1087條，凡其其國公民，拒不參加考試者，輕則沒收全部其其空間，重者坐牢……」

「敢！」

「開文書！阿大人，不要跟他囉嗦，這種人我7卡見多了，典型的不見棺材不流淚！」

「老人家，我勸你還是好漢不吃眼前虧，何必呢？我給你──你喜歡落井下石嗎……」

「喜歡你媽個錘子！」

「什麼態度？典獄長──7卡，7卡……」

「馬上，馬上，」7卡盯著電腦屏幕答，「進去了！進去了……這傢伙是個精神分裂症患者，剛從醫院跑出來……」

「難怪！」

「白忙了一陣！」

「唉！」

「浪費我們的時間，趕快把他扣起來，好向醫院索賠⋯⋯」

15

在痛惜追悔憤懣乃至隨時可能揭竿而起與彈冠相慶的燈影裡，癸這一經驗和想像的織體邁著疲乏的步子，翻開了伐除定語狀語補語以至賓語和謂語恨不能僅保留主語的新篇章，一步步走向江南，走向古典，走向婉約妙曼與腰線，就像孕婦誕下胎兒，新娘卸去華服，就像⋯⋯突然，有人喊：「這裡掉了一單！」暫停鍵下撳，回歸的腳步被斷電。「不，不是一單，是兩單，兩單⋯⋯」7卡一邊撸袖子一邊更正。其其一和多多被物化的同時也使所有的眼睛物化成了追光燈。

「怎麼回事？」下鎮長用眼睛問首席財稅執行官，「不是只剩0.00025%的嗎？嗯！」

「這，這，這⋯⋯」首席財稅執行官一邊翻居民花名冊一邊撓後腦勺。

「怎麼搞的？幾個人都數不通！無能⋯⋯」鎮長罵。

首席財稅執行官將求助的目光投向首席治安官，7卡忙將頭扭向一旁，叫眼睛對著天空出神⋯⋯

「別腦筋費，不是癸鎮人我們！」

「歡迎，歡迎，」丘比丘使勁鼓掌，「歡迎來癸鎮考試！有朋自遠方來不亦說乎，來，大家一起唱首歌歡迎兩位貴客——兔子，兔子，快快來，快快往我家樹上撞，樹上撞，樹上撞⋯⋯」大家一邊唱一邊向其其一和多多圍上來。

「旅遊來我們是，」其其一說著拉上多多就往包圍圈外走，「考試的不，考試的不，考試的不，拜拜⋯⋯」

「哎哎哎——旅旅旅遊的也也也一樣，」鎮長追上去，「7卡，7卡，7卡……」

「早考過了我們——亂動別，嚴格點……」其其一加快步伐。

「我們還考得嚴些。」多多一邊跑一邊指自己的臉。

「站住！早考過了？我們現在執行的考試法是今天早上剛剛才出臺的一部新法規，除了癸鎮別的地方根本就不知道——癸鎮怎麼知道的？癸鎮是試點！——以後？以後誰說得準呢？……回來，快回來，反正要考的，我們這裡考得鬆些，試點嘛，回去考你們不一定能過關，過不了關就是非法，非法隨時都可能被依法取締——取締就是沒收，銷毀，懂吧……」

「該取帝的首先是你們這些無法無天的傢伙我看！」其其一站了下來。

「取締我們？笑話！哈哈哈……」丘比丘大笑。

「哈哈哈……」鎮長笑。

「哈哈哈……」首席財稅執行官笑。

「哈哈哈……」首席治安官笑。

……

癸鎮的意識被擬聲詞麻痺了。

「走！」其其一清醒過來，「走，多多走我們，他們別理，在我後面緊跟……」

「站住，站住，給我站住！」語言的魔障解除了，所有的人一齊大喊：「站住！」但是，其其一毫不理睬，依舊朝前疾走。多多猶豫了一下，停住了腳步，但是，旋即邁開雙腳飛奔。

「站住！」

「要不，我們還是別跑吧。」

「沒跑根本我！這是走，走，懂嗎？走和跑區別得很！快……」

「砰——砰砰！」7卡鳴槍。

　　其其一停住腳步，多多渾身篩糠樣亂抖，同時，雙手不停地摳面具上的假血痂。

　　「跑啊！怎麼不跑了？」7卡吼。

　　「給老子捆起來！」鎮長命令，「敢在我下勺哈的地盤上撒野，不要命了——一點王法都沒得！」

　　「加倍考試！」阿O在電話裡指示。

　　「先給他們搞個健康鑒定書，這樣永順精神病院便沒法投訴我們敲竹杠連精神病人都不放過了，」首席財稅執行官建議，「這兩個傢伙真有可能是從精神病院裡跑出來的，看，這個胖子話都說不明白，還有，精神病人免考的條款應該廢除，太沒理由了，大家都考為什麼你精神病人就不能考……」

　　「落井下石！」丘比丘舉起雙手高呼。

　　「敢！」其其一咬著牙齒喊。

　　「有什麼不敢的？」7卡掂動著手裡的槍接腔道：「只有你不敢想的沒有我們不敢幹的！」

　　「哎哎哎……」阿O在電話裡喊，「7卡，和氣生財，和氣生財……考試是我們偉大的其其國的公民的責任和義務，沒人能跑得掉的——不要撅嘴巴，胖子，要是實在想不通就當交保護費想，何必搞得最後考沒逃掉人又得罪了……你們是特殊情況，乘以二已經很優惠了，本來應該是加倍和雙份的，但是……我們的考試合格證是通用的，不僅其其國內通用，就是到國外也一樣有效……」

　　「屁！」

　　「上！」鎮長命令7卡。

　　「上？狗眼睜開看看，誰是我？」

　　？？？？？？？？？？？？？？？？？？？？？？？？？？？？？

？？？？？？？？？？？？？？？？？？？？？？？？？？？？？？
？？？？？？？？？？？？？？？？？？？？？？？？？？？？？？
？？？？？？？？？？？？？？？？？？？？？？？？？？？？？？
？？？？？？？？？？？？？？？？？？？？？？？？？？？？？？
？？？？？？？？？？？？？？？？？？？？？？？？？？？？？？
？？？？？？？？？？？？？？？？？？？？？？？？？？？？？？
？？？？？？？？？？？？？？？？？？？？？？？？？？？？？？
？？？？？？？？？？？？？？？？？？？？？？？？？？？？？？
？？？？？？？？？？？？？？？？？？？？？？？？？？？？？？
？？？？？？？？？？？？？？？？？？？？？？？？？？？？？？
？？？？？？？？？？？？？？？？？？？？？？？？？？？？？？
？？？？？？？？？？？？？？？？？？？？？？？？？？？？？？
？？？？？？？？？？？？？？？？？？？？？？？？？？？？？？
？？？？？？？？？？？？？？？？？？？？？？？？？？？？？？
？？？？？？？？？？？？？？？？？？？？？？？？？？？？？？
？？？？？？

一大片腦袋被問號覆蓋或格式化了。

「誰呀？」

格式化了腦袋一齊格式化地問。

「誰呀──你們的國王！」多多挺直腰杆回。

「國王？我們的國王？他──」下鎮長指著其其一，「什麼？你也是國王？第一國王──偉大的其其國的第一偉大的國王？你們都是國王⋯⋯」

「都是國王？」首席治安官和首席財稅執行官重複。

「還楞著幹嗎？你們就是這樣迎接你們的國王的嗎？」多多叉著腰訓斥。

「吾王吉祥，吾王萬歲，萬歲……」外交大臣趴在地上高呼。

「轉一下，把電話轉一下……」阿O在電話裡嚷：「我也要拜，我也要拜……吾王萬歲，萬歲，萬萬歲……」突然，阿O驚叫，「啊——騙子，騙子，他們是騙子，根本不是國王！他倆的口袋裡癟得像一張嘴——哪有這樣的國王？簡直連乞丐都不如，肯定是假冒的……」

「差一點就落井下石了，」丘比丘站起來，一邊揮衣服上的灰塵一邊大聲喝斥：「膽子不小啊，冒充國王——說，什麼人？治安官——」

16

7卡帶領手下舉著警棍向其其一和多多圍過去——屏幕黑了——窗子上的光線刷一下暗了下來，剛從墨水瓶裡撈起來一般——警報聲——腳步聲，慌張、凌亂、匆促……其其二來到門口時，教育考試大臣和他的隨從早已人去樓空，寂靜的院子如一部廢止的詞典或反復修改然後丟棄的手稿。其其二走向院外。其其二忍著沒跑——他打算拒絕服役的靈感樣大搖大擺溜到作家看不見的地方再跑，但是，他剛踏上中央大街的路肩就被教育考試大臣截了回去。

「恭迎偉大的極有可能，」其其二一進門，大臣們便撲通一聲跪在地上高呼，「偉大的極有可能萬歲萬歲萬萬歲……」其其二還沒反應過來便被按在了擺在草坪中央的椅子上。

「使猴子捉蛇演出現在隆重開始，」總理大臣宣布，「第一個上場的是——」

「報——告……」總理大臣的話還沒落音，一身戎裝的國防總長便搶過話筒急匆匆奔到其其二跟前，貼著其其二的耳朵嘀咕開了：「首先，請你假設這個草坪是一棟房間很多的房子——當然，這只是暫時的，隨著劇情的發展，草坪的功能也會出現相應的變化——我滿屋子亂跑，滿屋子報告，但是，房子都差點叫我給報告塌了……」說著，國防總長從褲兜裡掏出一張廢報紙撕成紙條卷成卷貼在鼻孔下面，「其次，你假裝你是國王——準備好了嗎——好了——我們開始——報——告，我高喊著報告來到你的門口時，你正從房裡出來，你準備找你的私人秘書諮詢侯塞雷是什麼意思，因為外面有人正扯著嗓子喊侯塞雷——侯塞雷——叫，叫，侯塞雷——侯塞雷呢？侯塞雷哪去了……好了——咚一聲，我撞在了門框上，我太急切太慌張了，我倒在了地上——綠龍，綠龍……」國防總長將鼻子下面的紙卷打開，放在其其二的鞋子上，「跺腳，跺腳——鞋子，鞋子，你的鞋子，國王——綠龍？綠龍就是綠鼻涕……」

「神經病！」

「好！罵得好，罵得妙！請再在我腰上狠狠地踢上一腳，只有這樣劇情才能朝前發展，因為，我已經摔暈了，意識模糊不清，沒有足夠的刺激便沒法醒來……對對對，就是這樣，用力，用力，再用力——哎喲……」國防總長一邊齜牙咧嘴從地上爬起來一邊跪拜：「謝主龍恩！謝主龍腳！幸得龍腳連續御賜，不然小臣就去了天國，沒了小命……」

「那就再御賜你一頓吧！」其其二抬起左腳，之前用的是右腳。

「非常榮幸，萬分榮幸，榮幸之至，只只只是，小臣命太薄，只怕——這樣吧，我們雨露均沾，雨露均沾——小臣的意思是我們將這一頓御賜轉嫁給別人……」

「轉嫁給誰？」

「隨便——哪個倒楣轉那個——侯塞雷！侯塞雷！侯塞雷……他媽的，關鍵時刻掉鏈子——侯塞雷，再不出場老子斃了你……」

「侯塞雷？」

「陛下神明，陛下萬歲，陛下明察秋毫——對對對——小臣知道，小臣怎會不知道呢，不知道的是你，除了陛下一個人蒙在鼓裡，我們大家都知道，但是，劇情要求小臣假裝不懂，所以，小臣只能胡謅……」

「胡謅？」

「陛下神明，陛下萬歲，陛下……」

「豬！」其其二罵，轉過背去，「豬沒你這麼長的腿！」

「報告！」總理大臣卡貝七撥開人群擠到其其二跟前，「報告，TP2國國王在外面罵你！」

「不，不是罵，是辱沒，辱沒，」國防總長糾正，「比罵嚴重125，罵的指數是1，辱沒是……」

「TP2國國王？」

「TP2國國王！」

「對，TP2國國王，也就是你的親弟弟……」

「我的親弟弟？」

「嗯，你的親弟弟——你忘了？不記得了……忘了好，忘了好，TP2國窮死了！誰願意和一個窮國王稱兄道弟？再說，那傢伙又老又髒又醜，連一隻沒人要的流浪狗都不如……」

「對對對，連只狗都不如，狗都不如……」

「狗都不如？誰狗都不如？」其其二大喝，「我的親弟弟在你們眼裡連狗都不如？這叫人話嗎？」

「陛下英明！」

「陛下萬歲，萬歲，萬萬歲……陛下的弟弟也萬歲萬歲萬萬

歲——可是，這不符合劇情啊——萬惡的劇情！萬惡的編劇！既然知道 TP2 國國王和我們的陛下是兄弟，為什麼不安排迎接的情節——走，我們一起出去歡迎 TP2 國國王——儀仗隊——國歌，T 其兩國國歌，升國旗，T 其兩國國旗，鋪紅地毯，鳴禮炮25響……」

「這還差不多！」

「可可可他他他正正正在罵罵罵你呢，陛陛陛下，」總理大臣卡貝七結結巴巴提醒，「侯塞雷——聽——侯塞雷，侯塞雷，侯塞雷——他罵你侯塞雷！」

「侯塞雷？」

「侯塞雷就是膽小鬼的意思，但是，這是古義，」國防總長解釋，「侯塞雷的現代義共125項，現在，我們已開發到了第122項，即御駕親征，御駕親征的意思是指不論什麼時候什麼地點什麼原因，國王都應該一馬當先，衝在隊伍的前面，單人獨騎地完成任務……其實，侯塞雷根本就沒有罵人或辱沒人的意思，那是編劇瞎編的，御駕親征也極可能是他瞎編的，目的就是喚醒你的從王即當國王的憂國憂民的偉大意識，帶領我們大家……」國防總長躺倒在地，「啊——……」國防總長慘叫——國防總長眼睛上翻——國防總長牙關緊閉——國防總長抽搐，口吐白沫……

「120，120，120——不，不，是真120，不是演戲，是真的，不是……」總理大臣一邊蹲在地上招國防總長的人中一邊喊，「醒醒，喂，醒醒……」總理大臣批國防總長的臉，「喂，喂，醒醒，老弟……」

「考試，考試，」教育考試大臣站起來，「誰先考，考過了好給國防總長心肺復蘇，今天情況特殊，我們考簡單點……」

「口香糖——誰有口香糖？」

「口香糖？你要口香糖幹什麼，總理大臣？作弊？且慢，諸位，

我得再次重申一下考場紀律⋯⋯」

「我怕他有口臭，想叫他嚼個口香糖把嘴巴嚼香了再給他做人工呼吸，那兩條綠龍太噁心了⋯⋯」

「口香糖！口香糖！口香糖！」教育考試大臣喊，「救人一命勝造七級浮屠，捐一塊口香糖免考一年，大家踴躍⋯⋯」

「我沒有口香糖只有氣球，據說用過的氣球是製造口香糖的上好原料──半年？懸殊太大了！不公平！我要投訴你，告你歧視年輕人⋯⋯」

「航模免多久？」

「大炮免多久？」

「玩具熊呢？」

「鉛筆盒免不免？」

「橡皮擦呢？」

⋯⋯

國防總長被懸置了，演出變成了一個龐大的介詞結構，就像那些以「在」字開頭的洋洋灑灑的工作總結，大家終於明白過來這些累千計萬的文字只不過一盤散沙的時候，需要心肺復蘇的人已經增加了一倍──不知什麼時候，總理大臣也倒在了地上。

「編劇，編劇，這是──什麼？正副編劇都在地上⋯⋯御醫長！御醫長！御醫長⋯⋯」其其二叫，「御醫長哪去了？難道還沒起床？都什麼時候了，還不來上班，真不像話──值日生⋯⋯」其其二的腦細胞在學校裡瘋逛，沒有完全適應宮廷環境，錯將值日大臣喊成了值日生，不過，「生」字還沒落音，他就調整了過來：「值日大臣，御醫長今天請假了嗎？值日大臣，值日大臣──御醫長，值日大臣，我命令你們馬上給我滾出來！一，二，三⋯⋯」

「偉大的其其國最偉大的廁所所長駕到，」一個左右漢賦般鋪張

前後電文樣簡縮的老太太晃蕩著肩上滴水的掃把彈簧樣從廁所裡衝出，「吾王吉祥，吾王萬歲，萬歲，萬萬歲，」老太太一步三跳向其其二奔來，拖把上的水四處飛濺，「啟稟吾王，值日大臣從不值日！」

「值日大臣不值日？」其其二躲在座位後面問。

「吾王英明！」老太太坐上其其二的椅子，拖把權杖樣舉在手中。

「那——」

「啟稟吾王，老身願往，如蒙不棄，上刀山下油鍋肝腦塗地萬死不辭！」老太太將拖把重重地往地上一杵，「吾王明鑒，老身雖處廁所之中但是心卻一刻也沒有忘記過廟堂……老身品德高尚，才智過人，身體健康，心態陽光，且，老驥伏櫪志在千里，運籌帷幄之中決勝千里之外……老身不僅智商高，情商更高，知恩圖報，倘獲授值日大臣之職，定奉吾王為父母，轉世變牛變馬……下館子，洗桑拿，出國旅遊絕無二話，吾王儘管放心……但是，若吾王堅持摸到石頭才肯過河的話，老身只能為吾王與其其國最最最優秀的人才失之交臂而扼腕和痛惜——老身不是小氣，老身實在是囊中羞澀，一個掃廁所的能有多少其其空間呢……」

「但是……」

「不但是，不但是，吾王千萬別但是……風投，風投，風投怎樣？」

「謝謝，謝謝，所長大人，但是……」

「風投雖然有一定風險，但是，收益也會成倍增長……」

「不不不，你誤會了，所長大人……御醫長幹什麼去了，你能把他找來嗎，風投的事等御醫長來了我們再詳談，我向你保證，只要御醫長能來，不管是風投還是雨投，我保證統統笑納，來者不拒，而且，我現在就任命你為偉大的其其國的偉大的值日大臣……」

「可可可……這——」

「你想見死不救嗎？那可是要殺頭的哦！」
「不不不⋯⋯」
「那還不快走！」
「吾王英明，吾王萬歲，饒了老身吧⋯⋯」老太太撲通一聲跪在地上，「老身雖然貴為最最偉大的廁所所長，但是，在國王辦公大廈，不，在整個其其國，老身的地位卻最為卑下，沒一個人瞧得起⋯⋯啟稟吾王，老身小時侯不僅得過腦癱和腦膜炎還患有間歇性先天智障，儘管每次考試都是零分，但是，老身──那時應該叫小身──從沒放棄過，天生我才必有用是老身的座右銘⋯⋯感謝吾王，感謝吾王慧眼識珠，但是，值日大臣的成績只比老身好一丁點──真的只一丁點，我倒數第一他第二⋯⋯我，我，我怎敢去叫御醫長，我哪有資格⋯⋯」

「有這等事？太欺人了，不，不是太欺人，是欺人太甚！讀不倒書有什麼了不起？讀不倒書就不該吃飯？我也──不，我不也，我我我⋯⋯」

「宣布，宣布，宣布，我宣布，以偉大的其其國的偉大的國王的名義宣布──」大臣們一齊吶喊。

「以偉大的其其國的偉大的國王的名義？」其其二問。

「以偉大的其其國的偉大的國王的名義！」眾大臣點頭。

「你們的意思？」
「我們的意思！」
「大膽！」
「大膽？」
「什麼人需要以國王的名義？」
「什麼人？」
「不是國王的人！」
「不是國王的人？」

「不是國王的人以國王的名義是什麼？」

「是是是什麼？」

「謀反！」

「對對對，我們謀反，我們謀反，不不不，我們不謀反，你謀反，不不不，是我們謀反你不謀反，不不不，我們都謀反，不不不，我們都不謀反，我們是找領導，找你當我們的領導，使猴子捉蛇專家委員會經過反復研究論證，最終的鑒定結果是，你是唯一的候選人，最最適合捉蛇——不不不，不是捉蛇，是最最適合擔任我們的領導，因為你履歷簡單思想單純易於操控——不不不，不是操控，是操作，對對對，操作，操刀以割主宰天下的意思，不論你高大英俊還是侏儒一般矮小醜陋也不管你人品才幹如何，你都是我們最最英明的領導，我們跟定你了⋯⋯」

「你們不是說我是假的嗎？」

「沒有的事！沒有，絕對沒有，怎麼可能呢⋯⋯」

「沒有的事？」其其二指著教育考試大臣，「他剛剛還叫我極有可能是假的先生呢⋯⋯」

「那是他假傳聖旨，純屬個人行為，與臣等無關——別叫，安靜，別叫，你是老同志，以大局為重個人服從集體的道理應該比我們懂，你不下地獄我們都會下地獄的，我們授予你烈士稱號，你的老婆和孩子我們替你養，你的房子我們替你住，你的車我們替你開，求你了，別鬧了好不好⋯⋯是的，我們也叫過，但是，他只追究你⋯⋯不管他，讓他吵——不過，你是領導，其其國，不不不，不是其其國，是這個世界最最傑出和最最偉大的領導，我們懇請你大人不記小人過，不要和他計較，他本來就瘋瘋癲癲的，再加上老糊塗了，神經不做主⋯⋯其實，真和假是相對的，它們之間並不存在絕對劃一的界線，很多時候，假的甚至比真的更精緻更漂亮更具使用價值，在地下

埋了幾千年的陶罐不論是用料做工還是藝術性和實用性都絕不能和現代仿品同日而語……再說，我們已經到了最危險的時刻，不不不，不是最危險的時刻是饑不擇食慌不擇路的時候，不不不，不是這個意思，是恰恰相反，我們有充足的時間我們一點也不急，是你——你當我們的領導吧，我們渴望你當我們的領導，熱切渴望，十分的熱切渴望，我們不在乎真假，一點也不在乎，真的，一點不假，只要你點頭，我們立馬唯你馬首是瞻……」

「不可能！」其其二拒絕，「誰不知道你們明起是要我當領導實際上是把我往火炕裡推……」

「不不不，怎麼可能呢，我們對你的忠心與天地共存與日月同輝，不不不，比天地久遠比日月更光芒四射……我們都是心地善良品行端正的人，就是下作也不可能下作到算計人的程度，退一萬步說，我們就是要算計人也不會算計領導啊，領導是我們的空氣是我們的陽光是我們的雨露，我們害誰也不會害領導，那是搬起石頭砸自己的腳，不不不，不是搬起石頭砸自己的腳是自絕於領導，自絕於領導就是自絕於人民就是自掘墳墓……」

「但是，當領導太不合算了，吃自己的飯操別人的心……」

「不不不，吃自己的飯操別人的心是善，善中之善，大家夢寐以求的偉業……」

「當領導危險！」

「沒事，我們為你購買巨額人身意外保險，假如你光榮了，我們一定給你找一個空前絕後的謚號，讓萬人景仰，還有……」

「我的老婆孩子你們幫我養？呸！鬼才會上你們的當！誰不知道你們的如意算盤，千方百計哄我當你們的領導幫你們渡過難關，等警報解除或原來的國王回來就一腳把我踹開……」

「不可能的事！我們一貫知恩圖報……」

「那老國王回來你們怎麼辦？」

「不認他，說他是假冒的，把他趕走……」

「趕走？你們派的人還在四處尋找呢！」

「馬上召回，不不不，早就召回了，召回文件的腹稿都快打好了……」

「既然這樣，那我就不再推辭了，其實，我推辭也沒用，你們的使猴子捉蛇根本就沒有推辭這一幕，你們先是哄是騙，哄騙不成便拿槍指著腦袋命令，不過，我非常樂意和你們玩……」

「領導聖明，領導明察秋毫，什麼都逃不過領導的法眼……」

「既然這樣，那我就宣布了……」

「十分歡迎，熱烈歡迎，夾道歡迎，久旱的其其樹渴盼甘露一樣歡迎──紅地毯，灑掃庭除，郊迎三十里，禮炮，國歌，儀仗隊……」

「咳──」其其二坐回椅子，「宣布，不以國王的名義，從現在起，其其國全體公民一律平等，誰歧視讀不倒書的人輕則杖125，重者判刑坐牢，立即執行，第二，也是立即執行，其其國所有考試壓縮一半……」

「烏拉──老身這就去叫御醫長……」

「侯塞雷！侯塞雷！侯塞雷……」

「鬍子，鬍子，快，快，網，網，網……報告，教育考試大臣搶奪他人臺詞，目無組織紀律，嚴重擾亂劇情發展和宮廷和諧，幾壞人好事，令人髮指的是居然拒絕領導，幸得臣等力挽狂瀾於既倒，目前，該亂臣賊子及其同黨已被臣等一網打盡，如何進一步處置，臣等一切以領導的意志為轉移……」

17

「啟——稟吾王,其其國最最著名的外科醫生,兼內科兼兒科兼婦科兼精神科內分泌科心血管科血液科兼所有醫生護士技師和護工及勤雜和安全保衛,更兼其其國科學院首席院士,其其國醫學會會長,其其國專家委員會委員長,其其國最最偉大的數學家、作家、編劇、詩人外加每次考試都是第一名……」值日大臣停下來吁吁喘氣,「啟稟吾王,御醫長雖然一年四季只有一件猩紅色大氅一個黑色面罩和一根拐杖,但是,頭銜卻有32公里,還不包括他腰上別的手術刀縫針剪刀止血鉗麻藥注射器紗布膠布之類,實在是太長了點,老身能省略一部分嗎……好的,謝吾王隆恩,那老身就簡單點——老身不辱使命,把御醫長駕到了……」

「辛苦了,御醫長大人——」其其二伸出雙手,「所長大人——不值日大臣大人,御醫長大人他是不是嗓子——」

「啟稟吾王,御醫長是用特殊材料製成的……」

「什麼材料?」

「加氣加壓外帶加熱的我,即叫眼睛長在額頭上,也即所有的人在他眼裡都是標準版的傻瓜笨蛋加蠢驢……」

「沒關係,有本事的人都這樣,只要能把人救回來……國防總長和總理大臣是我們其其國的棟梁,御醫長大人,請你一定救活他們,他們是為了我們其其國的福祉累倒的……」

「今天我休息。」

「明天給你補休,我的御醫長大人,救救他們吧,遲了他們會沒命的,那樣的話會給其其國帶來不可估量的損失,我的御醫長大人!」

「今天是我在我的萬國寵物診所看病的時間,我來這裡已經損失了好多的其其空間……」

「啟稟吾王，御醫長雖然醫術高超，但是，他沒有獸醫行醫執照，不具備獸醫資質，他的萬國寵物診所也沒有取得許可證，是一家地下黑診所，在我們打擊非法行醫的颶風行動中曾被取締過好幾次……」

「這裡是你說話的地方？天天倒數第一……」御醫長舉起拐杖，啪一下，剛剛履新的值日大臣便倒在了地上。

「衛兵，衛兵，衛兵……」其其二喊。

一群穿制服，戴頭盔，握盾牌，拎電棒的後生應聲而至。

「拿下！重責125軍棍。」

其其二命令，但是，衛兵們雕塑一樣一動不動。

「拿下！重責125軍棍……」其其二再次下令，「你們想抗旨嗎？」其其二吼。

撲通，所有的人都跪了下來，除了御醫長和其其二自己。

「偉大的其其國的最最偉大的領導同志，我們不是要抗旨，是《其其法典》第1025章第1837條第20087款規定：『凡其其國大臣一律享有犯法不追究權』……」

地上的人哭訴。

「倒數第一怎麼了？人的能力各有長短，讀不讀得倒書既不能說明一個人的能力更不能說明一個人的人品，讀書的目的是向善，不是為了瞧不起人……太過分了，不煞煞這股歪風，我我我──簡直是不給我們──不是我們是讀不倒書的人活路……對讀不倒書的人的不敬就是對偉大的其其國的偉大的領導的不敬和公開挑釁，我宣布，從今天起，第20087款作廢！還有，不論你是誰，也不管你的官有多大，以後，凡是公開或不公開的對讀不倒書的人的蔑視，我都會將其視為侮慢國王罪並重處……」

御醫長剛被拉到院子外面行刑，其其二就後悔了，御醫長扛得住125軍棍嗎？要不要叫他們下手輕點？125軍棍之後，他還能工作嗎？

不能的話誰來救國防總長和總理大臣，除了御醫長其其國沒第二個人懂醫⋯⋯該不發火的，該不發火的，該不發火的，至少不該發那麼大的火，唉⋯⋯

「吾王何事煩憂？」

「喲——值日大臣大人，快快請起，你——能起來嗎？」

「謝主隆恩，無甚大礙，微臣⋯⋯」

「無甚大礙？」

「撲臣者御醫長之氣場也非之杖也⋯⋯」值日大臣從地上爬起來。

「哎喲，你能不能現代版點，值日大臣大人！」

「何謂現代版點？」

「不是現代版點是現代版一點⋯⋯」

「何謂現代版一點？」

「把手從嘴裡拿開⋯⋯」

「哦——我懂了，國王的意思是叫我不要咬文嚼字，這好辦，但是，這樣一來我的學識怎麼顯示呢？」

「沒必要，再沒人敢瞧不起你了，我的值日大臣大人。」

「老身謹記⋯⋯」

「好，不說這些了，躺在地上的這兩位咋辦？」

「御醫長呢？」

「別說了，他生氣了，我讓他在天塔裡曬屁股——衛兵，把御醫長的褲子脫掉按在地上就行了，那125軍棍先記著⋯⋯」

「他這人就這樣，動不動生氣，不過，沒關係，國防總長和總理大臣我來救，就讓他安安心心地曬屁股吧，我們圭圭羊家族世代獸醫，對牲畜休克暈厥假死可以說罈子裡捉烏龜⋯⋯」

「獸醫整人？」

「沒關係，我實驗過多次，你放102個心好了⋯⋯」值日大臣挽

起袖子亮出獸醫世家的看家絕技——拿耳朵聽兩位大臣的心跳和呼吸，掰開他們的眼皮看瞳孔大小，之後，不慌不忙地從廁所提來一桶糞水放在兩位大臣的跟前，「報告國王，他們得的是一種極為罕見的烈性傳染病，叫 NH6，如果不及時地救治馬上就會意識模糊思想乾涸腦瘤腦癱甚至腦死亡⋯⋯不過，萬幸的是，由於發現得早，他們喝了我們圭圭羊家的獨門祕製特效藥之後很快就會沒事的——來，衛兵，幫我把國防總長和總理大臣的嘴撬開，讓我給他們灌我們圭圭羊家的祖傳祕方五穀湯。何謂五穀湯？一言以蔽之，五穀湯就是糞水，也就是大便和尿在化糞池裡混合後的半發酵物⋯⋯」

「滾！」總理大臣和國防總長一骨碌爬起來，「我們堂堂國家高級管理人員會得你阿狗阿貓的 NH6？簡直是一派胡言！我們躺在地上不過是想和領導開個玩笑，目的是叫他放鬆警惕——報告領導，圭圭羊非法篡改劇情，嚴重擾亂社會治安，我們請求領導讓我們以偉大的其其國的全體公民的名義治他個妨礙國家安全罪！」

18

「侯塞雷，侯塞雷⋯⋯叫，叫，叫啊⋯⋯難道接頭又鬆了，急死人了⋯⋯」總理大臣跺腳，「叫了叫了終於叫了——」總理大臣跳，如一個長期被冷宮顏色幾近耗盡的詞突然成了網紅上了熱搜，「報告領導，TP2 國王又開始辱沒你了，再不出去，偉大的其其國的偉大就要斷送在你手裡了⋯⋯」

「沒那麼嚴重吧，總理大臣大人，你是不是太言過其實了，我覺得侯塞雷聲音悅耳動聽，應該沒什麼惡意，再說，一個偉大的國家被罵兩句就不偉大了這個國家是不是也太脆弱太不經事了？」

「不不不，領導，侯塞雷是世上最最惡毒的語言，不，不是語言

是詛咒，最最惡毒的詛咒……」

「對對對，最最惡毒的詛咒，可以毀滅一切，就像強酸強鹼一樣殺人於無形！」國防總長附和。

「毀滅一切，殺人於無形，殺人於無形……」眾大臣高呼。

「那還不趕快出去！」

「那還不趕快出去！」眾大臣重複。

「誰出去？」

「當然是你！」

「我？我是你們的領導呢！」

「一點沒錯！什麼是領導？看，剛剛頒布的《其其詞典》第000頁000條，領導即衝鋒在前的傻B……」

「要是外面有什麼危險呢？」

「不可能，放心，我們都是領導的衷心擁護者怎會忍心叫領導冒險呢，不過，你要真有個三長兩短的話，我們……」

「你們怎麼？」其其二躬身向前。

「立馬選出新的領導！」

「我退出——不，不是退出，是拒絕！你們太陰損太毒辣了！」其其二站起來。

「我們行得正坐得穩，一貫光明磊落，既不陰損也不毒辣，同時，我們鄭重地奉勸你看清形勢說話做事要過腦子也就是三思而後行不要一失足成千古恨，使猴子捉蛇既沒有退出也沒有拒絕，不僅……而且……對對對，上賊船容易下賊船難，不不不，根本就下不了……」

「停船！」值日大臣沖上來，「下不了？誰說的……」

「衛兵，衛兵，把這個自以為是的瘋子轟下去！……你們，你們，不不不，不是你們，是你們，真是笨到家了——你們幾個送領導上路——播放《領導現場檢查進行曲》，音響，音響……」

「停，停，住手，弟兄們，快住手，那是你們的國王……他們——全給我綁起來！……衛兵衛兵，也不先問問衛兵姓什麼，告訴你們，圭圭羊，他們全部都姓圭圭羊……」

「快放了我們，圭圭羊大人，不然，你會成為千古罪人的，不不不，不是千古罪人是馬上大難臨頭，你沒聽見警報嗎，其其山早已烏雲蔽日伸手不見五指，據相關專家毫無根據的分析，那是妖怪在作祟，它正在吃其其果，估計馬上就會下山，一旦下山，我們便會成為它的腹中之物，誰都跑不了，唯一的辦法是送一個領導上山讓它吃，其實，我們也不想這樣，誰不是父母所生，但是，這是唯一的辦法，不捨小家哪來大家呢，同時，這也是領導的職責所在……」

「荒唐！你們也是領導，你們怎麼不去！」

「我是打算去的，怎麼說也該我去，因為在目前國王下落不明的情況下我總理大臣的官最大，但是，我去了誰主持政務，誰帶領大家對付妖魔，誰保護偉大的其其國的百姓……」

「我也打算去的，但是，哎喲——對不起，我要去趟廁所，失陪一下……」

「啊啊啊……我的肚子也痛起來了！」

「我也要上廁所！」

「我也肚子不舒服……」

「我也……」

……

「報告圭圭羊大人，我肚子沒痛，」國防總長舉起被縛的手，「我去！我不怕妖怪也不怕犧牲，但是，他們——」國防總長的手伸向廁所，「需要保護，而今眼目下，他們是弱勢群體，稍有疏忽，就會把腸子和胃從肛門裡屙出來，嚴重者叫舌頭卡在屁眼裡上不得下不得也未可知，這樣一來，我們偉大的其其國的損失可就不可估量了，

他們都是其其國的精英,還有,我還要替國王看家護院,恭候國王歸來,還有,導致這次腹瀉的元凶是人群普遍易感的2H2病毒,誰都沒有免疫力,雖然我現在看起來好好的,但是,硬去的話保不定還沒到半路就已經唪嚓了,還有……」

「那我們去還是不去呢?」

「去!怎麼不去——哎喲,」總理大臣捂著肚子向廁所跑去,「對不起,我也要成為弱勢群體的一員了,國防總長大人,我們偉大的其其國全仰仗你了,拜託了,當然,還有領導和圭圭羊大人……」

「你的意見呢,國防總長大人,都進了廁所,只剩下你了……」

「這還用問,肯定去,不去等著妖怪上門來一口一個?」

「那誰去呢?誰去合適?」

「當然是領導,你我肯定不合適,首先,你我只是打工仔不是老闆,根據誰受益誰投資的原則當然是領導也就是老闆而不是我們,其次,我們級別不夠,非去不可的話免不得又要把使猴子捉蛇的遊戲玩一遍,這樣一來恐怕我們遊戲還沒玩完就叫妖怪給吃進了肚子裡——聽,看看看,又叫了起來——侯塞雷,侯塞雷……」

「住嘴!根本就沒有什麼侯塞雷,那不過是你們的一個局,再裝神弄鬼直接送你去其其山……」

「別別別,千萬別,那太太太危險了,豈止是危險,簡直就是拿生命開玩笑,別別別,別叫我去,千萬別叫我去,我不去,死也不去,我上有老下有小老婆常年癱瘓在床等著我給她端屎端尿,我不叫了,不叫了,馬上不叫了,再不叫了……」

「你——你……」

「什麼最寶貴?生命。生命只有一次,丟了就玩完了,和生命相比,一切的一切都是扯淡,不論它多美妙多堂皇……」

「領導是貓?有九條命……」

「不不不，上其其山是領導的職責⋯⋯」

「就你的命金貴別人的都賤如糞土？來人，把這個貪生怕死的懦夫給我押上其其山⋯⋯」

「報告，我有重要情況情況——我說了可以不上其其山嗎？」

「說！」

「侯塞雷實際上是一架目的地早就設置好了的無人駕駛飛艇，就在門外，人一進去就自動點火直赴其其山，根本用不著押，把我關在裡面就行了。」

「就這？」

「不重要？為你們節省多少人力物力啊！還有，誰願意冒著生命危險押我上其其山？⋯⋯太不講信用了，豈止是不講信用，簡直是欺負人，不，我不答應，死也不上其其山⋯⋯」

「算了，」其其二再次站起來，將手搭在圭圭羊的肩上，「別難為他了，值日大臣。」

「那——」

「我去！」其其二向院外走去。

「不，這怎麼行，不行，國不可一日無君⋯⋯」值日大臣沖上來阻攔。

「沒什麼，不過一場遊戲而已。」

「不一定，說不定真有妖怪⋯⋯」

「有妖怪也要去！不去他們能放過我嗎？」

「使猴子捉蛇——不不不，不是使猴子捉蛇，是國王崗前測試勝利完成！」國防總長喊，「熱烈慶祝偉大的其其國最偉大的國王誕生！嗚啦⋯⋯吾王萬歲萬歲萬萬歲！」

「臣等恭迎薪主！」廁所裡的大臣在總理大臣的帶領下一湧而出，團團將其其二圍住，「吾王萬歲萬歲萬萬歲⋯⋯」

19

　　「001號國王令，」其其二高聲宣布，「值日大臣，值日大臣，值日大臣，」其其二伸長脖子尋找，「值日大臣呢……值日大臣才智超群，膽識過人，在使猴子捉蛇中表現突出，功勳卓著，更為重要的是自覺和領導保持一致，急領導之所急想領導之所想，特擢升為御醫長，並賞半個GDP其其空間……」

　　其其二的001號國王令還沒宣讀完畢國王辦公大廈就變成春雨澆醒的池塘——

　　「反對！」

　　「抗議！」

　　「堅決反對！」

　　「我們要遊行！」

　　「我們要示威！」

　　「我們拒絕執行！」

　　「立即拒絕！」

　　「立即杜絕！」

　　「堅決拒絕執行！」

　　「太荒唐了！」

　　「簡直不可想像！」

　　……

　　「安靜！安靜！」其其二拿鞋子敲椅背，「不准反對，不准抗議，不准……」

　　「不！」

　　「我們就要反對！」

　　「我們就要抗議！」

「我們就要不安靜！」
……
「為什麼？」
「不為什麼，我們。」
「不為什麼？瞎起哄？」
「不瞎起哄，我們。」
「那──」
「偉大的其其國的偉大的國王，你想當丐幫老大嗎？」
「什麼意思？」
「你已經是半個丐幫老大了，偉大的其其國的偉大的國王，再出一個圭圭羊你就徹底了……」
「放心，圭圭羊不是不講義氣的人，至少分一半給我，完璧歸來也未可知，說不定還會錦上添花……」
「你會拿你的自己的其其空間給我們付工資嗎，偉大的其其國的偉大的國王？」
「你們可以辭職……」
「問題是我們都十分熱愛大臣這個職業啊！還有，分一半的想法簡直就是小孩子過家家，太不負責，太損人不利己……」
「確實問題嚴重，可是，君無戲言啊……」
「偉大的其其國的偉大的國王，君無戲言太自我了，容不下異己，根本就沒市場……從善如流──不不不，不是從善如流，是從諫如流，從諫如流──即不搞一言堂，不獨斷專行，不……總之，一句話，就是做一個有親和力的國王。」
「就是什麼都聽你們的？」
「國王英明！中國人常說三個臭皮匠賽過諸葛亮……」
「放肆！是你們當國王還是我當國王？你們該不會也想像一刀同

志那樣要曬屁股吧⋯⋯」

「⋯⋯不不不，我們剛剛曬過，不不不，我們早曬過了，不，我們早和一刀同志一刀兩斷了⋯⋯圭圭羊，圭圭羊，圭圭羊⋯⋯圭圭羊不知所蹤啊！」

「沒關係，原值日大臣也就是圭圭羊同志的旨我幫他先接著，其其空間我也幫他先領著⋯⋯對不起了，圭圭羊大姐，不是我覷覦你，是你自己硬要給我創造機會——真是天賜良機，我家也正需要其其空間，老爸啊，我們再也不用擠在花香的破院子裡了⋯⋯」

「不行！」

「反對！」

「抗議！」

「拒絕！」

「阻止！」

⋯⋯

「安靜，安靜，大家安靜，再吵我可要叫衛兵了⋯⋯對，對，這就對了，大臣要有個大臣的樣，我知道大家有意見，有意見可以理解，誰沒有意見呢？有意見可以提，但是，不能起哄，更不能造謠——傳謠信謠也不行，不要見風就是雨，我最痛恨的就是捕風捉影和無中生有，儘管如此，但是，我還是決定相信大家依靠大家，不搞一言堂。好，現在大家一個一個地發言，不要急慢慢來——書記官，錄像——全程錄像，一個細節都不要放過，每個標點符號都要給我記錄在案⋯⋯」

「記錄在案？」眾大臣問。

「記錄在案！」其其二答。

「沒錯？」

「沒錯！怎麼會錯呢？我其其二最熱愛最拿手的就是語文，而

且,向來字斟句酌,哪像你們原來的國王……有什麼問題嗎?」

「沒有。」

「那——你們發言吧,一個一個的來,誰先來?」

「我們——還是搞一言堂吧,嘿嘿。」

「真的?」其其二俯下身子。

「真的。」

「一言堂?」其其二挺直身板。「狗屁!」其其二將鞋子扔向人群,「一個一個地來,誰也別想逃……陷我於獨專?想得美!……誰先說?——衛兵,衛兵……」

「按職位來吧,」總理大臣卡貝七發言,「我們禮賢下士,從低到高……」

「不!」眾大臣一齊反對,「我們不禮賢下士,我們……」

「禮賢下士!」卡貝七梗著脖子喊。

「不禮賢下士!」

「禮賢下士!」

……

「停!」其其二扔衣服,「不要鬧了,再吵拿褲子砸你們……按職位來——總理大臣說得很對……」

「吾王英明!」卡貝七轉過身對他的同僚做鬼臉。

「那就請自總理大臣始吧——大家鼓掌……沒什麼可說的?關於你一刀叔叔也沒什麼可說的嗎?你之所以有今天你一刀叔叔可是功不可沒啊,而且——」

「而且?」

「而且。」

「哪,哪,哪,我可真說了,有則改之無則加勉……」

「總理大臣大人放125個心好了,我拿國王保證我是一個從善如

流的國王。」

「秋後算帳呢？」

「秋後算帳？為什麼要等到秋後？我最反對的就是秋後算帳！」

「那我可真說了……」

「說吧，一定要敞開心扉，暢所欲言，知無不言，言無不盡，說吧，大家鼓掌……」

「那我可真說了……」

「哎喲，你這人今天怎麼了，掌聲，掌聲，對對對，再熱烈一點……」

「那我可說了……我可真說了……算了，我我我……沒什麼說的……偉大的其其國的偉大的國王，您饒了我吧，我我我真沒什麼可說的，嗚嗚嗚……」

「圭圭羊同志，圭圭羊同志，圭圭羊同志，」其其二踮起腳尖叫：「我命令你立即趕快馬上就任其其國總理大臣……」

「吾王英明！請問，總理大臣是其其國最大的官兒，圭圭羊當了總理大臣，我幹什麼去呢？我尊敬的國王，你不會想要禪讓吧？嘿嘿。」

「禪讓？哈哈哈……秋後算帳？我從不搞秋後算帳！那太煎熬太了，同時，也太授人以兔死狗烹之柄了，告訴你，我的前總理大臣大人，這叫現場直播——現場直播，懂嗎？直接，爽快，解氣……」

「你這是比秋後算帳還秋後算帳！反對，」卡貝七吼，「同仁們，兄弟們，姐妹們，起來，不願做奴隸的人們……」

「衛兵，衛兵——把這個傢伙給我抓起來，關進瘋人院……誰願意給前總理大臣大人作伴——沒有，好，現在，請大家各抒己見，千萬別像前總理大臣大人沒什麼可說的，沒什麼可說的就是不和我保持一致就是與我做對，千萬別逼我——瘋人院的建設可是一項很耗其其

空間的工程，更重要的是我是一個賢能的國王，雖然奉行強扭的瓜兒不甜……好了，誰先說？最後強調一點，大家一定要講真話講實話表達自己的心聲……」

「吾王萬歲萬歲萬萬歲……我我我們可以集集體書書書面發言嗎？」

「可以。」

「我我我們可以先先先商商商量一下嗎？」

「沒問題。但是，必須現場。」

「這個我們知道。」

「本來，一個廁所所長，」半個小時之後，一臺自稱大臣精靈的電腦被抬到了其其二面前：「當值日大臣就有違常禮，不合規程，現在還提拔她當總理大臣不僅荒唐簡直有辱國體，這樣下去，其其國肯定是國將不國。試想想，一個彎腰駝背的臭老婆子坐在一人之下萬人之上的總理大臣的位子上，偉大的其其國的廣大人民群眾會怎麼想，她的同仁也就是我們會怎麼想，外國的使節來了會怎麼想……難道我們其其國就那麼缺乏人才嗎？非得起用一個老眼昏花的，臭掃廁所的……」

「這個問題好辦，」其其二擺手，「明天，我就叫她換一副漂亮的身具上班，保證醜不到大家，醜不到其其國，另外還叫她洗20個桑拿30個汗蒸，然後，在身上灑半斤進口香水！」

「然後呢？」大臣精靈問。

「沒有然後！」

「沒有然後？」

「沒有然後！」

「可是……」

「可是什麼？」

「可是我們仍然會——我們無法抹去——我們會……不，不是會，是已經，患上了群體性心理陰影綜合症，偉大的其其國的偉大的國王……」

「沒關係，不怕，有圭圭羊，他可是整牛整馬的高手……什麼？你們不是牛也不是馬——沒關係，人畜一般——精靈，精靈也一樣……還有嗎？有不同的意見儘管提，我說過我決不搞一言堂，也不搞秋後算帳……」

「咳咳咳，」其其二正說著，教育考試大臣進十斤蒼老而倔強的咳嗽聲響了起來，「吾王萬歲，吾王英明……」教育考試大臣排開眾人，浩浩蕩蕩來到其其二跟前，不等鬍子理順，便撲通一聲拜倒在地。「哎哎哎……」其其二忙下地去攙扶，但是，怎麼也扶不起來，原來，教育考試大臣的鬍子讓其其二給踩著了。「我最最偉大的其其國的偉大的國王啊，」終於，教育考試大臣站了起來，「我為其其國當了1201年的教育考試大臣了，我們其其國的每一位大臣都是我為您考出來的。其其國的繁榮強盛雖然離不開您多少有點睿智的頭腦和並不十分英明的決策，但是，可以毫不誇張地說，沒有我進十斤便沒有其其國，我偉大的其其王啊，考試乃我其其國立國之本，咳咳咳……我偉大的其其王啊，老臣以為，您今天提拔值日大臣的事還是有些十分欠妥。值日大臣雖然臨危不懼，勇退強敵，但是，他一沒文憑二沒經過考試。為吾王計，老臣竊以為，如果非提拔不可，一定要考試，用鼻屎痂考……」

「鼻屎痂？」

「是的，鼻屎痂！我的考題都是用鼻屎痂做的……」

「好的，我舉雙手贊成……辦公室主任，趕快擬一份文件，詔告全國：這次考試規模空前，所有願意當其其國總理大臣的人都可以參加，還有這次考試絕對公平公正。我的目的很明確也很簡單，那就是

不把圭圭羊同志提拔到其其國總理大臣的崗位上來，決不罷休！」

10分鐘不到，文件便出來了，共217章1879條，每條的內容都一樣：想考總理大臣嗎？趕快報名吧——除了現任其其國辦公室主任誰都不具備條件，沒有報名資格！

「好！」其其二擊掌，「通知地上地下媒體立即宣傳發動@所有人，其其國總理大臣考試簡章必須人手一冊……我是一個開明的國王，我要叫這次史無前例的考試轟轟烈烈地載入史冊永垂不朽，我數3下，3下之後報名截止，大家踴躍……一——二——三——停！……什麼？只辦公室主任可可 d 一個人報名？圭圭羊呢？圭圭羊——圭圭羊——圭圭羊……算了，我代圭圭羊報名！我代圭圭羊報名大家有意見嗎——沒有——沒有好，沒有好，沒有好……大家都是俊杰，俊杰，沒有人不識時務，沒有人不識抬舉，好，好，好……」其其二一臉狡黠地將可可 d 攬在胸前，「辛苦了，兄弟，鑒於你一貫的忠誠和勤勉以及工作的需要，在給圭圭羊報名之前，我已經在心裡悄悄叫圭圭羊接替了你的其其國辦公室主任職務，也就是說這次參加考試的只有圭圭羊一人……你？你就當值日大臣吧，希望你在新的崗位上努力拼搏，不斷進取，再創佳績，要知道我是一個開明的國王……」

考試由其其二親自主持，主考官、評委、出題人、評卷人均由其其二一人擔任，眾大臣專司陪考。

考題就一道：其其國叫什麼名字？

其其二的話還沒說完，下面就翻了天。

「你們有意見是吧？」其其二俯下身子，堆出笑臉，「太簡單了？」其其二板下面孔，「考試只是一個形式，並不是目的，考試的目的是使優秀人才脫穎而出而不是為了為難考生更不是為了讓某些人借此找到炫耀的機會……偏袒？不公正？要知道，我是一個開明的國王，開明的國王會不公正？笑話！退一萬步說，真的是不公正能怪誰

呢？怪你們自己！報名的時候幹什麼去了？對自己不信任，怕千軍萬馬擠獨木橋掉下河鬧笑話，現在發現只一個人參加考試又眼紅，一點大臣風度都沒有！常言道宰相肚裡能撐船……不過，沒什麼，你們硬要參加考試的話現在報名也未尚不可，誰叫我是一個賢明的國王呢，我最反對的就是糊塗，特別是國王，不過，我醜話說在前面，第一，你們考的話考試內容肯定要做適當調整，什麼人都一個考題無法充分展示命題者也就是國王我的聰明才智，第二，要是你們不認真對待，沒有把真實水平發揮出來可別怪我不客氣……好，報名開始，誰通過考試誰就是我們偉大的其其國新一任的總理大臣，機會難得……好，開始，一──」

「……」沒一個人說話，所有的嘴巴都成了全包圍結構的漢字，似乎稍一鬆懈危險便溜了進去。考場生僻字一樣寂靜。

「二──你們到底報不報？」其其二拖著哭腔喊，「機不可失啊，報吧，求你們了，你們再不報，我可要數三了，我真的數了……」

20

圭圭羊順利通過考試，被任命為其其國總理大臣。

圭圭羊的就職演說如下：「砍館子，砍其其國最好的館子，下班就砍──大家，當然是大家──國王，肯定……」

「砍館子請──我我我……」阿O急匆匆撲進院門。

「同仁們兄弟們，」丘比丘在院門口向大家拱手，「別來無恙……」

「上──」其其二指著阿O和丘比丘對衛兵喊，「除了短褲和臭襪子，其他的全部沒收充公，結石都不要漏掉……」

「這，這，這……」阿O和丘比丘一齊大叫。

「這什麼這？再這這這連短褲都不留,叫你們變成拔光了毛的火雞!」其其二吼。

　　「不這不這不這……」阿O忙道,「我們不這,我們不這,我們不這……」

　　「偉大的其其王啊,世上最最最最最賢德英明的君主,您這是要將落井下石進行到底還是……」丘比丘匍匐在地,「吾王吉祥,吾王慈悲,吾王萬歲,萬歲萬萬歲……」丘比丘使勁叩頭,「微臣丘比丘無條件支持您,永遠和您一條心……」

　　「這還差不多。」

　　「那麼——」

　　「那麼什麼?」

　　「我們我們我們……嘿嘿,我們……」

　　「我們冤枉啊!」阿O搶過話頭,「偉大的其其國的偉大的國王……」

　　「冤枉?」

　　「對對對,冤枉,」丘比丘點頭不止,「為了為了為了……我和阿O特別是我起早貪黑風餐露宿跋山涉水披星戴月三過家門而不入廢寢忘食嘔心瀝血鞠躬盡瘁……」

　　「成語接龍啊?停!為了什麼,說!」

　　「嘿嘿——」

　　「嘿嘿?」

　　「嘿嘿……」

　　「國王萬歲!」

　　「冤枉?我怎麼冤枉你們?」

　　「不,不是冤枉,一點也不冤枉,」阿O不住地叩頭,「是是是落井下石,不,不是落井下石,落井下石已經過去,是是是——卸磨殺

驢，」丘比丘插進來，「對對對，卸磨殺驢，」阿O和丘比丘一齊喊：「說兔狗同烹也可以，忘恩負義更合適——不不不，一點也不合適，豈止是不合適，簡直就是胡說八道，對對對，胡說八道——其實，也不是胡說八道，我們只是⋯⋯偉大而賢明的國王陛下，您看，我們辛辛苦苦的，不，不僅辛辛苦苦簡直是太辛辛苦苦了，大大的辛辛苦苦⋯⋯」

「何至於此？」

「找王——呸！」阿O扇自己的嘴巴，「不不不，不找王，不找王，找什麼王，好端端的找什麼王，吃飽了撐的——不是吃飽了撐的，是說漏嘴了，不，不是說漏嘴了，是潛意識，潛意識，」丘比丘接住話頭：「吾王吉祥，吾王萬歲，萬歲，萬萬歲，對不起，尊敬而偉大的國王陛下，阿O是自己被自己說糊塗了，其實，我們根本就沒有找王⋯⋯」

「那——二位到底辛苦還是不辛苦？」

「辛苦，肯定辛苦，當然辛苦，怎會不辛苦⋯⋯」

「那——」

「那⋯⋯」

「《大臣守則》第103條說得很清楚，臣下必須125%忠於國王，臣下對國王負有充分坦露隱私的義務，違者重處⋯⋯」

「微臣知罪，微臣罪該萬死，微臣⋯⋯」阿O抱住其其二的腿，「我們確實找原來的國王去了⋯⋯」

「吾王吉祥，吾王萬歲，萬歲，萬萬歲，」丘比丘抱住其其二的了一條腿，「我們確實找原來的國王去了，仁慈而偉大的其其王，但是，那只是一個遊戲，就像落井下石一樣——簡直就是落井下石，我們並不是要與您作對，我們對您的忠心日月可鑒，我們是一時糊塗，同時也是受了某些別有用心的人的蠱惑和挑唆，饒了我們吧⋯⋯」

「找國王的事我可以不計較，但是……」

「感謝，感謝，感謝不盡，萬分感謝……不要說但是，尊敬的國王陛下，有什麼敬請吩咐，就是叫我們變牛做馬我們都肝腦塗地萬死不辭！」

「你們找到國王沒有？」

「可以說沒找到也可以說找到了，但是，不管怎麼說，我們都圓滿地完成了任務，尊敬的國王陛下。」

「此話怎講？」

「誰再找王我們第一個站出來反對並和他做你死我活的鬥爭！」

「因為什麼？」

「因為找王！」

「找王？」

「找王！」

「你們和你們自己做過你死我活的鬥爭嗎？」

「做過！」

「做過？」

「尊敬的國王陛下，您一點也不用懷疑，找王的那個丘比丘（找王的那個阿O）早就被鬥死了，現在站在您面前的丘比丘（現在站在您面前的阿O）是反對找王的全新的對國王忠心耿耿沒有半點私心雜念的丘比丘（沒有半點私心雜念的阿O）……」

「你們到底找沒找王？」

「我們既找又不找，我們我們我們……我們勤王，勤王，對對對，我們勤王，勤王！」

「咋個勤法呢？」

「都是一些常用的方法，雖有所創新，但是，仍然比較傳統，估計沒什麼總結推廣的價值，當然，一定要宣傳的話，我們覺得我們的

勤勉與赤誠還是有很多可圈可點的……」

「比如在癸鎮──」

「對對對，在癸鎮……癸鎮是我們勤王的橋頭堡和試驗田，打過其其海解放全世界是我們的口號──不不不，不是口號，是行動，具體而堅定的行動……」

「讓全世界的口水把我淹死？」

「淹死──不不不，」阿O和丘比丘一齊搖頭，「吾王英明──不不不，吾王不英明──不不不……」

「癸鎮人剛走！他們只差沒挖我的祖墳……」

「有這事？太不可思議了！我們跑得夠快的，豈止是跑，簡直是逃，沒命地逃──不，不可能，該不是您想像的吧，陛下？」

「想像的？想像的更嚴重，我腦細胞的膽全被嚇破了！……」

「但但但是，這事不能怪我們啊，是您自己膽子太小，要是您也和我們一樣……」

「和你們一樣？」其其二坐直身子。

「不不不……」丘比丘將阿O拉到身後，「補償，補償，我們補償……我們和您開玩笑的，陛下，開玩笑的，就好比落井下石──簡直就是落井下石……」

「落井下石，對對對……」阿O擠上來，「這樣行嗎您看，陛下尊敬，三一三十一我們平分──您沒收的話我的意思是，充公您得到好處沒有不僅還得罪人划不來多多。」

「繼續──」其其二用下巴說。

「四六──」丘比丘試探，「四六怎麼樣？」

「……」

「三七，三七總可以了吧怎麼樣？」阿O喊，「您雖然是國王也不能太占強了但是，做人要講理，也不能例外就是國王，我們可是冒

了生命危險的極大，而且，要講底線做人，山母大叔派歌怎麼著，盯住螞蟻，盯住螞蟻，盯住螞蟻，總不能二八吧……」

「親愛的阿 O 同志，」其其二站起來，「您的語言已經嚴重超過了偶爾的上限，再不切換就要面臨杖責25外加曬屁股的危險了……」

「噓——」國防總長將食指豎在嘴上，「侯塞雷——聽——侯塞雷！侯塞雷！侯塞雷……真叫了起來——拐噠……」國防總長奔向廁所，「這次的弱勢群體該我一馬當先——災難面前，人人平等……」國防總長向其其二招手，「快，快，快……」

「我也要當弱勢群體！」

「我也要當弱勢群體！」

「我也要當弱勢群體！」

「我也要！」

「我也要！」

「我我我……」

「不要慌，大家不要慌，」其其二喊，「有序撤離，有序撤離，廁所裡不安全，到廣場上去，到廣場上去，大家排隊，按高矮排矮的在前高的在後，注意隊容，注意形象……」

「別急！」圭圭羊跑到隊伍前面，「大家別急……」

「別急？貓才有九條命呢，圭圭羊同志，快逃吧……」

「無處可逃！」

「無處可逃？」

「所有的門都被堵死了，包括廁所……」

「包包包括廁所……你你你……」眾大臣向圭圭羊圍過來。

「侯塞雷——不，不是侯塞雷，是圭圭羊，圭圭羊，趕快給老子滾出來！」

「嚇死寶寶了！」眾大臣散開，「辛苦，辛苦，辛苦……」他們

一齊向圭圭羊拱手,像現實主義的情節聚向中心思想。

「承讓,承讓,」圭圭羊還禮,「迎——敵——」圭圭羊換身具,「開——門——」

「千萬千萬護住池魚啊,圭圭羊……總理大臣大人,城門是沒辦法了,池魚可是羔羊啊,尊敬——偉大的圭圭羊大人,您的大恩大德我們等你的來世……」

「OK!」圭圭羊走向院門,「來者何人,池塘說話可好,但不能——笑話,在池塘裡說話會傷及無辜?好好好,不去池塘不去池塘……」

「哇塞——好靚的MM,幸會,幸會,鄙人TP2,TP2國國王……」

「鄙人?鄙人GG生得也不賴啊,就是有點缺水,您有多久沒喝水了,一年,兩年,還是三年……敢問鄙人GG所為何事?」

「沒什麼事,主要是給MM道喜,祝賀MM榮任其其國總理大臣,順便看看我們TP2國剛剛研製的TP2導彈的威力夠不夠。」

「您這好像是侵略呢,尊敬的鄙人陛下,第一、我們堅決不答應,第二、我們不僅以牙還牙還要打得你滿地找牙,和平外交是我們其其國一貫堅持的國策,但是……」

「我們是被逼的,總理大臣MM,我們也不想侵略啊,嗚嗚嗚……」

「堅強,不哭,鄙人GG,」圭圭羊摟住TP2的肩膀,「誰逼你的,告訴我,姐揍他!」

「阿O和丘比丘。」

「冤枉啊——」

「冤枉?打過其其海解放全世界是誰說的——說說而已?說得輕巧!我們怎麼知道你僅僅只是說說而已?你說了,我們就得時刻提

放，上廁所都不能有絲毫鬆懈，我們吃不好睡不香，我們失眠，夢游，陽痿，失憶，神精錯亂，抵抗力降低……我們等待著，渴盼著，受盡煎熬，最後，不得不向上天乞求：早點來，現在就來，馬上就來，我們實在是繃得太緊了，再也堅持不下去了……是的，物理上 TP2 國和其其國是連不上來，但是，誰能保證你們不會採取別的途徑，比如第三河岸，比如弗里德公路，比如花園裡交叉的小徑，還有約瑟夫海勒的二十二街區和斯萬家那邊或是馬孔多……」

「別激動，別激動，鄙人 GG──上茶，上其其國頂級銀毫──圭圭羊家族祕傳迷魂湯1號，」其其二朝院子裡喊，「地毯，紅地毯……軍樂隊──奏 T 其兩國強效鎮靜曲──請，請，請喝茶，尊敬的鄙人陛下……」

「我哪還有心情喝茶啊，我的總理大臣 MM，我們 TP2 都要亡國滅種了……哎哎哎，危險，快鬆手──快把手從 TP2 導彈上拿開……對，是的，沒錯，TP2 的意思就是永順，永順是 TP2 的國都，我在 0801 床辦公，我的編號是 YSJSBY00025……你們其其國太可惡了，當然，MM 除外，MM 是天仙，不，MM 就是我 YSJSBY00025 的食物空氣和水，MM 是鄙人的宇宙……太可惡了，實在是太可惡了，我，我，我要將你們其其國夷為平地……」

「您這是要打仗嗎，尊敬的鄙人陛下？打仗可不是什麼好事，我們是不是可以再談談？」

「談？小夥子們，準備，三──二──一，發射──」TP2 模仿按鍵聲，「小姑娘撓癢癢嗎？力氣大點！按，使勁地按，嗒──嗒──嗒……咦，怎麼回事？我的 TP2 呢？怎麼不見了，剛剛還在肩上扛著的呀……」

「算了，別找了，鄙人 GG，TP2 你恐怕永遠也找不到──為什麼？那是你想像的，這個世界上根本就不存在什麼 TP2……你看這樣

好嗎，尊敬的鄙人陛下，你代表 TP2 國大老遠的跑到我們其其國來也確實夠辛苦的，我們其其國不僅偉大而且還特別視金錢如糞土，作為見面禮，我們其其國送你 TP2 國任何時候在其其國看上什麼都歡迎拿回家特權，以結金蘭……」

「尊敬的總理大臣 MM，我哪有什麼 TP2，」TP2 拍大腿，「我是好久沒見到 MM 了，心裡想得慌……」TP2 在圭圭羊的胸脯上擂一拳，「喝一杯？免了吧，來日方長……我今天走得有些匆忙，家裡還有很多事沒處理好，而且，大概 MM 也一定國務繁忙……好的，滿載而歸，滿載而歸，一定滿載，決不吝力，決不吝力……真不好意思，替 TP2 感謝偉大的其其王，感謝他的慷慨和大方，歡迎他老人家當然更歡迎 MM 隨時來永順精神病院做客，那裡是我家，0.00025 是我們室長，我們的外貌幾乎一樣——其實，TP2 就是 0.00025，反過來，0.00025 也就是 TP2，我們是二位一體……」

21

謂語停止暴亂，賓語放棄僭越，裝飾語在邊脊、案頭、臺架找到歸宿——一鍋粥的混亂狀態結束，國王辦公大廈比名詞尚不具備指稱、語言無法言說的鴻蒙本初的還要安靜，儘管廁所無人值守，因為，所長大人即原御醫長也就是一刀同志的屁股還沒曬完，暫時無法履新。

哈哈，我們又見面了，老爸……其其二邊磕鼠標邊喊。其其二一心看其其一的笑話。大臣們前腳離國王辦公樓，其其二後腳就進了其其一的電腦室。要是老爸身邊也有這樣一臺想看誰就看誰的電腦就好了，其其二對自己說，這樣的話，我就能夠與他分享我現在的盛況了——老爸該不會也和我一樣走狗屎運吧——老爸啊，你還是再堅持

一會兒吧，為了兒子，拜託……但是，其其一和多多不在電腦裡，不論其其二使用什麼樣的搜索引擎，結果全一個樣——對不起，我們已經盡力了，請原諒……唉！其其二嘆息。其其二的心情比一個視創新為生命的藝術家被告知其手法幾個世紀前別人就棄之如敝屣了還低落。老爸啊老爸，你太不夠意思了！其其二踢桌子。怎樣才能叫他知道呢？其其二撓頭。紀錄片！其其二喊。紀錄片！其其二跳。人手一部，全國發行，不，翻譯成各種語言，世界發行，不能有死角，確保每一塊磚頭都要看到，特別是學校監獄醫院收容站戒毒所勞教中心……偉大？比幼兒園還吵，動不動就起哄，除了唱反調什麼都不會，好像不和領導作對就沒法活似的——現在，他們是多麼聽話啊——對是的沒錯，用他們做紀錄片的背景……老爸，其實，你那幫大臣對付起來很簡單——衛兵，僅僅衛兵就夠了，一個不夠兩個，兩個不行三個，圭圭羊家族有的是衛兵，還有，圭圭羊是你大臣中最最聰明能幹的人，一個頂一萬個……——上廁所都讓衛兵看著，看他們誰還敢亂說亂動……幾個大臣都搞不定還偉大的其其國的偉大的國王，老爸啊，你也真夠偉大的……對，解說詞就叫《其其二給其其一的一封信》，太好了……其其二文思泉湧，立即找來紙筆，端坐桌前，但是，沒有一個詞肯服從他的意志，它們是一群被寵壞了的孩子，除了任性什麼都不會……找辦公室吧，辦公室不就是專門替人寫寫畫畫的嗎——這樣一來，《其其二給其其一的一封信》豈不是變成了《辦公室給其其一的一封信》？不，不行，絕對不行……突然，其其二後悔了。不行，從明天起一定老老實實讀書，再不……其其二決定把寫信的事放一放，擬好學習計劃再說。標題剛寫完，食堂的午餐鈴聲就響了，肚子餓得咕咕叫的其其二正猶豫著該不該比大臣們晚點去食堂時，圭圭羊帶著國廚和國王餐飲服務隊及保安浩浩蕩蕩走了進來。午餐既豐盛又可口，但是，其其二沒有像在家裡一樣狼吞虎嚥，

為了吃得慢一點，他一邊吃飯一邊擬學習計劃。單單學習計劃就已經夠其其二撓頭的了，還要同時兼顧著吃，而且，還不是一般的吃，其其二異常辛苦，吃著吃著便趴在桌上睡著了──

　　「這個問題通常有兩套解決方案，」花香校紀維持與服務公司總經理那條──其其二夢中的身分──一個腰弓得像蝦的乾瘦老頭──眼睛望著天花板，「你們已經嚴重地違反了《花香學生守則》第1034條第28901款！」其其二──那條──很清醒，知道花香校紀維持與服務公司總經理只是一個借來的殼，真正的主人是其其二──彈塗魚樣蹦到──其其二覺得彈簧和那條從詞源上講應該是本家──其其一和多多跟前，「對此，我們花香校紀維持與服務公司決定決不袖手不管！」其其二握緊拳頭舉起右臂高呼，「狠抓校紀校風，切實維護校紀維持與服務公司的高壓態勢……」其其二停了下來，兩眼再次望向天花板，喊：「A計劃，摸──底──」

　　「摸底？摸底什麼？」其其一一頭霧水。

　　「相當於查戶口，」多多側過頭貼著其其一的耳朵道：「也就是自報家門──這次怎麼樣，還合格吧……」

　　「合格，」其其一豎起大拇指，「繼續，上躥下跳從政最己韋大臣特別──其其一我偉大的其其國的偉大的國王！」

　　「去去去……」其其二將其其一撥開，「常言道擒賊先擒王，但是，我那條總經理不信邪，偏要反其道而行之，只有這樣，花香校紀維持與服務公司才能對那些頑固不化的傢伙保持足夠的威懾力──國王？狗屁！國王會話都講不明白？我堂堂花香校紀維持與服務總經理是小孩嗎……」

　　「我我我……偉大的其其國的偉大的國王真是！」

　　「B計劃，B計劃，B計劃……」其其二喊。

　　「Sorry, sorry, sorry……」其其一雙手合十，「可以嗎請教你個問

題那總經理尊敬的？」

「誨人不倦是本公司服務宗旨。」

「B計劃什麼是？」

「B計劃就是B計劃，既不是A計劃也不是C計劃更不是D計劃或是別的什麼鬼……懂了嗎？解釋得這麼詳細還不懂——你肩膀上的傢伙配相的嗎……閉嘴，滾，給我滾，滾得越遠越好……停，停，停下，不要離開我的視線，我要時刻保持威儀和高壓……」其其二指著多多，「A——計——劃——……」

「多多，」多多挺直腰板，「男孩，只要願意馬上就可以當大臣——當國王也可以族，現年14歲零13個月又25小時62分102秒，文化程度……」

「多多是個好孩子，」其其一海馬樣躍過來，「嗯，不錯，不錯，」其其一拍多多的肩膀，「誠實厚道可靠聰明應變快，不像某些人，」其其二拿眼橫其其一，「IQ密碼都找不到還偉大的其其國的偉大的國王，真不害羞，看看人家多多——繼續，多多，繼續，我們繼續……」

「我媽媽死了，爸爸躺在床上也快死了……」

「孩子，你受苦了，」其其二蹲下身子，撫摸多多的頭，「爺爺呢？」

「我沒有爺爺，報告那總經理——奶奶？也沒有……沒有，沒有，除了爸爸媽媽我什麼親人都沒有，而且，媽媽死了，爸爸……」

「什麼態度？」其其二站起來。

「沒什麼態度，報告那總經理，我多多說的全是實話，若有半句謊言……」

「不想和我合作？」

「不不不……」多多搖頭，「可是，可是，可是……我會那麼殘

忍嗎,將親人全部殺死——不,不是我,真不是我,是是是——王生銓,凶手是王生銓……」

「多多,」其其二再次蹲下,「看著我的眼睛,不要讓我失望,我跟蹤你好久了,光K線就畫了起碼不下30根,你說,你這樣做對得起花香,對得起校紀維持與服務公司,對得起那總經理,對得起因你而死的親人嗎?我一直很看好你……」

「我我我……」多多剝面具,「我真的沒有親人,除了一個要死不活的爸爸!」多多擠眼淚。

「拒絕合作,」其其二走向辦公桌,「好!B——計——劃,B計劃不是A計劃,B計劃不是C計劃,B計劃不是D計劃……」其其二唱,「B計劃,B計劃……」

「報告那總經理,」多多蹦到其其二桌前,「據可靠消息多多至少馬上就要當偉大的其其國的分一半大臣了……」

「不要說分半個大臣就是分整個大臣就是國王來了也別想阻止我那總經理的B計劃!」其其二將桌上的文件拍向多多的腦袋,「叫老婆,」其其二眼睛盯著其其一,「跟我鬥?也不問問我那總經理是誰……媽媽死了——爸爸臥床不起——沒有爺爺沒有奶奶……不合作?好,我那總經理要的就是不合作——我那總經理會被難倒?……」

「報告那總經理,我沒有老婆!」

「沒有老婆?是沒有老婆還是不敢叫老婆?被戳到死穴了吧,哈哈哈……誰不知道你們這幫傢伙眼裡根本就沒有長輩,他們不是死了就是病了,但是,你們誰敢誇口自己不怕老婆嗎,」其其二把臉轉向其其一,「牛皮客,你怕老婆嗎——好好好,你不是牛皮客是國王……請問,都說我們其其國最怕老婆的人是你其其一,請問,這是真的嗎——你根本就不怕老婆?你只是女生優先?尊重知識尊重真理外加堅決擁護婦女兒童的合法權益和好男不與女鬥——這是一個偉大

的國王最起碼的素質和修養……呸！我瘋了，放著實實在在的花香校紀維持與服務公司的總經理不當為一個八字還沒一撇的調解大臣將腦袋別在褲腰上晃？理想？信念——滾，滾一邊去，再侮辱我那總經理的智商小心治你個賄賂學校公職人員罪……老婆，老婆，」其其二指著電話命令多多，「叫老婆……」

「我我我真沒有老婆！」

「負隅頑抗？好！別晃！把手從面具上拿開，別剎了，再剎直接升級 D 計劃……我一個小孩子哪來的老婆啊——現在沒有老婆以後也沒有老婆嗎？你永遠做小孩子嗎？我那總經理是幼兒園的小朋友？強詞奪理……過來，」其其二指著其其一吼，「說，叫還是不叫？」

「開會！」

「開會？」

「開會，開會立即……會怎麼呢？不可能！充分調動大臣的積極性和發揮我這是，將偉大的其其國偉大的獨門祕籍和創舉發揚光大，不，把你們也就是與會者『網到』麻煩頭上，不可能——再說，『網到』你們頭上應該也，是同一條船上的螞蚱我們，一個屋檐下生活共同要就是，試想，船上只有一個我，屋檐下若大的只有一個我，就是漏洞再大瓢潑斗雨也不會沉下去船，我其其一淋濕也不會，怎麼說安全的我其其一都是，因為我是偉大的其其一，偉大的其其國既是我其其一的你們的也是，歸根結底你們是，現在打的是一場大臣戰爭我們，一定君臣團結協作精誠相互猜忌推委甚至很是不可，要句富貴勿相忘向古時候的中國那個人學習，我偉大的其其一雖然貴為一國之君概莫能外也——什麼？我其其一的家事這是……其其一都把我貝獻給出來了整個為了偉大的其其國，其其一我的家事還不是其其國的國事難道，你你你們太太太失望了令我，田朱必較了太……」

「哎哎哎……不准笑，嚴肅點，」其其二制止多多，「幾？」其

其二將身子探出桌沿，伸出一個指頭問其其一。

「1。」其其一答。

「幾？」其其二伸出三個手指。

「3！讓開，煩我別——點名，點名，辦公室主任……不，可能嗎與尊敬的那總經理作對，不，不可能——是的是的是的，只有那總經理偉大的其其一和多多三個我們這裡，大臣的沒有，但是，會怎能不開，一定要開，大張旗鼓還要，開會集思廣益就是，風險共擔更是，只有這樣才責任不是我一個人頭上……那總經理，多慮了您，不到場更便於操作，不到場誰叫他們的，怨我其其一能夠嗎，對於組織觀念和紀律沒有的傢伙打擊要堅決我們，手軟決不能……」

「胡說！」

「胡說？其其一我胡說，偉大的其其國的偉大的國王以我的名義發誓，說的每一句話我都是法律，栽入史川永重不巧的都要，就是胡說概莫能外也，還有，你的行為嚴重的損害抹黑了偉大的其其國已經，負責人作為這個國家的，向你提出交涉，並保持追究的權利進一步，當然，鑒於你是偶犯和初犯，再加上我其其一寬宏大量永遠不和你計較，偉大的其其國的偉大的國王誰叫我是……」

「你到底叫還是不叫？」

「不叫怎麼，叫，叫，叫……」

「報號碼！」

「報號碼？老婆——叫老婆……」其其一醒了過來，「不不不，那總經理，她有點特殊我老婆……我們偉大的其其國的王后是也，九頭露面的不宜，一般人呼來喚去的豈是，更嚴重的還有，無異於把自己往火炕裡推，不把我生吃了才怪我逃學她若知道，當然，把自己吃了也說不定，上吊跳河喝農藥甚至也，這樣一來的話，可就麻煩了您那總經理，千古罪人成了，那總經理，萬萬不可這，你我計為，叫老

婆能不能不，一人做事一人當我，直接談我們，什麼條件都同意我，偉大的其其國的偉大的國王以我的名義保證，偉大的其其國的偉大的國王誰叫我……」

「一人做事一人當？當學生還是當家長？」其其二抓起電話，「喂，謀逆偵緝公司嗎，我這裡有個傢伙要犯上，馬上派輛囚車過來——服務員？要，要，對對對，全副武裝……」

「別別別……一人做事一人當不，當不，當不，改，改，馬上改，」其其一撲向其其二，掐斷電話，「那那那總經理尊敬的，千萬千萬千萬……求求求了您，總經理，我吧可憐可憐，我我我上有——不不不，沒有，什麼沒有都，犯上的沒有，沒有沒有沒有……」

「諒你也不敢！」

「敢誰？誅九族的那可是要……嘿嘿——」

「叫老婆，自己叫，」其其二將電話線連好，把話筒塞進其其一手裡，「不可能！想搞垮花香校紀維持與服務公司？……其實，小打小鬧我那總經理完全可以睜一隻眼閉一隻眼，但是，誰能保證你們能一直把控好方向和力度，倘有個三長兩短，你們的家長找上門來我那總經理的公司還開不開得下去？校紀維持與服務公司是學校與家庭的紐帶和橋梁，維護公司正常運轉是我們大家不可推卸的責任和義務……」

「那——叫多多的老婆我能嗎？」其其一苦著臉，「其實，逃下課而已我們，嚴格並不怎麼，嘿嘿。」

「沒問題，完全沒問題，花香校紀維持與服務公司的宗旨現在是與人為善，常言道與人方便就是與己方便，我那總經理向來成人之美，只要多多沒問題……」

「可可可——我……」

「答應吧我，」其其一抓著多多的手搖晃，「好嗎？求你……」

「無論如何，我都要答應你，也應該答應你，可是，我我我哪來的老婆啊！」多多跺腳，「我還是個孩子……」

「算了，本總經理姑且相信你們一次，現在，本公司的宗旨換成了寬大為懷——花香校紀維持與服務公司是一家享譽全球的超級托拉斯，與時俱進也就是不時更換服務宗旨或曰口號是該公司的立足之本和經營祕訣，看你們可憐兮兮的樣子，我估計你們可能確實沒有老婆，家家都有一本難念的經，誰不遇到坎呢，這樣吧，我那總經理今天高興，心情好，叫老婆的事本總經理給你們免了——停停停，萬歲我可消受不起，偉大更沒資格享受，弄不好腦袋搬家了還追著喊大哥你好厲害啊出門都不用腳光一個腦殼就搞定了——鑒於各種各樣說得出的理由和說不出的原因，我那總經理決定讓步，網開一面——不叫老婆，同時，我也希望和強烈要求你們對我那總經理和花香校紀維持與服務公司感恩戴德密切配合外加深度理解，即叫兒子，現在立即馬上趕快……逼著黃牯下仔？你你你，」其其二戳多多的額頭，「把我那總經理的好心腸當驢肝肺！你就是這樣讓我看好的嗎？太叫人寒心了！別跳！——老婆都沒有哪來的兒子？荒唐！你說，」其其二拉住其其一，「來，你告訴他，你有沒有兒子……」

「我我我……」

「別我我我，有就有，沒有就沒有，乾脆點！」

「有——不，」其其一搖頭，「沒有，沒有，哪裡的兒子老婆都沒有，沒有沒有沒有……」

「真沒有？」其其二抓住其其一的兩隻肩膀，「能夠確定？」其其二將腦袋伸到其其一眼前，「你知道校紀維持與服務公司簡稱嗎——KGB——學生隱私開發與利用中心！」

「明天，明天行嗎加倍——今天其其二也就是我兒子，來不了確實，國務要處理，不，來不了不是，國務也沒有，沒什麼事他，有什

麼事呢當一天國王，悠閑得很他，巴不得來，正在路上往這邊趕極有可能，看我的笑話一心，對不起，那總經理尊敬的，我有兒子，老婆也有，撒了謊之前，改，馬上，立即，現在，同時，偉大的其其國的的偉大的國王以其其一我的名義發誓撒謊不再，痛改前非一定，請那總經理給機會我一個，明天，其其二的耳朵一定揪來──兩隻，請那總經理尊敬的通融一定，還有，其其二來了明天，千萬千萬說我逃學翹課別，那樣的話，其其二上學就問題成了，是的，眼前是不會，但是，以後怎麼辦，接受一個沒有知識文化的國王你們會嗎，明擺著，這樣一來其其國就不姓其其了，其其國不姓其其還是其其國嗎，那樣的話，不成了亡國奴你們，水深火熱之中生活在，國家興旺匹夫有責，那總經理況，為了其其國，尊敬的那總經理通融合作理解請，別辜負千萬千萬，為國立功封侯拜相……」

「尊敬的其其二同志，你描繪的前景是很誘人，而且，我那某人也很想為國家做點什麼順便博取個功名，但是，本公司本小利薄概不賒帳啊，奈何？」

「怎麼樣我們的事移到明天，那總經理尊敬的，賬就不用賒了這樣，為其其國立了大功，永重不巧了你就，還要栽入……有了，」其其一拉過多多，「請他當我的兒子……」

「B計劃！」其其二將墊桌子的磚頭抽出來拍在桌子上，「不，D計劃，不，M計劃，不，第二方案──不說了，不說了，不跟你們說了，不見棺材不流淚……」

22

「檢討？好了太！」其其一跳，「那總經理尊敬的，偉大了太！」其其一將其其二抱在懷裡，「都是偉大的其其國的偉大的國王其其一的

強項不論口頭的還是書面的也不管是深刻的還是不一般的，所有的檢討話下全不在，當年想，成績我的和其其二也一樣，父子誰叫我們是——告訴其其二千萬別，那總經理，具有海盜的某些特質我們都天生，老師天天寫檢討叫我，全校的檢討我包了幾乎，當國王之後，覺得我寫得形象生動深刻，家裡的檢討王后叫我承包，在國王辦公大廈上班的時候無聊，寫檢討玩得最多的遊戲是，贏家都是我每次，根本不是一個重量級那些大臣和我，偉大的其其國的偉大的國王我其其一不僅是，偉大的其其國的偉大的檢討家更是，戰勝我都不可能任何選手……」其其一誇誇其談，「第一件事明天我就請你做偉大的其其國的最偉大的大臣，」其其一抓住其其二的雙手，「太偉大了那總經理尊敬的，比我還偉大簡直……別別別，謙虛千萬別，我見過的偉大的人是你確實，沒有你偉大任何人，像古時候的中國人那樣三顧茅戶我一定，下聘禮，下嚴重的聘禮……不，那總經理優秀這樣我偉大的其其國的偉大的國王其其一放過豈敢，一定要徵召，為偉大的其其國造福……什麼？偉大的其其國的國王的王位看不上都——敬酒不吃吃罰酒你可別，小看了偉大的其其國的偉大的國王你可別，偉大的其其國的偉大的國王以其其一的名義發誓，偉大的其其國的偉大的大臣位子上綁都要把你綁到！噓噓噓——嗦，嗦，嗦哆咪嗦嗦啦嗦……」其其一吹口哨，「多好的學校啊！」其其一感嘆，「其其二啊其其二，太身在福中不知福了你，發奮讀書呢怎麼就不知道……花香模式推廣全國立即，都有機會上花香讓偉大的其其國所有的孩子……」

「好好好……」其其二打斷其其一，「我，也就是那總經理鄭重宣布：偉大的其其國的偉大的國王其其一暨多多花香校紀維持與服務公司檢討現在開始——」其其二喊，「紙和筆鄙公司敞開供應，二位無須顧惜，但能創造性地發揚不見棺材不落淚的優良傳統寫出國王的檢討鄙公司就是破產100次也在所不辭，絕無怨言，二位敬請放

心……沒問題，坐，當然要坐，肯定要坐，哪有站著寫檢討的理，坐，坐，儘管坐，隨便坐，我的辦公椅也一樣，就是先喝上二兩然後躺在我的懶椅上構思鄙公司也熱忱歡迎，別緊張，放鬆，就像在自己家裡一樣，不用客氣……」

「完成任務保證！」其其一表態，「放心，不寫出偉大的國王的偉大的檢討誓不回家，偉大的其其國的偉大的國王以其其一的名義，偉大了太仁慈了太那總經理你，對得起你要，一定看家的本領拿出，叫這次檢討栽入史川，永重不巧，叫花香流芳百世，好了，開始寫了我要，寫一部巨著，不過，請那總經理放心，是我的強項檢討，再巨著的巨著也不是巨著，一揮而就都可以我……那總經理，第二套方案怎麼不直接進入呢，那樣的話，封你做偉大的其其國的仁慈大臣我就可以，已經好久了這個位子虛位以寺，不過，也不錯偉大的其其國的偉大的大臣，第一套方案確實有點那個只是。」

……

「二十四狗屁？」其其一大惑，各式各樣的問號百鳥歸巢樣降落在其其一的臉上，「二十四狗屁，二十四狗屁，二十四狗屁……」其其一喃喃地重複著，「我我我……從思想動機到後果危害，從治病救人到征前比後，國內形勢還有國際動態無所不包簡直，」其其一的思想終於找到恰當的形式，「比我的政府工作報告125頁詳盡，250頁透徹，500頁深刻——何以見得？照著去年全國檢討大獎賽抄的我，一字不漏一標點都未改，原原本本，原汁原味，綠色環保，循環利用，偉大的其其國的偉大的國王最最偉大獲獎會二十四狗屁？哈哈哈……」其其一大笑不止，「那總經理，」其其一止住笑聲，「對不起，剛剛激動有些，請原諒，下不為例，下不為例，嘿嘿，是不是再看看你，真的，這個檢討杜撰的雖然是，但是，它的基礎沒一點問題，125%的虛構，巨著中的巨著，真正的……你是不是看看，下結

論然後再，你看多多都過關了，一個字都沒有檢討他的，交白卷他……」

「白卷？什麼是白卷？多多他這是一切盡在不言中，而且，字字珠璣，句句真理，一句頂一萬句！最最偉大的檢討家非多多莫屬！你──你被他們忽悠了，偉大的其其一小朋友……」

「字字珠璣？一切盡在不言中？忽悠……」其其一的檢討觀徹底被顛覆了，「我我我……一個無名小卒手裡敗在？我可是……不，不可能……不不不，絕對沒有，絕對沒有，是難兄難弟我和多多，同甘苦共患難我們，怎麼會抓他呢──多多，」其其一將多多攬在懷裡，「千萬別聽那總經理的，這是分明挑撥革命友誼──不不不，意思不是這個我的，那總經理，高抬貴手吧你就請，放我過關，大恩大德沒齒難忘，銘刻在心，耳耳於懷，你看明天還要做同事呢我們，應該相互體貼相互謙讓，鬧僵了不好把關係，河東三十年河西三十年輪流轉風水……」

「其實，我是想把天花板上的『￥』符號的畫下來的，」多多擠過來，「就是那個既像羊頭又像一隻昆蟲的傢伙，第一次寫檢討，我實在是……」

「天花板！」其其二叫，「多多真乃天才也！天花板可是智慧之源真理之本啊，我們其其國偉大的創舉幾乎全都來源於天花板……」

「『￥』是什麼？」

「貨幣。錢。」

「那總經理尊敬的，海盜旗徽我的那是，畫下來做檢討我行嗎，要多少畫多少，只要得第一，不是第一也行，只要偉大，在偉大面前當仁不讓我其其一從來都是，可以的話送你一面海盜旗做紀念明天，你看我們馬上就是同事了……」

「不行，你是國王，標準不同，還有，拿『￥』做檢討，對於多

多來說是創舉，你則是模仿是跟風和起哄是圖謀不軌，妄圖復辟，那可是誅九族的大罪，偉大的其其一小朋友！」其其二停了下來，「沒嚇著吧，小朋友，」其其二蹲下來，「這樣吧，我出3個題目，每個題只可以答1次，3題全部答對檢討的事就免了，可以嗎，其其一小朋友？」

「說不可以行嗎我？」

「那倒也是。聽著，第一道題——王生銓現在想什麼？哦，等一下，我接個電話——對對對……好的，好的……領導儘管放心……馬上馬上馬上……是這樣的，QQTV剛剛拍了部紀錄片，正在播放，快過來，先打卡簽到，所有的人都要看，連廁所裡的老鼠都不允許漏掉一隻，特別是你們倆，坐過來，好，好，就這樣，我們磨刀砍柴兩不誤——邊答問邊看紀錄片……」

「打個電話行嗎給他？」

「沒問題，該題允許場外提示和友情回答，只是，我們之中沒人知道他的電話號碼，而且，也沒人認識他，高矮胖瘦男生女生家庭民族嗜好婚否統統都是未知數，到底有這麼個傢伙沒也沒個准……」

「誠心為難人你這！」

「是答題，答題，懂嗎，偉大的其其一小朋友，答題當然有一定難度，又不是喝絲瓜湯……棄權？沒問題，我那總經理一向寬大為懷從不為難好人，這只是道熱身題，只要下面兩道——不，只要最後一道答對我那總經理照樣可以讓你過關……好了，請聽題，第二題：王生銓下面準備寫什麼？該題不僅可以打電話翻書上電腦搜索還可以討論，而且，時間可以無限延長，全開卷式……」

「不用！什麼不用都，回答現在就，簡單了太，比其其二王子考試資格簡單還，放心，多多，馬上回家了我們——寫其其一粉碎陰謀的其其二，奪回了王位，其其二關進了花香被！」

「肯定？」

「肯定！」

「確定？」

「確定！」

「錯！」

「錯？」

「子非魚焉知魚之樂聽說過嗎，偉大的其其一小朋友？」

「沒有。」

「難怪！」

「難什麼怪？」

「你怎麼知道王生銓要這麼寫，你是王生銓嗎？」

「那總經理尊敬的，太難了這題，直接進入第三題可以嗎，不辜負那總經理的希望我保證——可以——好了太，好了太，」其其一擁抱其其二，「那總經理偉大了太，那總經理偉大了太，那總經理偉大了太……」其其一兩眼盯著電視，「那總經理尊敬的，王生銓寫什麼下面能告訴我嗎，考過了反正，借鑒借鑒，石展下思維讓我……噓——等一下，請等一下，那總經理尊敬的——安靜，安靜……什麼？那總經理尊敬的，請你說一遍再好嗎，剛剛看紀錄片去了，沒聽清。」

「知道還來考你！」其其二氣咻咻喊，「有病？」

「啊！」其其一盯著電視喊。

「啊什麼啊！大驚小怪——不准啊，再大呼小叫治你個藐視考場罪，不要以為自己是國王就了不起……何謂考試？考指考官，試即試探，等於刺探，刺探什麼，當然是答案，除了答案還能是什麼，考官之所以要考試就因為他還不知道答案……」

「其其二打倒！」其其一跳起來，「其其二打倒！其其二打倒！」

「打倒其其二？B計劃！敢打倒其其二……」

「周圍緊密團結其其二？什麼人其其二？亂臣賊子！擁護堅決還，有立場嗎你們？回來剝你們的皮小心！逮捕其其二趕快，戴罪立功給——算位？沒有門兒！啊其其二，惡毒了太，忤逆不孝了太，你你你……收拾你看我怎麼——關進花香把你，踏上一隻腳再，不得翻身永遠！」

23

……創辦之初鄙公司的宗旨是左棍右棒，但是，被服務者們似乎根本不在乎身體被委屈，他們前赴後繼，海浪樣湧向公司，且一浪高過一浪，人數成十成百地增長，其中很多是二進宮三進宮甚至四進宮五進宮六進宮Ｎ進宮的回頭客，這些經過長期鍛煉身體產生了優質抗體的客人比早期革命黨人還難伺候，公司苦不堪言幾近崩潰，幸得家長鼎力支持，不然，非關張大吉不可，他們的觀點很鮮明——必要的體罰之於學生就好比割掉發炎的闌尾之於挽救生命一樣重要，但是，但是，請注意，但是，很快，他們就犯糊塗了——教育孩子的時候，家長永遠都是近視眼，目光短淺，他們對公司的宗旨提出質疑，指責我們毆打學生，更有甚者要求公司賠償他們醫藥費誤工工資護理費營養費精神損失費以及裝假肢儀耳儀鼻等亂七八糟的費用，為達目的，他們串聯集會圍攻公司製造騷亂，公司被推到了風口浪尖，迫於無奈，公司只好改變宗旨並制訂Ｂ計劃，我為什麼要跟你說這些呢……是的，Ｂ計劃執行室確實漂亮，它由225塊想像中的水晶玻璃拼接而成，童話塔樓造型，鄙公司的殺手鐧花香的標誌性建築，其其一同志，說實在話，我那總經理並不想帶你到這裡來，但是，你——什麼不好打倒，偏要打倒其其二，難道你不知道，其其二是我那總經理的好朋友，好得不能再好的朋友，好得簡直就是一個人，你太沒有

方向感了，而且，還自以為是，不聽勸阻，不讓你見識見識 B 計劃便不能解我心頭之恨，其實，其其二既沒有篡位，也不想當你的什麼破國王，你你你太不講感情了，真是令人髮指，好了，跟花香告別吧，花香的景色是多麼的美好啊，但是，你再也見不到了，誰叫你連自己的兒子都要打倒呢，不僅打倒還要踏上一隻腳叫他永世不得翻身，惡毒的是你，不是其其二，多多——多多早被鄙公司策反了，當然，說他殺無肉剮無皮被我們徹底放棄了也未尚不可，是的，而今眼目下，你心情平和呼吸均勻脈搏有力神志清楚精神煥發身體正常得不能再正常，因為我們要錄像給家長看，告訴你，其其一小朋友，B 計劃自運營以來一次都沒被投訴過，關閉光源，服務員，小朋友，天是不是全黑了下來，放心，其其一同志，B 計劃不會留下任何痕跡和把柄，機器手，將其其一拎起來，按在機器上，接通電源，本來，一般情況 B 計劃都是由牛甲 one 校長親自執行的，但是，這次不一樣，誰叫你是其其一呢，其其一同志，唪噠一聲之後，你腦子裡便會嗡嗡嗡響個不停，像 10 架直升機在裡面盤旋，你聽到了嗎，其其一同志，不要動，不要動，千萬別動，是的，每一塊骨頭——不僅骨頭就連思想都給禁錮了，無法動彈，開燈，開射燈，強光射燈，看見什麼了，其其一同志，不要啊不要揉眼睛，偉大的其其一同志，一點沒錯，你手裡的診斷書上寫著的是飯桶二字，理由是自己的兒子其其二都鬥不過還偉大，不要吹鬍子瞪眼，其其一同志，簽名是圭圭羊，落款是偉大的其其國的偉大的總理大臣，對是的沒錯，所有的人都集在了國王辦公大廈的外面，他們要求將你流放到外國，他們說其其二才是偉大的其其國的偉大的國王，B 計劃由兩個部分組成，探測和摧毀，比辱罵推揉比吼叫比揪耳朵扇耳光抽嘴巴蹲馬步等傳統懲罰辦法好 1200 倍，怎麼樣，還堅持得住嗎，偉大的其其一同志，還打倒其其二嗎，什麼，好啊，你你你，看樣子，不把所有的程序走完你是不會老實的，

服務員，關燈，加深黑暗，深點，再深點，將全世界的黑暗都召集到這裡來，升空，升，升，再升，再升，拋擲機準備，4，3，2，1——點火，風，風，風，所有的風，敢打倒我其其二鬥，沒門兒，屁股摔痛了沒有，其其一同志，你剛剛降落的這個小島我們暫且叫它其其一島吧，這是一個荒蕪的小島，除了食物和淡水什麼都沒有，除了你再沒別的動物，就連一隻老鼠一隻蒼蠅都沒有，小島的四面全是水，一望無際的水，不要爬也不要叫爬得再高聲音再大也沒用，就是喊破嗓子也沒人答理你，不，有，有孤獨和寂寞，它們很快就會找你來的，放心，你有的是時間，島上的時間是池塘裡凝滯不動的水，不不不，誰抵抗得了衰老呢，你的身體會急劇老化，看，你的背駝了，骨頭鬆了，走路嘎巴嘎巴響，啊，真不幸，偉大的其其一同志，你的頭髮也掉光了，現在，你成了一隻病入膏肓的禿鷲，紅色的腦瓜一伸一縮，噁心死了，跟我——朋友其其二鬥，太不自量力了，傷心，你也知道傷心，你的腰快弓到了地上，你的腳邁不開了，你成了一架鏽得快要散架的機器，你亟待休息，啊，你變成了教育考試大臣第二，不，不是第二，是第一，你也發現了你的鬍子，發現你的鬍子像無數條小蛇一樣向四面八方爬去，它們有的沿著小溪石縫地罅伸延繞著樹木花草爬行，有的撲通一聲扎進海裡將魚兒和礁石當成攀附對象，在陸上和海上都找不到生存空間的晚輩則只能選擇向海底和地下生長，眨眼的工夫，小島變成了一個緻密的黑球，你被你的鬍子死死的固定在了小島上，一動也不能動，像生了根一樣，眨眼都困難，四野闃寂，空氣滯重，時間停了下來，你吶喊，你反抗，但是——哈哈，沒用的，偉大的其其一先生，沒用的，是的，抗爭是唯一的出路，你說得對，你慢慢地喊吧，叫吧，其其一同志，嘻嘻，跟我鬥，敢打倒我其其二，抓吧，慢慢地抓吧，拜拜，其其一先生，什麼聲音，搞什麼鬼，這聲音怎麼越來越大，嘎巴嘎巴，嘎巴嘎巴，嘎巴嘎巴，你你你……不可

能吧，誰讓你站起來的，趴下，趴下，死到臨頭還不老實，嘎巴嘎巴，嘎巴嘎巴，嘎巴嘎巴——你怎麼成了這樣，偉大的其其一同志，你身上哪來這麼多泥巴，手上腳上還帶著數不清的電線，像個剛剛出爐還沒完成最後調試的機器人，放下，放下，快放下，把島舉起來幹什麼，你瘋了，啊，B 計劃執行室，我的 B 計劃執行室，放回去，放回去，快放回去，把 B 計劃執行室的樓板放回去，聽見了嗎，我叫你放回去，不要叫，你想讓大家都來見識你的狼狽嗎，馬上就要放學了，家長們會將公司圍得水泄不通的，你已經毀了我的 B 計劃執行室，你還要毀我的公司嗎，放下，放下，我求你放下，哎喲——啊……

24

其其二的後腦勺重重地撞在牆上——前語言狀態結束。

其其一的那一格仍然是雪花紛飛，一片迷茫。

幹什麼去了呢？一個人的夢另一個人能夠進入嗎？居然做那樣的夢，其其二啊其其二，你怎麼那麼殘忍，不，不，那不過是一個夢而已，一個夢而已，而且，我也只是想跟你開個玩笑，嚇唬嚇唬你，千萬別當真，老爸，快出來吧，老爸，兒子想你，媽媽也想你，原諒我，老爸，我再也不調皮搗蛋了，我明天就去學校，老老實實去學校，我一定專心聽講，不在課桌上逛美食街，一心跟老師的步伐走，不跨級，不轉學，聽你和媽媽的話次次考第一……

「哈哈哈……」笑聲風暴樣襲來。雪花斂跡。事物和觀念之間的溝壑被蕩平。

「笑什麼，別笑，有什麼值得好笑的！」牛甲 one 校長的馬臉占據視框，「最後再問一次，你說還是不說？」

「他早告訴你了！哈哈哈……」好事者的聲音。他們覺得事件的

中心牛甲 one 校長是一個語言的黑洞有必要在上面鑿一道縫。

「說了？什麼時候？」

「剛剛。」

「剛剛？剛剛你說什麼了？你敢再說一遍嗎？」

「什麼不敢！男子漢大丈夫四匹馬難追，」其其一梗著脖子的鏡頭出現在畫面，「浪費口舌不要，港灣、後盾和根據地家是——注意形象，多多……一人做事一人當絕不連累家人，以為到了家門口就會說，妄想！」

「就這？」

「就這！」

「那，你能告訴我你的家在哪裡嗎，其其二同學——安靜，安靜，再起哄我可要叫校紀維護隊了……不能？親愛的其其二同學……什麼？他的家就在這裡，花香街21號——我怎麼會不知道呢？我牛甲 one 校長何許人也？我們花香是吃乾飯的嗎，還有校紀維持與服務公司，我這是給人家機會，給其其二同學機會，懂嗎？——多多！……最後再問你一次，到底說還是不說，合作是唯一的出路，我希望你認清形式……好，好，工程隊——稍等下——各位家長，」牛甲 one 校長聲音哽咽，「今天是花香的恥辱日，我要在這裡建一座紀念碑，高度視其其二的態度而定，逃課，逃課，逃課，花香啊，我的花香……」牛甲 one 校長背轉身啜泣，「工程隊……」牛甲 one 校長喊。

「等等——建紀念碑我支持100，牛甲 one 校長，時間上商量一下可不可以我們，明天建我們可以嗎，明天我自己建，麻煩你不，明天建的話我封你救國大臣還可以……」

「為什麼要等明天呢？今天不可以嗎？」

「今天方便不，今天難言之隱有，校長親愛的，不，救國大臣親愛的……」

「救什麼大臣？」

「救國大臣。」

「不行，那太危險了，可能大臣癮沒過上倒把一身老骨頭給搭進去了，有別的更為妥當的職位沒有——啊呸，牛甲one啊牛甲one，你真老糊塗了……嚴肅點，不要笑，笑什麼……後悔？好啊，好你個其其二，敢威脅我牛甲one校長，工程隊……夫人，我這是在履行一個校長職責，請您……」

「放心，校長先生，我什麼時候都會站在學校一邊……你為什麼要躲學？說！你啞巴了……」

「媽媽，那不是我！」其其二抓起電話喊，但是，太吵了，正是下班時分，花香街21號擠滿了人，沒一個人聽見電話鈴聲。

「其其一？他說他是其其一？他一直說他是其其一？你真是其其一？校長先生，他怎麼不說話，是不是給嚇著了……到底怎麼回事，說啊，你開口啊……急死人了！好好好，居然這麼頑固，那就立吧——立吧，校長先生，」王后強忍著眼淚擠出人群，「也該叫他長長記性了……」

「工程隊——」牛甲one校長喊。

「等下，我我我們商量下好嗎再，校長，不封大臣這次感謝，用別的方式，包滿意您……謝謝，謝謝了太，大恩大德永世不忘，耳耳於懷，三生有幸……好好好，正題正題，立在他家門口好嗎把碑？放心，」其其一咬多多的耳朵，「下旨拆除明天，你的前程影響絕對不會……不一樣，我們，你是大臣——是是是，大臣不是，國王是，國王是，但是……總之，偉大的其其國的偉大的國王純潔無假應該，白紙一樣——其其二？其其二也一樣，國王的接班人他，潔白更應該……答應只要，加倍封你，求你了，多多……」

「不行！」

「什麼為？」

「都已經決定了怎麼改，集體研究的又不是我一個人做主的，早幹什麼去了，立在哪裡不是立……工程隊──最後再問你個問題，基座上的名字刻哪個，其其一還是其其二……」

「都不！」

「Doubu？怎麼寫？不可能！……好，好，確實，名字只是一個符號，刻什麼都無所謂，既然這樣……基座──把 DoubuA 和 DoubuB 吊到基座上！換個名字就能躲過懲罰？笑話！不拿出點厲害來真以為我牛甲 one 校長的心是豆腐做的……」

「謝謝，謝謝，萬分謝謝，謝謝開恩，謝謝合作，嚴重的賞易你明天一定，放心，說到做到……」

「不，錯了，錯了，停，停，不是這樣，是這樣，這樣，對對對，倒過來，倒過來，把 DoubuA 和 DoubuB，不，把 DoubuA 和 DoubuB 連同整個底座倒過來，我這個碑是從上往下建的──對是的沒錯，向下建，有問題嗎？有？沒搞錯吧，我這是向一個大詩人學的呢，他在一本書上說他要建一座向下的碑，他能建我為什麼不能？這是集體決定的！集體？我就是集體，集體就是我……什麼？他們被砌進了地下──好吧，那就先叫他們離開底座吧，鬧出人命可不是玩的，再集體也不能凌駕生命……」

其其一和多多，不，DoubuA 和 DoubuB 成了游離於主語之外的施動者。

「看把戲啊，」牛甲 one 校長一邊指揮施工一邊訓斥，「老實點，別亂跑，馬上就到你們了……」

「塔建好了，怎麼上去我們，校長？」其其一斜過身子問。

「怎麼上去？該怎麼上怎麼上！」

「上去的路根本沒有，是嵌入的，這塔！」

「這好辦，我們把塔──不是塔，是碑，碑，紀念碑──建高一點，叫它穿過地底，直指雲天⋯⋯」

「可可是怎樣到另一面去呢我們？」

「那是你們的事，我不管！不要煩我，沒看見我在工作嗎！」

「還有，怎麼站穩我們，沒法站穩我覺得我們根本，掉下去了還沒上去說不定就⋯⋯我們的事？不是吧，校長，你是不是自己也不知道──搗蛋，不不不，怎麼會呢，急校長之所急，替校長著想一心⋯⋯我？當然知道，怎麼會不知道我，肯定知道，沒什麼不可能，出於藍而勝藍這叫，校長，問題沒，問題沒，但是，要是能幫一個忙給我⋯⋯」

「什麼忙？我可醜話說在前面──多多，你打算把我眼睛晃瞎嗎⋯⋯在原則面前我牛甲 one 校長是絕不會讓步的，如果違反集體研究決定只能請你免開尊口，要知道，怎麼上去和上去之後掉下來雖然事關重大，問題嚴重，但是，那是你們的事與我牛甲 one 校長無關⋯⋯」

「原則不違反，原則不違反，放心，放心120個好了，校長先生，一樁小事，不足掛齒，不足掛齒，頂上的圍牆可以嗎建高點，高過我的頭頂，我們正遭人追殺⋯⋯」

「追殺？」

「輕點！」其其一捂住牛甲 one 校長的嘴，「輕點，聽見小心，殺手已經上路了，藏在人群裡說不定也，」其其一躲到牛甲 one 校長的背後，「把我裝起來用紙袋子可以嗎？塔上刻 Doubu 為什麼？防止殺手！不然的話，天天圍著塔轉他們會，不得安寧叫我們⋯⋯」

「校紀維護隊──」

「別叫，校長，沒用的，紙袋子找個趕快，求你了⋯⋯」

「誰要殺你，告訴我，誰這麼膽大妄為，敢在我花香上胡來⋯⋯

什麼？其其二？你不就是其其二嗎？你幹嗎要自己追殺自己？還有個其其二……」

「對對對，其其二兩個，其其二兩個，其其二算了其其二的位，成了國王，幫我奪回王位好嗎，我會耳耳於懷的對你，校長先生……」

「媽呀！」其其二捂臉，「篡位？其其二篡位？笨老爸，死老爸……」

「緊急情況！」牛甲 one 校長喊，「紙袋，紙袋，校紀維護隊，每人發一個紙袋……好了，別抖了，殺手再也找不到你了……紀念碑的事到此結束，好了，現在，我們去找其其二，我們一定要幫其其二奪回王位，篡位——太不把我牛甲 one 校長當回事了，可恨至極！趕走其其二，趕走其其二，奪回王位，奪回王位，大家跟我喊，其其二滾下臺……」

「奪回王位！」

「揪出殺手！」

「其其二滾回老家去！」

……

語詞反叛的一面被喚醒，它們呼號、奔突、嘯叫、衝撞，將花香裹進權力的洪流。

「衛兵，」其其二喊，「叫國防總長——什麼？已經押來了……警報怎麼又響了，我親愛的國防總長，天暗得跟黑夜一般，是不是有人對我當國王不滿，說實話，我根本就不想當什麼國王，要不是你們死乞白賴硬要我領導你們……什麼？碑？……好，好，沒有不滿就好——諒你們也不敢，衛兵是吃乾飯的嗎……」

「不，」其其一揭下紙袋，「碑不是，影子沒這麼大碑，看看上去我要，異常了太……」

「不——你不打算奪回王位了——什麼？上去後第一件事就是昭

告天下你才是真正的國王，其其二是假貨？……不能上去！就是天塌下來我也不能讓你上去！為什麼？紀念碑哪能載人，而且，也不可能向下建，我是嚇唬你的，順便幫大家清理下垃圾，為其其樹治理盡一點綿薄之力，要知道，批評『1+1』華而不實的人可是越來越多啊……不行，國王更不行，保證國王安全匹夫有責，何況我還是校長，不行，校紀維護隊，保護國王……哎哎哎，你你你，我的媽呀——小心，注意安全，慢點……網子，網子，墊子——安全繩，安全繩，校紀維護隊，飛機，直升飛機——什麼？花香禁止任何飛行器？我牛甲 one 校長親自規定的說是為了營造良好的讀書環境？我我我……啊——」牛甲 one 校長捂住眼睛，「站穩啊，抓牢——什麼——還要加高——工程隊，加油……還有？已經夠高了呢……過來，大家一起努力……繫牢安全繩，多繫幾條，上面風大，實在不行就下來，我們另想辦法……」

「山母大叔！山母大叔！山母大叔！」其其一立在碑頂叫，「看見我，偉大的其其國的東北方在，正朝我們奔來它，像一隻綿羊，肚子巨大，腳又短又小，披著一件星條花紋的外套……不可能？沒看見過山母大叔我是，但是，千真萬確，它就是，肯定絕對，吹牛沒有，見什麼吃什麼它，古書上說的蝗蟲像，不，比蝗蟲嚴肅還100倍，所過之處草木不生不僅，泥巴石頭看不見也……校長先生，斜點把塔，斜點再，」其其一掰掉碑上用其其果壓制的磚頭向下扔，「吃了，它吃了，再也不用為其其樹發愁了我們，啊萬歲，萬歲（「越是人命關天，」教育考試大臣一邊劇烈地咳嗽一邊伸手拉住其其二：「越是刻不容緩，越是重要越不能免除考試，這是目前頂頂至關重要的，比塔傾斜重要人掉下來重要125度，比駕機救人起碼重要250公里，不經過考試就開飛機是嚴重違法，不論是偉大的教育考試學派還是我進十斤的鬍子都不會答應……」「國王！他是你們的國王！你想謀害你們國王

嗎？」其其二心機如焚。「國王？笑話！那是我們的國王嗎？……」）」其其一舉起雙手跳，「快點，快點再，校長先生，多餘的其其果全製成磚頭我們把，快，快，快……不行，不行，阿Ｏ，阿Ｏ——叫阿Ｏ，阿Ｏ山母大叔專家是，太能吃了山母大叔，其其樹滿足不了它我估計，其其國我們儘管偉大，快，快，快點，快點再，校長先生……不，上來不要，其其山直接去，山母大叔到山下了已經，抽血趕快，融合基因，用山母大叔的吃中和其其樹的果，同時，叫山母大叔被抑制，抓住這次千載難逢的好機會一定，造福其其國，過上幸福安康的日子永遠……（「非常時期？非常時期怎麼了？規矩也不要了！考試是我們偉大的其其國的立國之本……來，來，大家過來，今天情況特殊，我們考簡單點，每人考二兩鼻屎痂，過關了才能登機……」教育考試大臣滔滔不絕。這個木魚腦殼！其其二急得直跳。「偉大而賢能的國王陛下，」身上只剩一條三角褲和一隻臭襪子的外交大臣湊到前面，「可否讓微臣一試……」「盯著螞蟻！盯著螞蟻！盯著螞蟻！就是從別人的家門口經過也要追上去掐一條腿……」另一位三點式愛好者邊往前擠邊唱，「算我一份！保證馬到成功，不過——」阿Ｏ欲言又止，故意賣關子。「不過什麼！」其其二吼，「趁火打劫嗎？」但是，旋即，換上笑臉：「開玩笑，開玩笑，開玩笑的，只要教育考試大臣讓道，我不僅立即發還你們的衣褲，還給你們一人獎兩套國際名牌的其其空間……」）人手多帶些，阿Ｏ，鏈子還要……快快快，上來了，上來了，快，校長，快，啊——我的其其樹，我的其其樹……什麼？碑？碑要倒了——已經倒了……」

欲知後事如何，且聽下回分解。

月亮遠征隊

1 月亮遠征隊

　　手兒搖著，咿咿呀呀的紡車轉著。轉動著頭頂上的月亮，轉動著吊腳樓旁滿池的星。長長的線兒和著嘲啾的蟲唱一路跳著、蹦著，從奶奶的手裡往外跑，帶著習習涼風，帶著婆娑的樹影，帶著美麗的山村夏夜……

　　大人們又到隊裡的曬穀場開鬥爭會去了，平兒哥和二寶哥也不知去向，雲雲妹靜靜地伏在奶奶的膝上，眨著眼睛數天上的星星，看落在池塘裡的月亮。

　　「奶奶，你看，快看呀，奶奶。」突然，雲雲叫了起來，凝望著藍藍的天空。

　　「什麼？看什麼呀？」奶奶操著鄂腔答道。奶奶是洪湖人，在紅軍的女兒隊裡被打散了便在這湘西的大山裡安了家，儘管離開故鄉好幾十年了，鄉音卻一點也沒變。

　　「月亮，月亮……」

　　「月亮有什麼好看的？」

　　「裡面有樹，好大的一棵樹。」

　　「是有一棵樹。」

　　「什麼樹？」

　　「梭羅樹。」

　　「旁邊呢？」

「人。」

「人！他是哪個？在幹什麼？」

「哎呀——，線又斷了，你這個丫頭，怎麼老打岔？告訴你——一個砍樹的人！」奶奶早厭煩了雲雲沒完沒了的發問。

「他砍了那麼久，怎麼沒一點動靜呢？」

「什麼時候才能砍倒呢？」

「永遠也砍不倒！」

「永遠也砍不倒？」

「別再打岔了，我要紡線……那棵樹要一鼓作氣砍完，可他每次只能砍一半，等他睡了一覺，第二天再去時，頭天砍的那一半又長攏來了。沒人幫忙，他永遠也砍不倒。好了，快睡去吧。」

淡淡的月光輕輕地透過帶格子的小窗，斜斜地落在雲雲的床頭。雲雲怎麼也睡不著，望著窗前的明月，無比的憂傷。她有好多好多的事要問，可是，奶奶卻不高興，要她睡覺。月亮裡的那個人砍樹幹什麼？是不是他沒有房子，一家人淋在雨地裡……哦，他真可憐。要是他睡覺的時候，我幫著砍另一半，樹不就容易倒嘛。可是，怎麼到月亮上去呢……

第二天天一亮，雲雲就攔住了正要出工的媽媽問：「媽媽，告訴我，怎麼才能上月亮？」看了看女兒，媽媽笑了笑說：「上到對面的山上，爬上一棵樹，等月亮從頂上路過時攀上去。」媽媽說著指了指門前的山。

大人們一出門，雲雲就到了平兒家裡。一見面，雲雲就憂鬱地將月亮上的事告訴了平兒哥兒弟倆，並哀求：「要是，大哥、二哥我們都去幫忙，他要不了多久就會把樹砍下的。」

「上月亮要很長很長的梯子吧？」二寶問。

「我媽說過，從山頂的樹上去很容易，用不著梯子。」

「好吧，我們今天吃了晚飯就去！不要讓大人知道了，要悄悄地去。現在，我們每人去找一把大刀，磨快。」平兒向他的部下發出了指令。

太陽剛剛滑下山崗，月亮遠征隊的隊員們便在平兒隊長的帶領下浩浩蕩蕩地開出了古老的吊腳樓，開出了寧靜而美麗的小山村。隊員們的武器是每人一把風快的大砍刀。他們躲躲閃閃向對面的山坡進發，希望瞞過大人們的眼睛。他們瞞過了大人，卻沒有瞞過花貓——他們形影不離的好夥伴。也就是說，這支去月亮砍樹的遠征隊一共是四個人，而不是三個。當然，這一點，三個小夥伴暫時還不清楚。花貓也不知他們上山幹什麼去。是不是受不了大人的管束，他們要集體離家出走⋯⋯

不久，遠征隊就達到了目的地——山頂。他們累得大汗淋漓，粗氣直喘。稍事休整，他們就四散開來去尋找上月亮的樹。不多久，他們就選中了一棵蓬鬆多枝的松樹。這棵枝柯橫生，冠蓋如雲的老松樹既能承重，又好攀登。二寶說：「現在時間還早，我們玩捉迷藏吧，等月亮起來了再上樹。」

「要是，要是我們爬得太慢，月亮不等我們上樹就走了怎麼辦？」雲雲妹很擔心。

「噢——，花貓在就好了⋯⋯」

「喵——」不知什麼時候，花貓早已蹲在了樹上。

「花貓的意思是我們得告訴他，我們要幹什麼，好事就幫忙，若是壞事就⋯⋯」二寶忙翻譯道。一直以來，二寶就是這個世界最偉大的動物語言學家，精通各種動物語言。

雲雲忙將上月亮砍樹的事告訴了花貓，並一再聲明這是天底下最好最好的大好事。花貓邊豎起耳朵聽雲雲解釋，邊「嘩嘩」地在粗糙的松樹上磨他的爪子。翻譯家忙說：「花貓說他很願意出力。不過，他要求也加入我們的隊伍。」

「這個沒問題，我同意。」平兒率先表態。

「我也同意。」

天漸漸黑了。在生產隊忙碌了一天的父母們回到家裡，不見了孩子，一個二個急得要命，拖著哭腔屋前屋後的長呼短喚。剎那間，寂靜的山村沸騰了。平日裡忙於階級鬥爭的農民政治家們忘記了革命，忘記了路線，一齊舉著松明火把慌慌張張向村外奔去。於是乎，蜿蜒的山路人聲鼎沸，窄窄的池塘火光閃爍，火光映紅了山下的小河，吵醒了河裡長滿青苔的筒車。

此時，月亮已經出來，花貓和小夥伴們早已在樹上蹲好。他們屏住呼吸，大氣也不敢出，生怕被父母發現。大人們找遍了山上的每一個角落就是找不到他們的半點影子。突然，雲雲的一隻鞋子落了下來，不偏不倚正好打在平兒媽的頭巾上。平兒媽嚇飛了魂。不過，結果卻令人鼓舞──遠征隊很快被「請」了下來。

大人們且氣且喜，每個孩子都得到了應有賞賜──屁股上兩巴掌，臉上一個含淚的熱吻。孩子們委屈地哭了。

「還哭，不快些回去還要打。黑天黑地爬上樹幹什麼？」

「我，我們上月亮，幫那個人砍樹⋯⋯」雲雲哭著說，同時亮出了風利的柴刀。

「真好笑！一群十足的傻瓜，哈哈哈⋯⋯」靜靜的山野迴響著大人們開心的笑聲。

2　金色池塘

聰明的大人總喜歡犯一些十分正確的錯誤，老是將自己天才的智慧和「傻瓜蛋」們幼稚的看法相等同，以為誰都像自己一樣聽話，只要結巴隊長「嗟嗟嗟⋯⋯」地開始抽動嘴巴，「出工──」還沒喊出

口，人們便會丟下飯碗往山上跑。殊不知，這群傻透了的孩子絲毫也不能與他們的爹媽相比，院子裡的大人一空，他們便撲進了吊腳樓旁的池塘，一下子把大人們不准下水的禁令忘到了九霄雲外。其實，若是大人們稍稍知趣一點，不這也不行那也不准，整天將嘴巴擱在孩子身上，一心要造就世界一流聽話的孩子的話，也許，雲雲他們還記不起屋邊還有一個魅力無邊的池塘。

「嗵」地一聲，平兒最先脫下褲衩跳進塘裡。他一個猛子扎進水裡，在塘底游了一圈之後，「撲」地一下浮出水面，接著，便展開雙臂在塘面飛了起來，那樣子活像三年六個月沒看見水的鴨子突然之間找到了一盆洗腳水。平兒一忽兒俯泳，一忽兒仰泳，一忽兒奮力前沖，一忽兒又伸開四肢十分悠閑地仰躺在池中，極目遠眺頭頂的藍天和白雲。平兒靜下來的時候，塘裡青蛙便悄悄探出腦袋，瞪著鼓鼓的大眼睛好奇地打量著雲雲和二寶，有時還「咯咯」地叫上兩聲以示友好。

「咚」地一聲，二寶再也忍不住誘惑了，也跳下池中。他一個猛子鑽進水中，正準備在水底暢游，逐一拜訪臆想中的海底居民時，突然想起自己是只旱螃蟹，不會游泳，忙轉過頭來，伸開四肢慌慌張張向岸邊爬。雙手終於抓住岸邊的青草將頭從水底伸出時，一張小臉已憋得通紅。他「呼呼」地喘息，胸脯劇烈地起伏。平兒還在池塘的中央，他整個兒已與池塘融為一體，完全沉浸在一種前所未有的幸福之中，早忘了二寶和雲雲的存在，也忘了自己的存在。

雲雲連最簡單的狗爬式都不會，一到水裡便秤砣樣直往下沉，所以，她沒有下水。雲雲坐在岸邊，雙手抱著溫馴的花貓，將一雙小腳伸進水裡逗塘裡還拖著一條長尾巴的小青蛙，眼睛望著池塘裡漂著的浮萍和水草出神……

「奶奶，洪湖是什麼？」

「一個很大很大的池塘。」

雲雲伏下身子，使視線與塘面平齊，然後，極目遠眺。剎那間，池面驟然膨大，浩浩蕩蕩的水面一眼望不到頭，裡坎野薔薇和金銀花的清香隨著陣陣微風撲面而來，直入雲雲的心肺。但是，它們的身影既模糊又遙遠，仿若隔世，水草成了無邊無際的葦洲，游弋的浮萍是夏日裡的蓮舟，它們來往穿梭，漁歌互答……吊腳樓旁的池塘變成了煙波浩渺的洪湖，變成了奶奶翹首以盼的故鄉。雲雲輕輕走進奶奶的故鄉，尋訪奶奶紅色的足跡，憑吊奶奶浴血的戰場。最後，她推開奶奶閨房的小窗，順著奶奶少女的視線觸摸奶奶花樣的記憶……走出奶奶的閨房，雲雲輕舒雙臂，曼舞衣袖，升上洪湖的天空。哦，洪湖也是一個池塘！一塊斜斜地嵌在山間的碧玉！山腳下，青黑色的小河裡漂著藍天，漂著白雲，蜿蜒的公路與小河相伴而行，一直伸向那深藍色的山外。連著池塘和小河的是淙淙的小溪，和著潺潺的溪韻的是筒車不倦的歌謠。哦，奶奶的家鄉也有吊腳樓，屋邊也有挺拔的芭蕉、茂密的修竹和美麗的柿樹……哦，奶奶的家鄉真美……

　　「喂，雲雲妹，下來吧，」平兒終於想起了岸上的夥伴，「別怕，雲雲妹，來，我背你泅水。」

　　「看，我都敢到中間去。」二寶用半生不熟的狗爬式鴨子擺尾似的在池塘裡迅速轉了一圈，右手攀著塘岸極力鼓動雲雲下水。

　　「我媽說了，池塘裡有鬼，我怕。」雲雲撫摸著花貓光滑的皮毛答道。

　　「騙人！大人就喜歡拿鬼來嚇人，說什麼塘裡的水鬼渾身長滿了水草，眼睛綠醺醺的，見人就咬。我在塘裡找了好幾遍，一點綠色的影子都沒看見。」

　　「你看，塘角上有座墳，說不定，你找的時候，他們正躲在墳裡。我媽說過，鬼都是從墳墓裡爬出來的……」

　　「你媽盡說瞎話，那是我們老太太的墳。老太太是個大好人，他怎麼會害我們呢！」

「老太太可好了，」二寶忙插嘴道，「大前天，我還見過他呢。老太太瘦瘦的，個子不高，背有些駝，臉上長滿了麻子，不過，他人可好了，見了誰都一臉笑容。那天，他把我抱在懷裡，十分疼愛地撫摸著我的頭。分手時，他叫我長大了要攢勁讀書，說我以後能當好大好大的官……」

「你是在做夢吧。」雲雲笑道。

「是做夢又怎麼樣？我媽說，那是祖宗顯靈，挺靈的。我媽還叫我過年過節多給老太太磕幾個頭，求他保佑……」

「當官有什麼好！一點也不好玩。」平兒接過話頭，「我長大了去參軍。我要當海軍，把軍艦開到世界各地去遊覽，那才刺激。最後，我還要把軍艦開回來，停在小河裡，然後，從軍艦的桅杆頂上往下跳，跳進筒車下的那個深潭裡，讓我爹看看我到底會不會淹死。」

「我要做一個詩人，」雲雲放下花貓，發言道，「做一個巡遊詩人，拉著奶奶的手，沿著奶奶當年的足跡去洪湖，然後，寫好多好多的詩給奶奶看。」

雲雲他們天真地談論著現實，談論著理想，對未來和明天充滿了希望。此時，大人們正在隊裡的玉米地裡一邊磨洋工，一邊思索著晚上在曬穀場上將誰揪出來鬥爭一番比較合適。和池塘裡的孩子相比，他們單純得如初生的嬰兒。這群山溝溝裡的政治家們最最關心的問題是如何拯救全世界生活在水深火熱之中的勞苦大眾，地裡的莊稼如何，晚上有沒有包穀糊糊填肚子則不在他們的思考之列。當然，階級鬥爭是決不能忘的，階級鬥爭是「綱」，綱舉才能目張，忘了階級鬥爭便是忘本，辛辛苦苦建立起來的政權便會被顛覆。大人們一邊在不長莊稼只長草的玉米地裡勞作，一邊醞釀夜晚曬穀場上的階級鬥爭時，太陽已經當頂，雲雲也結束了詩人的夢想，矜持地下了池塘。雲雲小心翼翼地下水。但是，她的雙腳剛一踩到塘底的淤泥，便觸電似

的縮了回來。她慌慌張張地撲騰著向岸邊奔來，心裡害怕極了。平兒見狀，忙游過來，雙手將她托住。

「別怕，雲雲妹。」

「我不是怕，只是心裡有些緊張。」

「來，你趴在我背上，我背著你泅水。」

雲雲膽戰心驚地轉過身來，爬上平兒的背脊，雙手死死箍著平兒的脖子。

「你輕一點，雲雲妹，我都快出不了氣了。呃，好了，抓緊，我開始游了，千萬莫鬆⋯⋯」正說著，二寶趕了來：「平兒哥，我也要背。」

「好，好，我背著你們從水裡鑽到對岸去。」

雲雲和二寶像騎牛一樣跨上平兒的背，雙手緊緊地扣著平兒的身體。平兒說聲「準備！」便「呼」地一下扎進水裡向對岸游去。可是，雲雲和二寶太重了，平兒一潛下去就浮不動了，被壓在了塘底。此時，平兒真想調頭上岸，但想到雲雲天生膽小，下一趟水不容易，便下決心向對岸游去。然而，他根本游不動，只能在水底四腳並用向前爬。到中間時，他實在忍不住了，便站了起來，準備換口氣。他剛一立起，二寶就嗆了一口水，雲雲則嚇得哇哇直哭。於是，平兒忙埋下頭去繼續在淤泥裡爬行。他終於爬上對岸，從水裡鑽出來時，已是滿頭滿臉的淤泥，身上挂滿了水草，活像一個傳說中的水鬼。他把雲雲和二寶嚇了一大跳，但緊接著，塘裡便暴發出了一陣經久不息的笑聲，「哈哈哈⋯⋯」

聽到笑聲，花貓忙放了蚱蜢，從草叢裡鑽出來，吃驚地瞪著三個小夥伴。三個小夥伴的聲音也太大了，不僅驚動了花貓，也驚動了山上磨洋工的政治家們。

「平兒⋯⋯」

「雲丫頭……」

「二寶，你在塘裡嗎？」

傻瓜蛋們終於記起了大人們的禁令，匆匆爬上岸來，洗盡腳趾上的黑泥，領著花貓沒命地往屋裡跑。

「又下塘了，是不是？」

「沒，沒下，看，我們身上都乾乾的。」

「來，把衣服脫了。還撒謊，身上的水痕都還沒乾。說，誰帶的頭？」

「我，我們真的沒，沒……」雲雲不相信水痕，結結巴巴辯駁。

「死丫頭，數你最頑固，不聽話，再下塘非被水鬼吃了不可！」

「平兒哥裡裡外外都找遍了，根本就沒有什麼水鬼。」

謊言被揭穿，雲雲媽一時語塞，但是，大人畢竟是大人，一計不成又生一計：

「哦，是的，昨天塘裡來了一個妖怪，水鬼被它吃了。妖怪可是見什麼吃什麼的，再去非吃你們不可……」

「妖怪……」三個小夥伴瞪著眼睛痴了天，聰明的大人獲得了勝利。未來的三天，傻瓜蛋們將告別心愛的池塘，這，大人們盡可以放心。三天之後呢？三天之後，誰也說不準。

3　永遠的祖母

「嗒，嗒嗒，嗒嗒嗒……」一陣槍響，滿山滿坡蟻樣密集的敵人便如斷電的機器立即停止了運作，「轟——」地一聲倒了下去。硝煙瀰漫的山頂上，奶奶石雕樣立著，槍管發紅的機槍在奶奶纏著綳帶的臂膀上猛烈地吼叫著，奶奶身上結著暗紅色血痂的灰軍裝已經完全燒焦。掩體裡，奶奶的戰友或手握鋼槍或高舉著正要投擲的手榴彈靜靜

地伏在被鮮血染紅的岩石上——他們已經全部犧牲。鮮豔的紅星在奶奶的頭頂閃耀，夾雜著濃重血腥味的硝煙在山頂的上空飄蕩……

「衝啊——！抓住女共匪，每人賞大洋兩塊……」奶奶的機槍稍一停歇，敵人便如結束冬眠的蛇爬滿了棕褐色的山坡。但是，奶奶的手指一靠上扳機，喧鬧的山坡馬上又恢復了血色的寧靜，如潮的敵人多米諾骨牌一樣「嘩——」地一聲倒地不起。然而，只要奶奶一放下槍，山坡上又會爬滿縮頭弓腰、蠢蠢欲動的敵人。跑在最前面的軍官是個結巴，他一面揮舞著手槍，一面使勁地抽搐著麻臉大聲叫喊：「嗟，嗟，嗟……」

「嗟，嗟，嗟……出，出，出——工——嘞！」結巴隊長把雲雲從夢中叫醒——新的一天開始了。

討米要飯出身的結巴隊長老是不等人們完全走出鬥爭會的夢境便「嗟嗟嗟」地開始喊出工了。對於生產隊，對於人民公社——共產主義，結巴隊長始終懷著一種極其崇高的感情。他的心像聖徒一樣純潔和堅定。不過，他的共產主義很現實——他接兒媳婦時，上供銷社買布不要布票。

「雲丫頭，莫緊睡哦，快點起來。火——，我都生好了，你只要放米了，灶上有截臘肉……」上工的路上，雲雲媽一邊高一腳低一腳踩著露水往山上走，一邊扯著嗓子不停地叫喚。

「噢——」雲雲高聲地應道。一般情況，不把太陽睡上板壁，雲雲是不會起床的。雲雲可沒她的爹媽那麼老實和聽話，結巴隊長一聲喊褲子沒繫穩就往山上奔。常常，大人們忙了一個大早工回來，雲雲還在床上呼呼大睡，灶裡冷火秋煙的，害媽媽手忙腳亂得不是把飯舀在了豬食桶裡，就是拿著渾身是糠皮的豬食鍋鏟炒菜，將全家忙得一塌糊塗。不過，今天，媽媽前腳出門，雲雲後腳就起了床。雲雲睡不著，那個夢太神奇、太激動人心了！

起床後，雲雲用冷水洗了把臉便去找奶奶。半年前，還沒有灶高的雲雲剛剛學著做飯的時候，每天起床後的第一件事便是跑到東廂的小屋裡問奶奶什麼時候下米，包穀糊怎麼做，番薯飯怎麼煮……米下鍋後，雲雲仍要爬上搭在灶後的椅子拿著鍋鏟舀幾顆半生不熟的米粒往奶奶屋裡跑好幾趟。那時，儘管雲雲很認真，也很負責，最終還是免不了把飯燒糊，再不就是將自己的眉毛燒焦。現在，雲雲早已成了小山村一流的廚師了，再也不用一拿起勺子便奶奶奶奶叫個不停了，但她仍然喜歡一起床就往東廂房跑。她喜歡奶奶。這位洪湖來的奶奶對雲雲來說永遠是一個謎。「池塘」裡的奶奶何以說話像唱歌一樣柔美動聽，「池塘」裡的人是不是都這樣，奶奶的「池塘」到底有多大，又尖又窄的三寸金蓮是怎麼載負起奶奶那高大偉岸的身軀的，這雙精品似的小腳又是如何千里迢迢從洪湖走來的，奶奶究竟是不是紅軍，如果是，為何不像村裡的「明瞎子」那樣又聾又瞎，身上嵌滿了彈片，走起路來「嘎嘎」響……

　　雲雲繞了一個大圈子來到奶奶的門口時，東廂房的門已經上鎖。雲雲退回去，在屋裡坐了一陣便開始做飯。飯很快就煮熟了。炒菜之前，雲雲又去了一趟東廂房，並將臘肉給奶奶切了一段。但是，奶奶的門還鎖著。這是一種極古老的銅鎖，只一下，雲雲便用篾片把它給弄開了，將臘肉放在了奶奶的灶頭。奶奶的屋子很小，但很整潔，床頭是一架用了好幾代人的紡車，紡車旁的牆腳立著一排擦拭得極為乾淨的泡菜、漬菜、酸菜罈子，灶頭一塵不染，柴草一小把一小把扎得十分整齊美觀。雲雲從奶奶屋裡出來便開始炒菜，菜炒好後，雲雲又去了一趟東廂房，奶奶還是沒有回來。於是，雲雲繞到屋後向後山走去。她知道，奶奶每天除了紡線便是上後山砍柴。後山不遠，與屋後的石坎緊緊相連，密密的叢林一眼望不到頭。後坎與叢林之間有一塊坡度極緩的草坪，柔柔的，軟軟的，草坪的盡頭是一棵巨大的古楓，

頭深深地扎在雲裡。草坪是雲雲、平兒、二寶和花貓捉螞蚱、撕「太陽草」的地方，是他們騎著奶奶用葦杆編織的馬兒往來馳騁的大草原。無邊無際的大草原像大海的波濤一樣起伏向前，沿著他們的想像極力伸展，並最後順著古楓參天的巨幹升上萬里碧空。於是，雲雲他們穿過巍峨的南天門，走進了建築在雲彩之上的天宮，走進了孫悟空看守過的蟠桃園。他們爭著搶著撫摸太白金星白花花的鬍鬚，吵著鬧著要掂一掂李天王的寶塔……草坪是雲雲他們的天堂，同時，也是奶奶曬柴的地方。奶奶在叢林裡割的柴草就曬在這裡，乾了便碼在古楓的腳下。

在洪湖裡長大的奶奶砍柴很特別。她蹲著馬步軍人下操似的站在叢林裡，戴著帆布手套的左手向外反抓著地上的茅草、蕨草、小灌木和荊棘，右手風捲殘雲一般，揮刀猛砍。「嚯——，嚯——，嚯————……」一眨眼的功夫，地上便片甲不留。奶奶砍柴從不挑地方，走進山來扔下背簍蹲在地上舉刀便砍……

雲雲穿過草坪來到古楓樹下的時候，叢林裡靜靜的，奶奶不見蹤影。雲雲有些失落，怔怔地望著叢林出神。陽光永遠也曬不透的叢林裡長滿了蓬鬆的蕨草，叢林的邊緣裸露著一塊剛剛被奶奶砍過的空地，空地上散落著很多曬焦了的蕨草的葉片，棕紅棕紅的。紅紅的蕨葉再次將雲雲帶進了奶奶那戰火紛紛的歲月，帶進了早晨那棕紅色的夢裡。夢中，叢林靜靜地褪下綠裳換上紅裝，接著，向上的山坡輕輕向前傾斜……敵人爬滿山坡的時候，背有些微駝、臉上溝壑樣皺紋密布的奶奶身著灰軍裝，頭戴紅軍帽，端著機槍走上山崗……槍聲停歇，硝煙散盡之時，橫亙天際的山嶺，惟有奶奶雕塑一樣矗立於天地之間。陡然間，雲雲覺得在大隊小學講爬雪山講得唾沫飛濺的「明瞎子」是多麼的渺小，多麼的不值一提，惟有自己的奶奶才是真正的紅軍，才是這個世界頂天立地的英雄……但是，奶奶為什麼不去學校講

她光榮而偉大的傳奇經歷呢？為什麼人們不僅不承認奶奶是紅軍，還說奶奶來歷不明，是潛伏的國民黨特務？為什麼戴著高帽子，被當作「牛鬼蛇神」拉去遊街時，奶奶默不作聲，毫不抗爭呢？若不是結巴隊長阻止，奶奶不知還要遊到何時。「是，是，是哪個講的，這個老婆婆是，是特務？我，我捅他娘！」結巴隊長紅著眼睛罵道，「我，我很小的時候，她就就就來了我們這裡，辛辛苦苦把人家四個孩子撫大，最小的只有七個月。這樣的好人，就算是國民黨，就算是特務，我們也不能鬥她，也要對她好。還有，我，我，我小的時候，快快快餓死的時候，就是她，她救我，收留我的。特，特務，特務能救我們貧下中農嗎？能與我們有階級感情嗎？嗟嗟嗟，放，放，放人，快放人，再不放我就跟你們拼了！」曾經，雲雲多少次這樣問過奶奶：你是紅軍，你是英雄，你為什麼不告訴人們，不向上邊反映？每次，奶奶除了「我的部隊都打散了，沒人在了，向誰反映？哪個相信你呢」，便是搖頭。越是這樣，雲雲越覺得奶奶偉大。雲雲始終不明白的是爹，他一直不喜歡奶奶⋯⋯

雲雲從激戰中的叢林回到家的時候，爹媽已經收工回來。

「怎麼，那麼大一截肉就只炒這麼一小碗？雲雲，肉到哪裡去了？」雲雲爹坐在桌旁瞪著眼睛問。

「炒，炒，炒⋯⋯炒完了，都在碗裡啊。」

「都在碗裡！」

「唔⋯⋯唔。」

「這次該不又是花貓吃了吧！」

「可⋯⋯也，也可能。」

「也可能？又在撒謊！跟你講一百遍了叫你不要往外偷東西，就是不聽。」

「偷？」雲雲恨的就是小偷，平生見不得「偷」字，聽爹說她給

奶奶送肉是偷忙跳了起來,「豬是我餵的,豬草是我扯的,豬肉我當然有份。你不給奶奶送,我就送不得嗎?我送自己的東西也算偷嗎?」

雲雲爹一時語塞,無言以對,但稍一停頓便找到了理由:「她是後媽!」

「她是你的後媽,又不是我的後媽!再說,後媽怎麼了?後媽不是媽嗎?」

「後媽,後媽……她不讓我吃晚飯,小時候!」

「這有麼得,你們大人都喜歡不讓小孩吃晚飯。去年,你們就餓了我一個月,還逼我吃蛆母娘。說什麼我得了食魍病,要餓一餓,吃蛆能幫助消化。我就不記恨你們,說你們是後媽。」

雲雲爹的臉一陣白一陣紅,難看死了。

「吃飯,吃飯,」雲雲媽邊盛飯邊解圍,「結巴隊長講得好,老婆婆大老遠地跑到這山溝溝裡來不容易,把你們幾兄妹撫大不說有功勞也有苦勞,我們吃乾的不能讓她吃稀的……」

「我不管奶奶是前媽還是後媽,如果你們再不讓我給她送東西,我就搬到奶奶那邊去住,和你們斷絕關係。」

「雲丫頭,你爹都半天沒出聲了!這麼鐵夾似的的嘴,小心長大了嫁不出去。」

「我要說,我就要說,我的奶奶不是後媽,她是天底下最好的奶奶……」

「嗟,嗟,嗟……」結巴隊長對共產主義的美好憧憬替雲雲爹解了圍,同時,也結束了雲雲精彩的講演。

4　水晶小鎮

和煦的陽光透過苦楝樹的嫩葉將絢麗撒在三個小夥伴的臉上,撒

在寂靜的公路上。春日裡的小河像一個古老的童話，滿身青苔的筒車悠悠地轉著，藍藍的天空，荇藻怡然地舒展著柔長的腰肢，潔白的雲朵上，魚兒靜靜地搖著尾巴，連綿的小山是一匹從天上飄落的錦緞。平兒背簍裡背著棕，手裡牽著雲雲和二寶貪婪地望對岸，望著綠樹掩映的山村。蝴蝶在恬靜的空中翻飛，布穀鳥在叢林裡鳴叫，野花燦爛地盛開……「啊──」村莊太美了！美得平兒他們無法用語言來表達，只能大張著嘴「啊啊」地驚嘆。今天，他們是第一次踏著小河上用稻草和卵石築起的河壩來到對岸，第一次遠距離地看望自己的家園，第一次發現自己的家園是的如此美麗。他們深深地陶醉其中，好半天都沒有想起涉過小河的目的。「嗒嗒嗒……」一輛滿載著黃檗、杜仲等山貨的手扶拖拉機搖搖擺擺地從他們身邊經過的時候，他們才想起家裡正等著他們的晚飯鹽。於是，他們停下「啊啊」的讚美，沿著河邊蜿蜒的公路向小鎮走去。

　　小鎮在小河的邊上，一條窄窄的青石板鋪成的小巷，古老的土家木屋非依山而建即臨河而築，細長的吊腳柱子遠遠地伸在河心。湖泊似的河裡靜靜地倒映著曲幹虬枝的柳樹和兩岸的青山，鴨子在河裡戲水，小船自在地橫在岸邊。來到小鎮，平兒他們便急急地朝收購站走去。收購站設在一座古廟裡，屋中一架機器秤，四周堆滿了各種各樣的山貨，牆上貼滿了各種各樣的動物的彩圖，收購員是一個態度和藹的老頭。他秤了棕，開了票後還把平兒他們送到了取錢的地方。三個小夥伴在供銷社取了錢買鹽時便早已餓得饑腸轆轆了。正在這時，二寶發現了櫃檯上裝在玻璃罈子裡的蘋果。

　　「啊，蘋果！」

　　「這是世界上最最美麗的顏色，」雲雲望著玻璃壇中雞蛋大小的紅蘋果發表感慨，「看見它，我就想起了剛剛換過新稻草的床的味道……」

「它使我想起了柿子和漿果,但是,它們太招搖太不自然了……」

「噓——」翻譯家將食指豎在嘴邊,止住大家的發言後說,「聽,它們在說話!」

平兒立即將耳朵貼在罈子上,可惜,他是一個凡夫俗子,無法聽到來自另一個世界的天籟之音。「沒有,我沒聽到有誰在說話。」

「我來聽聽,它們在說什麼?」。」

「它們說呆在這冰冷的玻璃罈子裡很孤獨,它們想家。它們在外面已經漂泊很久了,再不回家的話就要病倒了,永遠回不了家了」

「它們的家在哪裡,我們能幫它們嗎?」

「在這裡!」二寶指了指自己的肚子哈哈大笑起來之後,平兒和雲雲才知道自己被耍了,同時,感到餓得有些受不住了。於是,他們把買鹽後剩下的錢拿出來,盤點一番後將兩角錢的分幣高高地舉在手裡喊:「買蘋果!買蘋果,阿姨。」今天是三個小夥伴最富有日子,他們的手從來沒握有如此之多的鈔票,所以,他們不僅聲音很大,而且還表現得有些忘乎所以。

「買不到!」

「怎麼買不到?」

「有兩角錢就了不得了!」

三個小夥伴大張著嘴,倒吸著冷氣,痴了天。他們終於清醒過來之後並沒有立即走出供銷社而是被蘋果旁邊的那一排玻璃罈子給深深地吸引住了。那些晶瑩透亮的玻璃罈子裡裝著渾身裹滿了糖粉的蠶子糖,大個大個的發餅,油酥酥的蛋糕,金燦燦的古巴糖……哦,還有大顆大顆的水果糖!他們的眼睛直直地盯著玻璃壇裡的美食,嘴巴裡只差伸出了爪子。但是,這一次,他們既沒有大聲讚嘆,也沒有將錢高高地舉在手上衝著櫃檯裡面大聲叫喊。他們將錢緊緊地攥在手裡,小偷似的輕手輕腳地走近營業員,然後,用極細極小的聲音十分謙遜

地說：「買東西。」然而，他們的聲音太小了，營業員沒有聽見。他們又接著連叫了兩遍，營業員才答：

「買麼得？」

「買——……」

「到底買不買？」

「買，買，買……就買——買發餅吧！要不，這個，那個也行。」

「都不行！這些都要糧票。你們有嗎？」

「哪——我們能買麼得？」

「只能買水果糖。一分錢兩個，要幾個？」

　　他們一共買了十個水果糖，雲雲四個，平兒和二寶每人三個。但是，他們太餓了，剛走出門就將所有的糖果吃得一乾二淨了。這些糖果不僅沒能填飽肚子反而使他們更餓了。於是，他們沿街找起了食物。青石板鋪就的小巷裡靜靜的，除了三個小夥伴空空的足音什麼都沒有，正對著街面的堂屋空空的，兩邊高高的鋪門關得緊緊的。平兒他們漫無目的的在街上尋找著，可是，整整一條街除了供銷社怎麼也找不到第二個賣東西的地方。他們的心都快涼了的時候，一隻看不見的巨手將他們的摁住了。他們一齊止住腳步，將脖子長長地伸向一個四合井的院子裡，不停地縮鼻子。這是供銷社的夥鋪，外堂屋中間架著兩張桌子，桌旁的高板凳上兩個幹部模樣的人正在吃麵，左邊又高又深的櫃檯裡伸出半個身子的是賣號子的營業員，她的表情十分尊貴。內堂屋裡，有兩個大師傅，一個下面，一個正在案板上忙碌著。大鍋裡的水翻開著，濕麥子麵那醇香誘人的味道隨著蒸氣在屋裡升騰並飄散到街上。平兒他們拼命地呼吸著夥鋪裡的空氣，腳像被黏住了似的，久久地立在那裡不能邁動。但是，誰都不敢跨向堂屋一步。

「喂！滾開！」

　　一個高貴的聲音吼了起來，但是，平兒他們太投入了，沒聽見。

「聽到沒有？說你們呢，三個小叫花子！」

離開小鎮的時候，三個小夥伴的頭勾得低低的，誰都沒有說話。小鎮太美了！但是，小鎮被水晶緊緊地封著，雖然近在咫尺，離他們卻又是那麼遙遠。他們傷感極了。他們走出小鎮的時候，太陽已經偏西。

「嗨，小傢伙……」突然，路邊有人喊他們，「來一碗嗎？」

原來，有人在路邊「熬館」。

「多少錢一碗？」

「兩角。」

「我們一共只有一角五分錢。」

「一角五就一角五。」

「你分兩碗舀好嗎？我不要。我不吃死豬肉。」

雲雲和二寶吃的時候，平兒不停地咽著口水，同時，將目光轉向一邊，盡力克制著。

「來，你也吃點吧，」老闆給平兒舀了小半碗遞過來說，「吃吧。」

「我沒錢。」

「不要錢。小小年紀怪懂事的，怕弟弟妹妹吃不好情願自己餓著。」

「『熬館』的肉太好吃了。」放碗時，雲雲一邊揩著嘴巴一邊說。

「明天，我也叫我家的豬死了讓我好來鎮上『熬館』。」

「媽不打死你才怪呢，好吃得沒名堂了。」

「哈哈哈……」小鎮的郊外暴出一陣爽朗的笑聲。笑聲中，堅硬的水晶開始冰釋，美麗小鎮漸漸變得親近，變得溫馨。

5 水中的小弟弟

傾盆的暴雨沒日沒夜地下著，九九八十一天的時候，整個世界已是一片汪洋，所有的團魚都浮出了水面，波濤洶涌的洋面上漂滿了大大小小的團魚。高地，山峰，樹木全都被淹在了水中，四根擎天的大理石柱子也讓洪水給泡軟了，在第八十一天的那天早上「轟！」地一聲倒下了。灰黑色的天空塌了下來，塌在團魚蛇一樣高高昂起的頭上。頓時，大地一片黑暗。就在這個時候，女媧娘娘來到了人間。她殺了團魚，用鱉腳將天重新撐起，用鱉殼將水舀進山谷，倒進河裡。接著，她用泥巴造了一條船，捏了一男一女兩個人在船上，同時，還捏了很多的小孩兒放在河裡……

「轟——轟——……」暴漲的小河怒吼著滾滾向前，如千萬匹駿馬一起奔騰，在河面掀起漫天的煙塵。雨點炮彈似的傾在河裡，將小河砸得金屬盆子似的「當當」作響。雲雲穿著件爛蓑衣，戴著簸箕大的破斗笠坐在河邊出神。滔天的洪流使雲雲想起了天天早上的廣播。廣播聲裡，雲雲聽見了恢弘雄壯的《義勇軍進行曲》，看見了氣勢如虹的天安門廣場。波瀾壯闊的人流在雲雲的眼前極其英武的上下起伏，滾滾向前……

「媽媽，我們都是爹媽從河裡撈起來的嗎？」

……

「我也是從河裡來的嗎？你們什麼時候把我從河裡撈起來的？」

「漲大水噠的時候。」

「媽媽，我要一個弟弟。你給我撈一個好嗎？」

「媽一天會忙死，哪有時間！你自己去撈。」

……

怎麼河裡都是大人，沒一個小孩？大人一下河不是撈個男孩就是

撈個女孩，這麼大的水，我怎麼就沒見著一個孩子？河對岸的人怎麼天一撈兜地一撈兜舀個不停，是不是小孩子都被水沖到對面去了？哦──，在河邊等了半天，撈兜都沒有，就是有個弟弟來了，我也撈不著呀，水這麼大，這麼激。要撈個弟弟首先要有一個撈兜。雲雲盯著浩浩蕩蕩的洪流期盼著弟弟的同時，思想卻爬上山坡和平兒、二寶一起去砍桐子樹了。

　　「這棵，這棵，這棵剛好。」

　　「這棵太小了。」

　　「不小，我只要一個布娃娃一樣大小的弟弟就夠了，大了我抱不起，再說人大了就不聽話了。」

　　「我要砍一棵大樹杈，做一個能裝得下我的撈兜，等我爹再打我時，你們就將我用這把撈兜把我送回去。我爹一點也不喜歡我。那次漲大水，我爹扛著撈兜下河本來一心是要撈個女兒的，他們已經撈到了平兒，不須要兒子了。可是，他老在路上磨磨蹭蹭地抽菸，而我呢又死不急，出門時慢慢吞吞的，結果，等他走到河邊時，所有的孩子都被人家撈光了，只有我一個人了。他不須要兒子，但又不能扔下我，只好將我帶回家。他們一點也不喜歡我，動不動就打我。你們看，我的屁股都被打綠了，而且，一直是這麼綠著的。我敢肯定，我爹把我一撈回家就一直打我，虐待我，不然，我的屁股為什麼這麼綠？」說著，二寶將印著一大塊胎記的小屁股露出來給平兒和雲雲看。

　　「這是胎記！生下來就有的。看，我也有，在肚子上。」雲雲掀起衣角。

　　「什麼胎記！那是大人的鬼話。他們老是在我們不懂事的時候把我們打得一塌糊塗，打得渾身青一塊紫一塊又不敢承認，就拿胎記來騙我們。昨天我爹還無緣無故把我打了一頓，我媽不但不哄我還說打得好。」

「天下哪有不疼孩子的父母？那是你太厭了。叫你別踩水氹，你就是不聽，你想想，光我就叫了你幾遍？你硬要把衣服打濕。這是你自己的錯，怎麼能怪爹和媽？」

「算了算了，我不和你們講了，反正，我已經決定要回小河裡去了。回去後，我一定要讓需要兒子的人家撈，堅決不要想姑娘的人家勉強揀回家。你們願幫忙就等到漲水時送我下河，不願意，我就自己跳下去。」

「二寶哥，你千萬別離開我們，你一走我和平兒哥就沒有伴了。再說，我的撈兜還等著你幫著織呢……」

「嘩——」二寶和雲雲正說著的時候，平兒已經將一棵和刀把差不多粗細的桐子樹砍倒了。但是，「嘩——嘩——」的響聲仍然不絕於耳，而且還夾雜著「叮咚」的脆響，彷彿整個世界都充斥著這種攜帶著濃重金屬味的風雨聲。這盡情宣泄的雨聲把想像中的雲雲請到了河邊。雨下得更大了。黑色的雨點緊緊地連在一起，鞭子一樣在空中狂飛亂舞。山洪從峪谷裡湧出，撲向河邊的稻田，再從四面開溢的田裡「嚯嚯」地傾入河中，空中瀰漫著大水濕漉漉的味道。陡然間，平缸的小河升上了天空，轟轟隆隆地橫在了天際。平日裡狹窄得兩岸洗衣的人都要頭碰頭的小河一下子變得無比的遼闊了，筒車不見了，對岸的稻田、人家、公里也後退到了極其渺遠的天邊。雲雲的眼裡除了齊天的洪水便是浩渺的煙波——小河成了大海！大海的後面是小小的山村，是雲雲的家。前面呢？前面是雲雲長大以後待字出嫁的地方——雲雲知道，凡是女兒家長大了都是要嫁出去的。這麼大的水，我怎麼回娘家？沒有船，沒有人接，我怎麼回娘家？我一定要有一個弟弟，不然，以後娘家都回不成。有個弟弟該多好啊，小的時候，我給他洗尿布，給他喂米糊糊，給他用狗尾巴草養狗兒，他哭的時候，我就哄他，給他唱「孩兒孩兒你莫哭，媽媽給你栽糯穀……」長大

了，我可以帶著他上山揀菌子，幫媽媽砍柴⋯⋯雲雲完全沉浸在有了弟弟的美好遐想之中。突然，眼前金光一閃，「轟隆」一聲，春雷從天際向她頭頂滾來，將她從無邊的想像中喚回「叮噹」作響的河邊。

小河雖然一如既往地轟隆向前，但是，它再也不是大海了，筒車露出了飛速旋轉的一角，對岸撈魚人的一舉一動也清晰可辨了，就連鰷魚那銀色的白鱗和撈兜裡漏下的水滴也看得一清二楚了。怎麼這麼多人撈魚，沒一個人撈孩子？是魚重要還是孩子重要⋯⋯河裡到底有沒有小孩，我們是不是從水裡被撈回家的？

「我們都是讓爹媽從水中給撈起來的嗎？」

「很久很久以前，天上下了七七四十九天的暴雨，到處一片汪洋⋯⋯」

「人呢？」

「都淹死了。」

「都淹死了，那我們是從哪裡來的？」

「哦——，有兩個人沒有淹著。他們是兩兄妹⋯⋯」

「他們怎麼沒淹著呢？」

「他們在月亮上，像舢板一樣的月亮上。那時，水太大了，月亮都被浮在了水上。」

「後來呢？」

「後來，他們就結成了夫妻，並在水中撈了很多孩子。」

回想著這個古老的傳說，小河裡的水再次在雲雲的想像中高漲，很快便將兩岸的稻田淹沒，接著，又奮力漫上田邊的小山和小山背後的大山，一眨眼的工夫，滔滔的洪水就升上了雲天，翻騰的浪花變成了美麗的雲朵，世界一片汪洋！雲雲被巨浪裹挾著。她拼命地向前游去，但是，她看不到河岸，找不到水邊。她只知道游，沒命地游，到底要游到哪裡她自己也不知道。同時，她很奇怪自己怎麼突然之間學

會了游泳。是不是所有的人在漲齊天大水的時候都會游泳？這樣想著的時候，一個浪頭打來，雲雲被嗆暈了過去。醒來的時候，雲雲卻在一條小船上……一切都和傳說的一樣——雲雲已被洪水托舉到了天上，只是，兩頭尖尖的月亮上只有雲雲一個人！不是說還有個弟弟嗎？弟弟呢？這麼大的水，弟弟該不會淹死吧。想到這裡，雲雲渾身直哆嗦。弟弟呀，你千萬別淹死！你淹死了，這個世界就只有我孤零零一個人了，我們就結不成夫妻了，我也會寂寞地死去的……「嗚，嗚——……」雲雲傷心地哭了起來。淚水隨著哭聲向下流淌，舢板似的月亮載著沉重的眼淚搖搖下沉，將滿世界的洪水壓向河谷，壓向地底，將雲雲穩穩當當地送到洪流四溢的河邊。

對岸，撈魚的忙個不停，每一撈兜下去都會舀出很多的魚兒。撈兜裡，魚兒跳著蹦著快活極了。剛剛從水裡撈出來的小弟弟肯定比它們還快活。魚都是從水裡面撈出來的，小弟弟一定在水裡……雲雲攥起褲子向河裡走去——「咣——當！」一聲，搪瓷臉盆從桌上掉了下來，半臉盆魚和從屋頂上漏下的雨水潑了一地，一隻小團魚馬上邁開四腳慌慌張張向邊上跑去。花貓看見了，立即從方上跳下來，伸出爪子將它按在地上。

「雲丫頭……」

6 山頂上的戰鬥

爬上山坡，從頂上向前望去，那連綿起伏、曲折蛇行的小山極像一隻邁動著無數條腿從小河向雲間奔去的大爬蟲，星一樣散落在它的腿彎裡，腳踝上的是三三兩兩的人家，金黃金黃的油菜花。流出去又折回來的小河兩頭都連著雲端，似乎不是貼著山跟流淌，而是將小山孤島似的托在手掌旋轉。彎彎的小河充滿了春天的氣息，美麗的村莊

像火柴盒上的圖案一樣精巧。花貓睡在屋頂，小雞在陽光下啄食，村莊裡靜得沒有一絲風。村莊外面的田野也靜靜的，只有「夢夫子」等少數幾個壞分子在將腿子凍得通紅的臘水田裡抓革命促生產，廣大的革命群眾則在曬穀棚裡圍著熊熊的樹蔸火海闊天空地談論國際國內形勢。寒意十足的東南風從山嶺的樹梢上刮過，三個小夥伴身旁的茅草便隨之搖擺起伏。他們走過一道山梁，來到一個四周除了滿山滿嶺帶「針」的茅草外別無他物的荒嶺上極目眺望，盡情地欣賞著家鄉的無限春光。突然，山下「呼呼」刮來了一陣大風。立即，山嶺上陰雲密布，凝固的空氣裡充滿了腥風血雨的味道。

　　瘸主任的大黃狗來了！

　　和瘸主任的軍大衣一個顏色的大黃狗與瘸主任一樣著名。瘸主任姓闞，大隊革委會主任，因為在朝鮮被美國鬼子打斷了一條腿，大家都叫他瘸主任。也有叫他「缺主任」的，原因是他沒有下頜骨，一張扭曲、醜陋的臉總讓人覺得他少了一樣東西。瘸主任年輕時候生得標準，是「夢夫子」的嘍囉，他的下頜骨是他當土匪時讓人用灌了「釺子」的銃打丟的。瘸主任弄丟下巴後見人就殺，生性極為殘忍，被解放軍捉住之後，因無法再去殺人，曾多次絕食越獄，幸好不久朝鮮戰爭暴發。他不等人家動員就急急忙忙要求去朝鮮。在朝鮮，他非常勇猛，常常一個人殺死一大堆敵人，自己也因此跛了一條腿。他成了英雄！可是，記者問他怎麼這麼勇敢時，他卻答：「我喜歡殺人，當土匪時就喜歡。我不殺人就過不出日子……」仗打完後，他便回了原籍。若不是上面的那番話，他不是縣革委主任起碼也是公社革委會主任，怎麼也不會只當個小小的大隊革委會主任。他因此憤憤不平，動不動就罵人打人──人是不能隨便殺了，這他知道。當然，革命群眾是不能想打就打想罵就罵的，所以，他的岳母──一個地主的小老婆，「夢夫子」之類的壞分子便成了他的「出氣筒」。瘸主任幾乎一年

四季都披著他在朝鮮打仗時穿過的那件軍用黃大衣，上面的汙垢有尺把厚了他都捨不得洗一下。走路時，黃大衣隨著瘸腿一飛一飛的，無比的威武。如果僅就派頭來判斷一個人的官職大小的話，瘸主任不僅當一個省革委主任是當之無愧的就是當一個國家革委主任也是綽綽有餘的。沒有不怕瘸主任的，人們見了他無不畢恭畢敬，唯唯喏喏。當然，最為恭敬還是他的岳母，因為，他動不動就是：「他媽的，你這個狗地主的小老婆！再不老實，給老子捆起來……」

　　如果說在這山溝溝裡瘸主任是大王的話，那麼，二王就非他的狗莫屬了。大王對人下手之前總要把對手先弄成「四類分子」或「牛鬼蛇神」之類，多少還講究一點禮節，二王卻絲毫不顧這些，見人就咬，根本不問你是革命群眾還是「地富反壞右」。這條狗見不得人！平兒他們萬萬沒有想到的是它竟然跑到山頂上來咬人。這裡根本不是它的地盤！

　　「造瘟的東西！」平兒罵道。

　　「媽呀……」二寶嚇得尿濕了褲子。

　　「平兒哥，我們趕快跑吧。」雲雲雙腿不住地打戰。

　　跑？已經來不及了！怎麼辦呢？突然，臘水田裡的「夢夫子」使平兒想到了解救的辦法。

　　「快，快，快，撕棉襖！把頭髮弄亂！」平兒命令道。

　　「嘩——嘩——……」山嶺上，布匹的碎裂聲響成一片……

　　小山村裡唯一不怕瘸主任的是頭髮像刺一樣橫扎在頭上，土一樣黑的臉上亂蓬蓬地長滿了鬍子的「夢夫子」。這位昔日的綠林之王歸順之後似乎就沒換過衣服，除了夏天穿著泗褲赤裸著一身黑毛外，其他的時候都是一件沒有扣子的破棉襖。他的棉襖雖然棉花翻翻的破得不能再破，但是，若論威風，瘸主任卻要遜他三分。他最瞧不起的就是瘸主任。就是瘸主任把他「專政」得只剩了一口氣，他也不會改

口:「你癩主任算個卵!搶沅陵時,人家把你的下巴骨一傢伙打掉了,不是老子,你命都不在了。狗東西,沒一點良心!就是當了皇帝,老子也是你的頭兒⋯⋯」

「你個強盜日的,死到臨頭還嘴硬,看老子明朝哪門收拾你!」

不論怎樣「收拾」,過不了三天,「夢夫子」又會極其頑固地站在他的面前和他作對。令癩主任更為氣憤的是他的那條黃狗。只要穿著破棉襖的「夢夫子」一冒頭,他那條獅子一樣凶猛的狗就會嚇得直往倉腳下鑽,恨不能躲進地底下。有時,它看花了眼,遇著穿破棉襖的叫花子,也會夾著尾巴沒命地往屋裡奔。

「你個狗日的,老子怕,你也怕!他媽的,『四類分子』又沒給你當大王。咬,你給我咬!」癩主任不服氣,一癩一癩拿來「夢夫子」的破棉襖命令道。哪知,大黃狗不能和革命群眾相比,見著老虎似的渾身篩糠一樣亂抖⋯⋯

「嘩——嘩⋯⋯呼——呼⋯⋯」平兒他們的撕衣聲和大黃狗的奔跑聲連成一片。癩主任的狗並沒有被破棉襖嚇倒。它早看清了山頂上的破棉襖與「夢夫子」無關,「夢夫子」正邁著一雙胡蘿蔔似的腿在下面耕板田。

「快,找棍子!」

可是,他們的四周只有香簽粗的茅草。他們慌慌張張地在地上找了好半天什麼也沒找到。

「撿岩頭!」

他們的腳下全是紅色的粉砂岩,二寶和雲雲好不容易才找到兩塊拳頭大小的石塊。平兒忙抓起來向前扔去,結果是還沒出手就煙消雲散了。這可把狗給激怒了。在癩主任的狗看來,這是不可思議的。可以說,它長這麼大,還沒有人敢對它這麼無禮過,何況對手還是幾個乳臭未乾的孩子。它加快速度,飛一般衝了上來。

「媽呀——……」

「雲雲莫哭！」平兒將二寶和雲雲拉到背後，同時，擺開了搏鬥的架式。

狗的速度越來越快，突然，它前腿一收，後腿一蹬，張開血盆大口箭一樣向平兒撲了過來。然而，緊接著，它又猶豫了，遲疑了。它看見平兒瞪著一雙火一樣的眼睛迎著自己，害怕了。就在它發楞的當兒，平兒的一雙小手已經死死地箍住了它的脖子，同時，狗爪子也將平兒的左臉狠狠地抓了一爪……

有一段時間，瘸主任曾丟了魂似的極為失落，身上的黃大衣也因此黯淡了。原因是「夢夫子」修水庫去了，全大隊的「地富反壞右」都老老實實不敢亂說亂動了，貧下中農之中的壞分子也都全部清理乾淨了。忽然，有一天，他猛地來了精神，一個人在家裡用堅硬的「土漿樹」扎了一個草人，然後，跛著瘸腿一拐一拐扛到大隊的小學裡，召集全村的革命群眾開會，鬥爭全國最大的「壞人」。會上，瘸主任彷彿一下子年輕了十歲。他情緒激動，一邊憤怒地聲討「叛徒，內奸，工賊」一邊對著草人吐口水，不一會兒，他的唾液就將草人的全身連著地下的泥巴給打濕了。會從早上一直開到擦黑，瘸主任的口水還沒吐完。他太激動了，激動得有些控制不住自己了。最後，他罵著罵著竟然揚起巴掌：「你個狗日的……啊——！」瘸主任的手掌讓「土漿樹」給槍穿了。

「闕主任，算了吧，別鬥了。說不定是上面弄錯了，當那麼大的官哪能說叛變就叛變……」

「啪！你個狗日的分子替老子扎點兒草藥包了一下就了不得了……」平兒爹臉上重重地挨了一巴掌。

「狗日的瘸主任！土匪！強盜！把兩隻手都戳穿。」

「你個狗日的小崽子！啪！」瘸主任邊罵邊用血淋淋的手給了平

兒一個耳刮子。平兒的臉上立即著了火似的痛了起來⋯⋯

　　瘸主任的狗開始掙扎了。它的頭被平兒的肩胛死死地頂著，怎麼也張不開嘴，只能四腳亂踢亂蹬。雲雲和二寶傻了一陣，忙跑上去一人拉一隻後腿將狗的下半身按在地上。接著，平兒也把狗頭摁在地上並騎了上去。一陣拳腳之後，「剛剛」亂叫的狗便沒了聲音，四肢也長長地伸在地上不動了。

　　「死了？」

　　「死了？」

　　「死了！」

　　三個小夥伴癱了一樣一齊躺倒在地。然而，他們的腰還沒伸直，狗便「活」了過來。平兒忙爬起來將雲雲和二寶護住。狗掙扎了好半天才勉強站起來。它已經跛了一條腿，像它的主人一樣。它爬起來便一瘸一瘸地向山下逃去，帶著滿臉的餘悸和傷痛。

　　「它的腿在流血，我嚼點『鐵蒿子』給它敷上。」

　　「它傷得不輕！我們下手太重了。」

　　「叫爹給它扯點草藥，它很可憐。」

7　陷阱

　　池塘外面，蓄滿了水的梯田是一塊塊鑲在山間的翡翠。春風在瀰漫著青草氣息的山坡歌唱，陽光在漂浮著嫩馬桑樹枝的水面起舞，蜜蜂在柿樹上飛舞，小溪叮咚地流淌，芭蕉樹柔柔地舒展著婀娜的身姿⋯⋯「呼——」一陣風過，「月壩」裡，雲雲妹層層疊疊的「漩漩兒」裡便漂滿了碎玉似的柿花，旋轉出濃郁的芬芳。「哇——駛⋯⋯上驛⋯⋯」吊腳樓旁，「夢夫子」在田裡駛牛。大人們都上工去了，平兒和二寶不知去向，柿樹下的「月壩」裡只有雲雲一個人。

「北風那個吹，雪花那個飄……」突然，小溪哽咽了，雲雲的「漩漩兒」停止了轉動——歌唱家又開始了歌唱。歌唱家是一個年輕的阿姨，剛剛下放到村裡。她很美，美得就像天上的星星，但是，她的歌聲卻永遠是那麼哀怨憂傷，而且，歌詞永遠是：「北風那個吹，雪花那個飄……」，似乎她只會唱這一首歌。自從來到小村之後，她便沒有停歇過歌唱，白天唱，晚上唱，早上起來唱，夜裡躺在床上也唱。每當她歌唱的時候，天空便會布滿烏雲，小溪便會停止流淌，對面的公路上便會站滿駐足的行人……「北風那個吹，雪花那個飄……嗚……嗚……」

　　「阿姨為什麼總哭？」

　　「聽說，她丈夫是反革命，被關在班房裡自殺了。她一個人人生地不熟的來到我們這山旮旯兒裡，瘸主任還欺負她……」

　　「瘸主任怎麼欺負她？」

　　「瘸主任——偷人的菟菟兒……」

　　這個大壞蛋，每天找阿姨都是為了偷東西，幹壞事，欺負人，我一定要教訓教訓他！這樣想著，雲雲便在心裡找到平兒和二寶：「瘸主任不是個好東西，他偷人！」雲雲咬著牙齒說。每每提到「偷」，雲雲總是義憤填膺。

　　「人怎麼能偷呢？他要偷誰？」

　　「他要偷唱歌的阿姨！」

　　「我們一定要阻止他，不能讓他的陰謀得逞！」

　　「瘸主任凶得狠呢？」

　　「怕什麼！瘸主任的狗夠凶的吧，現在對我們還不是服服帖帖的。只要將瘸主任狠狠地揍上一頓，我包管他一樣的會老實。」

　　「可是，我們都是孩子呀……」

　　「難道我們就不可以想想辦法嗎？」

「想什麼辦法呢？」

三個小夥伴經過熱烈的討論，最終決定用陷阱教訓瘸主任。於是，他們從家裡找來小鋤在「月壩」邊的田埂上挖了起來。開工之前，平兒還學著瘸主任走路的樣子在田埂上走了好幾個回合，測算距離，以確保萬無一失。陷阱挖好後，三個小夥伴便在上面鋪上樹枝和雜草，草上面撒上乾土，陷阱的四周則塗上稀泥。很快，一切都準備就緒了，只等著瘸主任上鉤了。

「要是瘸主任今天不來怎麼辦？」

「要來的，他一定要來的，他天天都來。」

「瘸主任被陷住了我們該怎麼辦呢？」

「這還不好辦！撲上去，狠狠地揍他一頓，然後叫他別再打阿姨的主意。」

「要是他不聽我們的呢？」

「那我們就再揍，一直揍得他聽話為止。人和狗都是一樣的，沒有不怕打的。他的大黃狗不是被我們打怕了，老實了嗎……」

正說著，瘸主任飛著他的黃大衣一腳高一腳低地拐過山崗向村裡走來，前面昂首闊步的是他的大黃狗。二寶立即跑到芭蕉樹後躲了起來，平兒則爬上了柿樹，陷阱邊上只留下雲雲一個人。四周一片寂靜，瘸主任耀武揚威地跛上田埂向雲雲走來，他沒有看見平兒和二寶，也不知道厄運正在降臨。狗嗅到三個小夥伴的氣味，慌忙退到後面，伸長四肢趴在地上匍匐著身子邁著極謙卑的步子向三個小夥伴走來，那樣子就像離了主人便無法活命的奴才突然尋著了多年不見的主子似的。看著它，雲雲心裡一陣好笑。

瘸主任一心打著自己的如意算盤，既沒在意狗的反常表現，也沒有看見柿樹上的平兒，等到一步跨過「月壩」掉進陷阱的時候才發現平兒正從樹上跳下來，撲向自己。他掙扎著正要甩開平兒的時候，那

條跛腿已經被雲雲和二寶死死地按住了，而那只好腿則深深地卡在陷阱裡不能動彈絲毫。

「狗日的，反了？騎到老革命的頭上來了⋯⋯」

「老革命？你這個強盜，偷人的菟菟兒，我們今天要好好地教訓你！」

「狗日的小崽子，還不趕快鬆手，老子等會兒起來了叫民兵抓起來扭送到公安局去！」

二寶遲疑了一下，雲雲則立即放了手。瘸主任跛腿一伸，二寶就下田了，雲雲在一旁傻了眼。

「別聽他的，雲雲使勁，二寶快起來！」

「狗日的分子的狗崽子！老子起來了不滅了你全家狗日的老子誓不為人！」

「你還嘴硬，罵人！你這臭嘴今朝非洗洗不行了。」說著，平兒將瘸主任的頭摁向田裡。這時，二寶已經上岸，他和雲雲緊緊地壓著瘸主任的雙手，不讓它動。平兒把瘸主任的頭摁進水田讓他「咕嚕咕嚕」喝了一陣之後便提起來看一陣。幾個來回，瘸主任就老實了，停止了反抗和叫罵。

「你這個大壞蛋，嘴巴洗乾淨了嗎？」

「洗乾淨了。」

「還要不要洗？」

「不要了，再洗我就沒命了。」

「你這個偷人的菟菟兒今後還偷不偷人？還打不打阿姨的壞主意？」

「不，不，不，我以後再也不了。」大黃狗在一旁嚇得渾身直篩糠，氣都不敢出，瘸主任呢──老實得比他的狗還老實。

「你以後還幹不幹壞事？說不幹了我們就放了你。」

「好……好……不，不，不，我再也不幹壞事了。」

但是，他一爬起來便一把揪住平兒的衣領，將平兒拎在了半空：「反革命，現行反革命！狗日的……」

「反革命？」不知什麼時候，披著白花花的破棉襖，穿著汩褲，露著一身黑毛的「夢夫子」來到了柿樹下面，「現行反革命！這個世界就你一個人是正革命？你個沒良心的狗東西，早知道你這麼喪盡天良，在沅陵老子就不該救你。幾歲歲兒的小孩子也是反革命，世上哪有這麼多反革命……」「夢夫子」怒目圓睜，厲聲喝問。

「哎喲——」瘸主任被夢夫子倒提了起來，懸在半空直叫，同時，還不住地威脅夢夫子，「你個土匪頭子想造反是不是……哎喲——，還不放我下來，找死啊——你！」

「咕嚕咕嚕……咕——嚕——……」瘸主任的頭給插進了水田裡。

「水喝飽了嗎？老子是怕死的人嗎？你的大王什麼時候怕過死！你的這條狗命是老子揀來的，老子今天要取回去。」

「大王，你饒了我吧，饒了我，我把你當爹……」

「呸——你這沒肝肺的東西也配叫我爹！」

「大王，看在我原來給你當嘍囉跑腿的份上你就饒了我吧，殺了我，你也得不到什麼好處，你就饒了我吧，饒了我，我以後什麼都聽你的。」

「好，我聽你一會，暫且把狗頭寄在你的脖子上。」

「謝，謝，謝——大王饒命，我再也不……」瘸主任一著地就跛著瘸腿，扭曲著沒有下巴的臉，領著大黃狗沒命地往後退，邊退邊不停地說。

「回來！跪下！」「夢夫子」將瘸主任喝跪之後，自己也雙膝著地，叉開雙手的拇指和食指在柿樹上掐了起來，邊掐邊念咒語，半晌之後，站起來道：「起誓！」

「我，我，我……」

「我我我，我什麼？起誓！說：再幹昧良心的事就像這根柿子樹一樣中蠱而死！」

「我我我……」

「不想說是不是？要得，老子把蠱放到你的身上，叫你一幹壞事就發蠱。來，孩子們，把這個壞蛋給我按在地上，讓我放蠱。」

「抓反革命，抓革命，這裡有反革命，他們要殺人了……」瘸主任邊喊邊沒命地往村外跑，跑兩步摔一跤，跑兩步摔一跤，每一跤都摔在水田裡，朝鮮戰場上的那件軍大衣沾滿了泥漿。大黃狗嚇得趴在田埂上，四肢發軟，渾身亂抖。

「快，孩子們，快，不要讓他跑了！」

三個小夥伴瘋了一樣向前追去，雲雲跑在最前面。瘸主任越跑越慌，越慌越摔，「咕咚！」一聲又摔下田去。雲雲一個箭步躍上去，騎在瘸主任的身上，揪住頭髮就往水裡按，邊按邊罵：「你個偷東西的壞蛋，你個偷……」

「雲雲妹，你打我幹什麼？我是二寶，我什麼時候偷東西了？」

「二寶哥……你踩壞了我的『漩漩兒』！」

「雲雲，二寶，唱歌的阿姨走了……」

8 「古」裡的表叔

很久很久以前，在一座很大很大的大山裡有一個靠打柴為生的窮後生，他雖然窮但卻非常非常的善良，從不肯傷害任何有生命的東西。一天，他打完柴正準備回家時，突然，一隻張著血盆大口的斑斕大虎從林中向他撲來。他嚇呆了，正不知所措間，老虎卻被一個大樹杈給卡住了，擱在了空中。「牲口，活該！」他背起柴火邊罵邊往回

走。但是，他沒走多遠就停住了。他放下柴火，拿了斧子來到老虎跟前：「牲口，我放了你你可不能咬我。」老虎吃力地點了點頭。「我放了你你也不能再咬別的人。」老虎又吃力地點了點頭。「也不能再傷害其他的小動物。」老虎再次吃力地點了點頭。於是，後生砍了樹杈救了老虎。老虎雖然得救了，卻跛了一條腿，成了一隻跛腳老虎。這隻跛腳老虎不僅沒有傷害後生還給他送來了很多很多財寶，最後，還給他娶了一個十分漂亮的媳婦兒……

「真的嗎？」二寶天真地問。

「當然是真的！」「翻古」的表叔十分堅定地答道。這位第一次走進小山村的表叔在等待大人們回家的時候已經在屋檐下為二寶他們講了很多很多的故事了，每次，二寶他們表示疑問時，他總是這麼回答。這次回答之後，他又補充道：「因為這隻老虎是神仙變的！」

「神仙也瘸腿嗎？」

「當然！」

「瘸腿的神仙都這樣好心嗎？」

「當然！」

「人為什麼一瘸腿就變壞呢？像瘸主任……」

「當……誰說的？身殘心不殘。人為什麼要……看，我壞嗎？」表叔說著竟拖著一條斷腿從石階上跛到了天塔裡，一副得意而激憤的樣子。

「啊──……」三個小夥伴一齊驚叫起來。這個自稱表叔的傢伙原來和瘸主任一樣！

「這傢伙可能不是個好東西！」平兒小聲說道，同時，將雲雲和二寶拉到了一旁。

「我看，一定是個壞蛋！比瘸主任還壞。」

「但是，他的樣子一點也不壞呀，他一點也不像瘸主任……」

「那是裝出來的，就像狼外婆一樣。」

「我們把他趕出去！」

「要是，要是我們弄錯了呢？」

「把客人趕走是不禮貌的行為，爹回來了會打傢伙的。」

「那怎麼辦呢？」

「我們問一問弄準了再決定吧。」

「表叔，你去過沅陵嗎？」平兒客氣地問道。一場彎子繞了又繞的審訊開始了。

「當然！」表叔承接著「翻古」的口氣信口開河。他根本不知道三個小夥伴在拿袋子籠他，他還在自己編織的故事裡。

「聽說，沅陵有土匪。表叔，你見過嗎？」

「當然。我的很多朋友都是綠林好漢。他們個個都能飛檐走壁，人人都是英雄豪杰，他們殺富濟貧，反抗官府，他們殺人放火……」

「當土匪太好玩了！我們長大了也去當土匪。」

「不行。這哪能行呢？那是提著腦袋闖蕩的行當，稍一眨眼就會送命。他們不是丟手就是斷腳……」

「瘸主任就這樣。」

「表叔，你去過朝鮮嗎?」

「當然。你表叔哪裡沒去過！朝鮮的蘋果又紅又大……」表叔說著，用手比劃著。他講得吐沫飛濺，白泡直撲。為了取悅孩子，表叔極力發揮著自己的想像。他完全沉浸在子虛烏有的現實之中，根本不知道自己已經鑽進孩子們的口袋裡好深了。

「你打過仗，殺過美國鬼子嗎？」

「當然。強盜都到了你家門口，能不殺他嘛！」

「你受過傷嗎？」

「肯定的，上戰場不掛花就不光榮。」

「你是主任嗎？」

「這還用問！現在我們大家都翻了身，哪個不是主人？」

「你喜歡狗嗎？」

「當然。」

「你的狗凶嗎？」

「……」

「雲丫頭，你怎麼越長越大，表叔來了都不教進屋？」大人們已經放工回家，「快請表叔屋裡坐，燒茶！」雲雲媽命令道。

這傢伙一定不是什麼好東西，和瘸主任一樣壞，說不定比瘸主任還壞。雲雲一邊趴在火炕邊吹火一邊想。很快，黑瓦罐裡的茶燒開了。雲雲提起瓦罐往青花碗裡倒了滿滿一大碗滾開的茶，然後，雙手端著向表叔走去。

「雲丫頭，你越來越不曉事了！茶要半酒要滿，你怎麼……」

「哎喲——……」雲雲媽的話還沒落音，表叔就叫了起來。同時，「哐當！」一聲，青花碗摔在了地上。

「燙著了嗎……你這個丫頭，做不了一行事！看，表叔讓你給燙傷了，你，你，你……」

「沒事，沒事，不要緊的，別責怪孩子了，她又不是故意的。」

「我是故意的，專門燙的！」

「你瘋了，吃錯藥了？這是你表叔！」

「他不是表叔，他是大壞蛋，和瘸主任一樣壞的壞蛋！」

「誰說的！」

「他自己剛才說的。他去過沅陵，腿是在朝鮮打斷的，他還有一條很凶的狗……」

「瞎說！你真這樣說過……人家表叔是哄你們玩的！傻瓜蛋。今後對客人要有禮貌，不要越長越小……你表叔是天底下最最善良的人，他不僅沒去朝鮮，沒去沅陵，就連遠門也沒出過……」

風浪平靜之後，躲在外面聽「壁腳」的二寶和平兒走進屋裡：

「表叔，對不起。不關雲雲的事，是我們教她的。你打我們吧。」

「沒事，沒事，沒事！不怪你們，要怪怪我自己，誰叫我喜歡吹牛。來，大家坐下來，我再給你們翻個『古』。這是一個真實的故事，它就發生在我們的寨子裡……」

話說我們寨子裡有一個貨郎。我們那一帶專產貨郎，一到消閑的時候，幾乎全寨子的男人都挑上笆簍出門做生意。這是一個老做虧本生意的貨郎。民國二十四年的那一年，雨水特別的多，溪裡河裡三天兩天漲大水，這個貨郎出門沒幾天就讓洪水將人和笆簍一起給沖了好幾里路，所有的貨物全沒了，只揀了一條性命上岸。上岸後，他身無分文，只好討米回家。一天，他來到一家伙鋪討歇。伙鋪的老闆把他安排在後院的一間偏房之後又送來一大碗桐油，說這屋裡鬧鬼，叫他將燈點大點，夜裡「驚醒」點。那是一個風雨交加的夜晚，窗外，電閃雷鳴，雨一直「嘩嘩」地下著，「呼呼」的風尖嘯著，燈盞忽明忽暗，不停地搖曳……貨郎緊盯著燈盞，心裡害怕極了。上半夜還好，屋裡沒什麼動靜。三更天時，貨郎的眼皮開始打架了。累極了的貨郎揭開被子正準備和衣躺下時，「嚯——……」屋裡陰風四起，帳幔亂飛——一個頭髮漫長的女鬼站在窗前「拜燈」。貨郎嚇得叩頭如搗蒜：

「姑娘啊，我不是成心要打攪你，你千萬莫吃我……」

「你們男人沒一個好東西！都是負心漢！」

「姑娘啊，我不是壞人，我從來沒幹一件壞事，千真萬確，可以對天發誓……」

「你們成天在外面吃喝嫖賭，沒路了就賣老婆，沒一個好東西！」原來，這個女鬼生前的丈夫原先也是一個貨郎。後來，他做大生意發了就將自己的老婆——現在的女鬼接了去，同時，還討了幾房小老婆。可是，好景不長，沒多久，他又虧了。他變賣了所有的家當

和小老婆後把大老婆安頓在一個小伙鋪裡──就是貨郎現在住的這間房，說：我籌些錢了就接你回家，你暫時在這裡住幾天。哪知，他前腳出門，後腳就有人拿了繩子進門要她走，說他丈夫已將她賣了……

「我既沒嫖也沒賭，我虧了本並不是因為我……」

貨郎哭著解釋道，同時，一個勁地賭咒發誓。最終，女鬼被感動了，放了貨郎，不過，她提了一個要求：

「但是，你得將我帶回去，我要回家。」

原來，女鬼和貨郎同一個寨子，她的丈夫還活著，就是那個貨郎的侄兒。貨郎將他的侄媳挑在笆簍裡帶回寨子的時候，女鬼的丈夫正在家門口耕田。

「侄媳婦，你男人到田裡……」貨郎話還沒說完，只聽「哎喲──我的娘……」一聲，女鬼的男人就倒在了田裡，後來就成了跛子……

「吃飯，吃飯，吃飯了又講。雲丫頭給表叔搬椅子，二寶和平兒就這裡吃……」

「跛子沒一個好的，全跟瘸主任一樣！」

「這個貨郎你認識嗎？表叔。」

「當然認識！他就是我的叔叔。」

「表叔，你的叔叔有幾個侄兒？」雲雲搬著椅子邊向桌子靠攏邊問。

「這……」表叔猶豫了，不知如何回答是好。

「表叔，那你有幾弟兄？」雲雲窮追不捨。

「怎麼不動了？要吃飯了還纏著表叔，表叔就一弟兄，沒有哥哥也沒有弟弟。」

「咚！」椅子扔在了地上。「滾！不准在我家吃飯。你這個賣老婆的大壞蛋，腿瘸了活該……」

9 遠方來客

「小妹和二寶他們玩得多開心！我們小時候也像他們一樣親密無間，一晃幾十年就過去了，在那邊我還以為我們兩姊妹再也見不著面了……」

「他對你好嗎？」

「好！他說他把我搶到那麼遠的地方決不能讓我受苦。他對我很好。只是這些年來，他一直被管著，我也動不得，現在才鬆動了一些。這些年來，我日夜都在想你，想兒時的夥伴——我們小時候真比親姐妹還親。」

「現在好了，現在好了……我們要多走動，我也很懷念我們過去的日子。」

……

反革命、四類分子、牛鬼蛇神……該批的都批了，就連不該批的孔夫子也批到了，政治家們再也找不著合適的批判對象了——說實在的，他們自己也累了，需要歇下來喘口氣了。於是，一個靜美的秋夜，平兒媽和她多年前被土匪搶走的姐妹——小妹媽坐在了一起。風兒在林間起舞，蟲兒在山野鳴唱，吊腳樓的雕花窗格上，月影婆娑，星漢燦爛，憧憧的燈影裡，搖曳的火光映紅了火塘，映紅了所有的臉膛。

「太遠了，回趟娘家真不容易，中途還要歇一宿，幸好你在這裡，哎——」小妹媽嘆了口氣，接著道，「二寶真逗人喜歡！」

「小妹更招人愛。」

「那——我把小妹放你這裡好嗎？以後，我們姐妹倆也好常見面。」

「那怎麼不好，我求之不得，就怕二寶沒這福氣。」

「我問問二寶吧，這畢竟是孩子們自己的事。二寶，姨給你找個

媳婦兒好嗎？你要個什麼樣的？」

「好啊！好給我端尿，免得我把尿撒床裡了讓我媽罵……我要——你幫找一個像我媽一樣的就行了，不過，我是錯尿床了不能打我，罵兩句就行了。」

「哈哈哈……」

「哈哈哈……」

「笑什麼，你們笑什麼！我說的是真的。」

「你媽是你爹的媳婦兒我怎麼能再找給你呢？哈哈哈……」

「我沒說要找我媽做媳婦兒，我知道她是我爹的媳婦兒，我是說找一個長得和我媽一樣的……」二寶脹紅了臉。

「哦——但是，這也不行。」

「怎麼不行？」

「你媽年紀太大了。」

「不大沒力氣怎麼給我端尿呢？」

「哪有接媳婦兒了還要人端尿的！」

「哪——我找媳婦兒幹什麼？」

「陪你玩。」

「陪我玩？」

「當然！你看，小妹好不好？」說著，小妹媽眯起雙眼盯著二寶，期盼著二寶的首肯。這時，小妹已離開了原來的位子，爬上了媽媽的膝頭。她也將探詢的目光投向二寶。月兒躲進了雲裡，星星閉上了眼睛，屋裡靜悄悄的。二寶環視四周，發現大家的眼睛都在看著自己，氣氛很隆重，覺得這不是在開玩笑，於是，心裡慌了起來。

「好不好嗎？二寶哥，你快說呀。」這是小妹嬌滴滴的聲音。

「不好！」

「哇——」小妹放聲大哭起來，「我要二寶哥，我要二寶哥，

媽，我要和二寶哥玩，他不跟我玩，媽——哇哇哇……」

「你又不能天天和我在一起。我不找你，我要找雲雲……」

「雲雲不行……」

「怎麼不行？雲雲不像小妹，來不來就哭，讓人心都麻。我知道怎麼不行，你們把雲雲給平兒留著的。你們從來就不喜歡我，打我，罵我，虐待我……你們本來想個姑娘的——我又沒叫你們撈，誰讓你們撈的，撈回來又不喜歡，不喜歡就別撈……嗚——嗚——嗚……」說著說著，二寶竟也哭了起來。

「盡糊說！人家哄你騙你的話也當真，哪個不是爹媽所生，誰是從河裡撈起來的？你給我撈個來看看！再說，我又不是沒姑娘，你出嫁的大姐二姐不是我的姑娘？我要那麼多姑娘吃……」

「那——你們怎麼不喜歡我！」

「誰不喜歡你，哪個沒有喜歡你呀？要弄嘴巴含起？」

「那我怎麼不能找雲雲做媳婦兒？」二寶一邊抽噎一邊反問。

「雲雲是你妹妹。比豬都憨些！」

「……」二寶無話可說了，但是，仍在一邊抹眼淚。

「二寶哥，莫哭了，」小妹已經停止了哭泣，她滑下媽媽的膝頭，走到二寶身邊，拉起二寶的手邊搖邊說，「你娶了我，我保證不哭，像雲雲一樣乖。不！比雲雲還聽話。」

「真的？」二寶立即轉悲為喜。

「我怎麼會哄二哥呢。」小妹嬌媚地答道。

「來，小妹，我告訴你一個祕密，」二寶將小妹拉到一邊，然後，嘴挨著她的耳朵小聲說道，「長大了，我要去當土匪，當大王！學『夢夫子』。」

「土匪不好……」

「什麼不好當，當土匪！不學好……」

「土匪有麼得，看人家『夢夫子』幾多威風，瘌主任都怕他！長大了我就要當土匪，當好大好大的山大王，看你們誰還敢欺負我……你們天天打我，我的屁股整個都讓你們給打綠了……」二寶說著又解開褲子要大家看他那長著一大塊胎記的小屁股。

「你看，你看，養兒有麼得養場！這麼一點點大就滿嘴的『孽竊』話……」

「當了山大王之後，我首先弄一匹高峻的白馬，然後，騎上它，腰上斜挎著連槍到人家的寨子裡去搶一位又乖又漂亮的姑娘做媳婦兒，做壓寨夫人……」

「你認不認得我們寨子的路哦？從這裡到我們家有足足一天的路程，很遠的呢。」

「沒關係，我可以去別的寨子。」

「那你不是搶不到我了？」

「我看誰乖就搶誰。」

「媽啊——二寶哥他又不要我了，他要娶別的姑娘做媳婦兒，媽啊……」小妹又「哇啦哇啦」哭了起來了。

風兒歇下了翅膀，蟲兒停止了鳴唱，只有小溪還在叮叮咚咚地流淌，夜色水樣的寧靜，籠罩在輕紗似的月光下的小山村如詩如畫，美若天仙……

「二寶，你哪麼要把小妹惹得哭！還不快哄一哄。你這哥哥是怎麼當的？」

「我沒惹她，是她自己要哭的。」

「你哪麼要到別的寨子裡去，你不曉得上小妹的家？還說沒惹她！」

「我說的是真的，我不認得她家的路。我從來沒去過她家。」

「鼻子底下就是路，你土匪都敢當，不曉得問？還不快哄哄小妹。」

「我不知道怎麼哄。」

「你，你，你只要說到我們的寨子裡來搶我就，就，就行了。」小妹邊哭邊給二寶指點。

「好！」

聽到二寶的回答，小妹立即破涕為笑。二寶也背轉身「吃吃」笑了起來。

「二寶哥，你娶了我打不打我？你要是打我的話，我就回娘家不給你做老婆了。」

「怎麼會呢？好狗不咬雞，好男不打妻。你做了我的媳婦兒，除了洗衣做飯，我什麼都不要你做，要你像『夢夫子』的壓寨夫人一樣天天過好日子。」

「你這麼對我好，那——我就用我的雙手把你捧著。」

「我用嘴把你含著——像含糖果一樣。」

「我，我，我，」小妹想了想說，「那——我就把你像神一樣供著。」

「我，我——把你當星星，掛在我的心裡，我要你做天底下最幸福的人，叫世人都羨慕你。」

「那我就變成月亮，永遠和你在一起。」

「你們這不是成心不養我們嗎？哈哈哈……」

「怎麼不養？」

「你們都到了天上，將我們丟在地下，拿開水養？」

「我們也把你接到天上。我要在月亮上給你修一棟吊腳樓，一棟很大很大的吊腳樓，」二寶說著將兩手從胸前「排」到了背後，「然後，給你買屋大一個收音機，將好多好多唱戲的人裝在裡面，你喜歡什麼就叫他們唱什麼。」

「俗話說女婿半邊子，你就只要你自己的媽不要我這丈母娘

了?」

「我跟你在天上修一座小洋樓好嗎?」

「那我就不要收音機了?畢竟親娘還是親娘。」小妹媽快活地逗著二寶。

「我也給你買和我媽一樣大的收音機。」

「你挖到金子了?你哪來那麼多錢?」

「那……你就和我媽一起聽吧——我把你們倆的房子建在一起,你們就聽一個收音機吧……」

10　遊戲

「咚咚,咚咚……請開門!」

「外面什麼人?」

「張郭老先生。」

「吃杯茶吃杯菸。」

「不吃你的茶,不吃你的菸,把你梅花兒買半邊。」

「……」

「冷得要死,玩麼得玩玩,都給我坐在火坑邊烤火,沒看見外面的雪都封山了嗎!」

「不玩噠,不玩噠,天天都玩這個現遊戲,一點意思也沒有。」說著,二寶一屁股坐了下來。

「我也跑不動了。」滿頭大汗的雲雲邊說邊劇烈地喘息著。

賣梅花兒的和梅花兒都不幹了,買主也只好停止工作,靠在板壁上休息暫時將交易放在一邊。

這是小山村裡一個寂靜的冬夜,連天的大雪封鎖了所有通向村外的山路,難得清閑的大人們脫下了政治家嚴肅的外套還原成了火塘邊

上悠閑地烤火的農民，他們靜靜地坐在火塘的四周，一臉的老實與憨厚。窗外，銀裝素裹，一片潔白，「嘩——！」積雪滑落的聲音十分響亮。火塘裡，櫟樹劈柴熊熊地燃燒著，松木板壁上，極度變形的人影像傳說中的英雄一樣在昏暗的松明燈裡揮動著他們的擎天巨劍……突然，平兒眼前一亮，來了靈感。

「來，我們玩個新遊戲。」

我們的老祖宗是朱元璋手下的一員大將。他就葬在縣城邊上小河和澧水的交會口，前面有一片桃林，每逢春天，那裡便紅雲如蓋，滿眼芳菲，墳頭的左首是一棵參天的櫟樹，巨大的樹幹要好幾個人牽手才圍得到，斜出的樹枝越過小河裡高低參差的屋頂一直伸到城裡……我們的老祖宗十分風趣幽默，有時還有些瘋癲呆傻，大家背地裡都叫他「瘋將軍」。朱元璋把最後一個蒙古皇帝趕進沙漠之後，正要大封手下的時候，他卻悄悄跑回了江西老家。他以為仗打完了。哪知，他前腳進門，後腳，朱元璋就和茅岩河裡的土司鬧翻了……

「咚咚，咚咚……將軍，將軍快開門！」平兒高聲叫道，身後跟著雲雲。

「外面什麼人？吵得老夫睡不成。」二寶答道。

「我們是皇帝的使臣，身上帶著皇帝的聖旨，請將軍趕快開門接旨。」

「皇帝的使臣？哪一個皇帝？」

「洪武……朱洪武，朱，朱——朱元璋啊，就是！」

「哦，我大哥，請進，請進，吃杯茶吃杯菸……」

「不吃你兒家的茶，不吃你兒家的菸，把你梅花兒——不，皇上請你趕快披挂出征去打仗。」

「蒙古皇帝不是讓我們趕進沙漠裡了嗎？他又回來了？」
「不，不，不，這次不是和蒙古人打。」
「……」
「皇上和茅岩河裡的土司打起來了，要你去幫忙。」

他們為什麼要打呢？朱元璋當和尚的時候，他們可是拜把的兄弟呀。

也沒為什麼，就為一條龍——一條土司身的龍。土司說他身上的龍是天生的，朱元璋卻硬說是土司自己文上去的。其實，這個問題，他們早已討論過無數次了，誰都知道土司生下來身上就蟠著一條龍，朱元璋也默認了這一既成事實。但是，朱元璋登基之後老覺得這有損他真龍天子的光輝形象，便逼著土司承認那條龍是假的，是土司自己刺的。土司呢，仗著自己打蒙古人有功，根本不把皇帝放在眼裡。於是，兩人爭著爭著就打了起來。皇帝打不贏，就叫我們的老祖宗去幫忙。

「夫人吶，趕快收拾東西，到湘西去。」平兒叫道。
「到湘西幹什麼啊？」雲雲問。
「打仗。」
「打仗？我——過不得合河。」
「過不得河——打大鑼！」
「我翻不得埡。」
「翻不得埡——騎白馬。」
「我跨不得溝。」
「跨不得溝——扁擔揪！」
……

我們的老祖宗和土司也是拜把的弟兄。他不願和土司打仗，但又天命難違，只好領著部隊向湘西開來，同時，搬家似的帶著家眷、生產和生活用具。誰都不知道他拖兒攜女幹什麼，也沒有人問他，因為他一貫瘋瘋癲癲的。我們的老祖宗領著他的部隊溯長江，過洞庭，浩浩蕩蕩向灃水進發。在此之前，朱元璋和土司已經幹了好幾仗，每次都不戰自敗。朱元璋已經憋了一肚子的窩囊氣。他很清楚自己失敗的原因並不是手下無能，而是他們和土司都是朋友，下不得面情。我們的老祖宗出征之後，他便一心盼著捷報，一心等著活捉土司剝龍皮⋯⋯

　　「衝啊──！」二寶舉著空手，叫。但是，沒一點動靜。於是，他拿起一小塊劈柴，指著想像中的敵人，喊：「衝啊──」可是，喊了半天，平兒和雲雲仍然站著不動。
　　「平兒，你怎麼不聽本將軍的指揮？」
　　「土司是我的好朋友，我們是拜了把的弟兄，我下不得手。」
　　「軟骨頭！怕死鬼！我們不管他！雲雲，你給我衝──衝啊⋯⋯」
　　「不行的。我也不能衝，平兒是我的大哥。既然他和土司是兄弟那也就等於我們都是兄弟，我媽說了兄弟之間要團結，怎能打仗呢？」
　　「那──皇帝──我大哥那裡，怎麼去交差呢？」

　　哪知，我們的祖宗一到湘西就全瘋了，不能指揮打仗了，而且，緊接著，他的部隊也跟著都染上了和他一樣的瘋病⋯⋯

　　「戰爭到此結束。接下來，我們玩審瘋子的遊戲，二寶扮瘋子，我裝皇帝⋯⋯」
　　「每次都是我演壞人！瘋子你自己演，我要演皇帝。」
　　「你演不好，你只演得好瘋子。雲雲演欽差大臣⋯⋯」

……
「這個遊戲是哪個教的？」
「我發明的！」
「不准玩！」平兒的耳朵被揪住了，「我就知道是你的主義！那是我們的老祖宗！當年，他是情不得已才癲的，你以為哪個願意癲，癲噠好玩？」
「那——我們就審別的癲子吧。」顯然，平兒的耳朵沒被揪痛。
「審誰呢？」二寶問。
「審上次在城裡搶雲雲麵吃的那個癲子吧。」
「就是那個頭髮一張張起，對著雲雲的面碗『嘿嘿』傻笑的叫花子嗎？腦袋一歪歪起，涎水拖半排長，臉髒兮兮的……」
「我們審他為什麼要給雲雲碗裡吐涎水吧。」
「這還用審！想雲雲的麵吃唄。」
「那我們審他麼得？」
「來，戴上臂章，」說著，平兒的右手在雲雲和二寶的手臂上繞了一下，將想像中的紅臂章給他們戴上，「我們審他為什麼要喊反動口號。」
「就是跟在遊行的隊伍後面喊『那是我的老首長，你們打倒不得啊……』的那個人？」
「唔。」
「不行！那是你們的三爺爺。」
「三爺爺？三爺爺不是將軍嗎，他怎麼會癲呢？」
「三爺爺早不當將軍了。」
「他怎麼不當將軍了呢？當將軍不是很好嗎？」
「三爺爺被打倒了。人家把他的老首長揪了出來，要他去鬥爭，他不去。第二天，他就癲了。」

「三爺爺是真癲還是假癲呢？」
「胡說！癲噠就癲噠，哪有真癲假癲的道理！」
「那，為什麼那些遊街的人說他是裝癲的，還在大會上審判他呢？」
「那是那些人癲了！」
「真的？」
「這還有假！」
「那──他們怎麼不在飯店搶人家的剩麵湯吃呢？」
「……」
「他們為什麼硬說三爺爺裝瘋賣傻呢？」
「癲噠的人看誰都是癲子。」
「沒癲的人呢？」
「沒癲的人當然不會胡亂瞎說。」
「這麼說來，三爺爺沒有癲哦──他為什麼要……」
「誰教你這麼說的？盡胡說八道！」
「是，是，是你自己說的。」
「我教的？都給我滾一邊去，以後再不准玩癲子遊戲了！」
「三爺爺是癲子，太太是癲子，老祖宗也是癲子，我們家族怎麼那麼多癲子，是不是我們特喜歡癲子？」
「誰說的？那是情不得已的事，哪個願意有事無事去癲。」
「那也就是說癲子都是沒辦法噠的辦法，我們的老祖宗其實沒有癲哦。」
「三爺爺也沒有癲！」
「我們以後再也不用審癲子了！」
「其實，我們也不想他們癲，癲子的後人多不好……」
「癲噠又髒又要撿人家吃剩了的麵湯喝……」

「三爺爺什麼時候才能不癲——才能好呢？」
「快了，聽說，馬上就要平反了。」
「那——我們玩給三爺爺平反的遊戲吧。」
「這——還差不多。」

11　溫塘

「衝啊……」二寶的喊聲就像腳踏式放映機轉速嚴重不足時的電影。本來，按照慣例，二寶在指令發出之後，還應該吹一吹假想中的衝鋒號，然後，再將右臂舉起來伸出去，把指揮刀——一根木棍——朝前指一指的，但是，他沒喊完就一屁股坐在了地上。每爬一座山，每過一條河，二寶都要發布一次衝鋒陷陣的命令，都要帶著自己的部隊——想像中的千軍萬馬——向根本不存在的敵人發起一次猛烈的攻擊。二寶已經翻了無數的山涉了無數的河，二寶已經筋疲力盡了。

「還衝啊？」下級疲憊地問。

「我們可不可以不衝了，慢慢走？」另一個下級建議。

……

「既然大家都認為沒有必要衝了，我們就走吧，反正敵人也被我們消滅光了。不過，大家要快點，天快黑了，天黑前我們一定要找到歇的地方。」二寶拿「指揮刀」撐著身子站起來時對他的部隊說。

很快，二寶帶著他的部隊來到了一座石拱橋上，並停了下來。前面有兩條路，一條朝東一條向西。哪一條是去溫塘的呢？好像兩條都是又都不是。溫塘是二寶這次歷險的目的地——一個離二寶家並不很遠的地方，就在茅岩河的下面，緊挨著覃垕土司城。

「我們會不會已經過了溫塘？」又一個部下問。

其實，這個問題在二寶的心中也醞釀了很久。都說溫塘很近的，

翻兩座山過三條河就到了，最多一個早工的路程，我們走得再慢也遠遠不止一個早工了。但是，二寶最終還是否認了這一觀點：

「怎麼會呢？怎麼會過呢？不可能，難道我們連溫塘都不認識？」接著，二寶開始向他的下屬描述他的溫塘：

溫塘啊——那可是個大碼頭！水勢浩渺煙波無涯，船埠上，商船首尾相接無以計數，河灣裡，木排連綿氣絕雲天。那武工蓋世的穆柯寨就在溫塘上面不遠，想當年，女中豪傑穆桂英招了楊宗寶之後就是在溫塘上船與楊家眾將領一道開赴前線去的。穆桂英上船時，溫塘的江面上停泊著楊令婆的百萬戰艦，戰鼓聲聲，旌旗獵獵，那場景好不壯觀……

——這是一個古老的傳說。二寶那裡，誰都能一字不漏地複述得惟妙惟肖，怎麼會過而不識呢？

「那麼，會不會走錯了路呢？」

「絕對不會！從早上到現在，除了前面的這兩條路我們還沒碰到過岔路。」

結論只有一個，那就是溫塘還在前面，也就是說關於溫塘的距離，大人們又一次說了謊——大人總是喜歡扯謊！但是，走哪一條路呢？向東還是向西？二寶沒了主意。

石拱橋上，青山四合，暮色漸濃，二寶卻遲疑不決。

正猶豫間，對面來了一個牽牛的中年女人。她簡單地問了幾句之後就將二寶像牽牛一樣帶了回去。這對於二寶來說無異於天上掉餡餅。中年女人沒有問二寶諸如為什麼一個人從家裡跑出來之類的問題，所以，她不知道二寶的目的地是溫塘的穆柯寨，也不知道面前這個可憐的孩子胸懷著拯救世界的偉大理想與抱負……二寶雖然感激中年女人，但卻不希望她問這問那，他覺得大人一天到黑除了撒謊就是懷疑別人，從不相信他人，什麼話在他們眼裡都會變成十足的謊言。

中年女人的家離石拱橋不遠,三兩步就到了。二寶正準備隨著中年女人進門的時候,屋裡突然爆出了一聲高呼:

「衝啊——」

一個上了年紀的女聲!雖然蒼老,但卻有力且富於激情。二寶一下子就怔住了停下了腳步。太熟悉太親切了!二寶一下找到了家的感覺。那個人稍稍停了一下之後接著又高聲喊道:

「打倒美帝!打倒蘇修!打倒反動派,解放全人類⋯⋯」

哦——,同志!二寶在心中驚呼。二寶顧不得旅途勞頓,急急循聲向屋裡奔去。但是,立即,他便驚了呆了。他的同志是一個赤身裸體的老太太,渾身上下不著一絲,乾癟的乳房布袋一樣掛在胸前,滿頭的白髮鳥窩似的盤在頭上。二寶進來時,她正站在床上振臂高呼,神情專注而投入,對於身邊的來客絲毫沒有覺察。

「老婆婆,莫喊噠,歇會兒,來客噠。」中年女人邊說邊打手勢。

「來客噠?哪個⋯⋯哦——是我的外寶,快,快,快,接背簍!喔唷——我的外寶,想死家家(讀 ga)了,想死了——我來接背簍,看看我的外寶給我帶的麼得禮行。」說著,她便要下床。二寶羞極了,忙埋下頭往後退。二寶知道走親戚要帶禮物的規矩,但是,他今天根本就不是走親戚,而且,也不知道會突然遇上這麼一個外婆——一個從不相識的外婆!二寶正搜腸刮肚地想這個外婆到底是誰時,中年女人上來一把將要下床接背簍看禮行的老太太按住:

「背簍放在外邊屋裡的,等一下我拿來你看,你莫下來,我才跟你洗澡,你下來又不穿衣服蚊子咬。」

「好,我不下來,那你趕快跟他弄飯,煮一色色兒的白米飯,炒臘肉,好好招待我的外寶。」

「好,聽你的,你放心吧。」中年女人很順從地應著。

「那你們就出去吧,家家要幹革命不能陪你們了,全世界的人民

都生活在水深火熱之中，他們受盡了剝削和壓迫，他們等著我去解救。打倒美帝！打倒……」說著，她又揮動手臂喊了起來。

天已經完全黑了下來。二寶他們退了出來之後，中年女人便就著松明燈開始做飯。一杯菸的工夫，飯就上桌了，兩碗洋芋，一碗和渣。

「孩子，不是孀娘我慳（讀 jian）捨不得，實在是拿不出別的東西招待你，叫你受委屈了。等一下，婆婆問起來你就說吃的臘肉和白米飯，千萬莫說吃的洋芋和和渣，哦——，不然，她會鬧翻天的。」中年女人一臉苦笑地央求二寶。

「你們家就你們兩個人嗎？」

「他們都到大隊開會去了。」

「那你和婆婆一起來吃吧。」

「我們已經吃過了。」

「婆婆喊累了，我給她送幾個去。」說著，二寶端著碗就往裡走。

「孩子，千萬去不得，你這一去我給你弄飯的事不就穿包了？」

「婆婆怎麼不穿衣服？」

「癲噠。」

「癲噠？」

「癲噠！」

中年女人回答的聲音稍稍大了點，被老太太聽見了：

「癲噠？哪個癲噠？我在這裡辛辛苦苦幹革命，說我癲噠，你們才癲噠……」

「沒說你，不是說你的，哪個講你哈。」中年女人忙去安撫，老太太這才漸漸消了氣停了下來。

「打倒美帝！打倒蘇修！」的口號始終沒有停歇。又累又餓的二寶吃了晚飯之後，很快就睡下了，進入了夢鄉。天快亮時，外面起了風，接著就響起了雷，下起了雨。二寶被轟的一聲炸雷驚醒後就再也

沒有睡著,老太太赤裸的身影來回在二寶的眼前穿梭,「打倒美帝!打倒蘇修!」的喊聲不斷敲擊著二寶的耳鼓。老太太真的癲噠?打倒美帝打倒蘇修,解放全人類的戰士怎麼能說她癲噠?我是不是也癲噠?沒癲怎麼不穿衣服呢⋯⋯

　　第二天早上,天意外地晴了,二寶上路時天藍得像剛剛洗過一樣。二寶來到石拱橋上,正準備嗚嗚啦啦吹響衝鋒號,集合自己的部隊不管東西南北信估往前沖時,發現爹正立在橋上。二寶爹的臉上能刮下霜。但是,他沒有對二寶怎麼樣。二寶很知趣,立即解散部隊,老老實實地跟著爹往回走。

　　父子倆一前一後地走著。二寶爹一直沒有說話,既沒有問二寶出來幹什麼也沒有責罵二寶。問起來的話,二寶也不會說。說什麼呢?說到溫塘學武功,然後,打倒美帝打倒蘇修,解放全世界?這麼說,爹一定會罵我癲噠,說不定還會刮我兩個耳光。拯救受苦受難的勞苦大眾的老太太都是癲子,我怎麼會不是呢?卵大些?二寶明白,稍不如意的東西,大人都會把它說成傻瓜,神經病,癲噠,再不就是反動派,就是紙老虎,一律槍斃統統打倒。大人簡直是個怪物,永遠正確的怪物!

　　中午時分,他們來到了一個水邊的小鎮上。昨天,二寶過渡時,河裡的水還是清的亮的,今天卻黃了渾了,而且還明顯的上漲了。到渡口時,二寶爹突然停住了,他叫二寶在河邊等一下,他要到溫塘的表姨家裡去一趟。

　　「溫塘?」二寶眼睛睜得大了大的,怎麼也無法相信眼前的這條小河就是溫塘。但是,爹告訴他,這裡確確實實就是溫塘,上面就是穆柯寨,再上面就是那個與朱元璋打得不可開交的覃垕的土司城,就是茅岩河。那條曾經停泊過百萬戰船的大江原來就是面前這條溪溝一樣的小河,一泡尿都屙得過去的小河!穆柯寨肯定是沒去場噠,明擺

著也一個謊言。大人真可惡！二寶一屁股坐了下來。

　　表姨的丈夫是溫塘有名的巫師，二寶爹去他家是想請他悄悄幫著打整打整，近幾年，二寶家老走背時運。二寶爹怕二寶把這事給說出去，便把二寶留在了渡口。

　　二寶沒有等爹回來就上了渡船。船上沒有篙也沒有艄公，過河的人全是自己抓著拴在河中鐵索上的繩子拉。二寶一上船便使勁地拉了起來，溫塘太使人失望了，二寶只想早點回家。嘩——嘩——，船飛快地向對岸駛去。但是，到河心時，啪一聲，連著鐵索的棕繩斷了。二寶爹和表姨父來到渡口的山坡時，船已向下漂了好幾百米，二寶早嚇痴了天，除了拼命地拿昨天當指揮刀的棍子在船舷上劃，便是扯著嗓子喊救命：

　　「救命啊救命⋯⋯」

12　守雞

　　陽光在剛剛收割的麥地裡淺唱，葉兒在林中低吟，蝶兒在藍天起舞，山的那一邊，野豌豆的悠揚伴奏著夥伴們的歡暢⋯⋯然而，所有這一切都與雲雲無緣。

　　雲雲要守雞。

　　雞？雞有什麼守場！整個寨子差不多就我們家有雞，人家的雞根本就不到天塔裡來，自家的雞自家的麥子⋯⋯枯坐門前，手裡拿著破響嘎的雲雲怎麼也想不明白。昨天，她這麼說時，母親很不耐煩：沒守場你莫守，餓起！生產隊就分這點麥子，雞吃了就沒你的份。本來，雲雲還想說難道生產隊就不曉得給雞分點嗎，雞也知道餓啊，但是，母親早已扛著鋤頭走出家門好遠了。雲雲已經守了兩天的雞了，這個問題一直沒弄明白。其實，雲雲也不是沒弄明白，她只是不想再

守了。已經守了兩天了，又沒一個人說話，都快守成木頭人了！雲雲不想成為木頭人想找個伴說說話，可山村裡靜得鳥都沒一隻，所有的人都商量好了似的一齊不見了，就連平兒和二寶也去了山的那一邊。

嗚哩哇啦嗚哩哇……山那邊又傳來了野豌豆歡快的吹奏。得兒——……雲雲聽出來了，這陡起的帶顫音的高腔是二寶吹的。一下子，雲雲的心思便到了山的另一邊。哦——這麼多的夥伴！雲雲由衷地讚嘆。二寶的腮鼓鼓的，臉憋得通紅，嘴裡含了個野豌豆哨子得兒得兒搖頭晃腦地吹得正歡。雲雲正準備要平兒幫忙也做一個野豌豆哨子時，二寶的調子卻突然成了尖利的雞叫聲——格格兒。

雲雲的思緒從山那邊回來時，那只比雲雲矮不了多少的白雞公正站在天塔的中央抻長脖子趾高氣揚地尖叫——格格兒，它的身邊已經聚集了一大群大大小小的母雞，差不多全寨子的雞都來了。雲雲家的這隻白雞公是全寨唯一的公雞，由於承擔著繁衍種族的特殊使命，一貫驕橫跋扈，從不把人放在眼裡，就是當著大人們的面也常常明火執仗地搶雲雲碗裡的飯吃。噢——噓！雲雲忙喊。白公雞剛剛叫了兩遍格格兒，它準備還叫一遍，因為，它發現那隻小個子的黑母雞還沒來。那隻小個子的黑母雞是雲雲家的一隻蛋雞，一年365天差不多天天有蛋生，它是雲雲家的銀行，油鹽錢全靠它。格格兒——白公雞不理會雲雲的驅逐，站在原地繼續叫喚。別的雞抬眼看了看雲雲，見頭兒我自巍然不動，便又埋下頭去心安理得地咄咄啄食。

噢！噓——爬路的，崗狗子拖的……雲雲一邊罵，一邊將破響嘎在階沿上拍得啪啪作響。撲——咯咯噠，咯咯噠……母雞們一哄而散，退出天塔，已經吃飽的咯咯咯哼著唱著邁步走向竹園休息，沒有吃飽的則站在塔沿上拿眼睛緊盯著還傲然挺立在天塔裡的白公雞，大有伺機捲土重來之勢。噢——噓，你走不走？要死！雲雲有些生氣了，重重地敲了幾下破響嘎。白公雞仍然立在原地不動，沒聽見似的。雲雲

站了起來，又向前走了兩步，它還是不動，沒看見一樣。它早已打定主意，那隻小個子的黑母雞不來，它就不走。雲雲起火了，舉起手中的破響嘎奮力朝前擲去。白雞公這才悻悻地離開天塔。白公雞還是很照顧雲雲情緒的，因為雲雲是它的小主人，若是換了他人，它決不會這麼輕易罷手。

雲雲家沒餵狗，白公雞就是雲雲家的狗──一隻凶猛的看家狗。它的絕招是突然從某個你怎麼也想不到的地方撲楞楞飛過來，雙爪摳住你的肩膀狠啄你的雙眼。因此，雲雲家沒人的時候，四鄰寨子裡的人一般是不上雲雲家的，怕被白公雞啄了眼睛。去年冬天，後山的那隻麻崗狗就是被它啄瞎了一隻眼而帶著妻兒老小遠走他鄉的。從此之後，寨子裡便絕了崗狗。

白公雞覺得它給足了雲雲面子，雲雲對它也應該以禮相待，所以，它在外面轉了一圈讓雲雲稍稍消了一下氣便又回到了曬著麥子的天塔裡，而且，身後還帶著個尾巴──咯兒咯兒哼著小曲的黑母雞。黑母雞離白公雞約有四五尺遠的樣子。它一邊愉快地唱著，一邊一搖一擺地向天塔走來，快到天塔邊上時，突然停了下來，舉頭朝屋裡觀望。

啁──啁啁⋯⋯雲雲嘴裡喚著，立即抓了一把麥子走了過來。早上出門時，母親特別交待過雲雲，那隻小個子的黑母雞膽小，要單獨餵食，多給一把，它是家裡的油鹽罐子。雲雲走過去時順便踢了一腳蠱在塔中間的白公雞，然後，將麥子撒在天塔外面的泥地上。黑母雞退了退，等雲雲轉身走了幾步後才矜持地邁步上前，很淑女的一顆一顆地揀食麥子。回頭時，雲雲見白公雞還立在原地又踢了一腳。這一腳有些重了，白公雞給惹惱了，豎起脖毛張開翅膀就撲雲雲。雲雲揮起破響嘎一陣亂舞，它才作罷。雲雲回到門口坐定時屋場上便只剩了白公雞，黑母雞沒了影子。啁──啁啁，咯咯噠咯咯噠⋯⋯雲雲和白公雞一齊召喚。

黑母雞再來時便多了一份疑慮，怎麼也不肯靠近曬著麥子的天塔。雲雲倒沒什麼，反正泥地上有你的份子，夠。白公雞卻急得不行，一個勁地叫喚。黑母雞小媳婦似的遠遠地站在那裡，低頭啄一粒麥子抬頭看一眼雲雲，一副低眉順眼的樣子。哎！哪這麼膽小。白公雞大搖大擺地走到塔中，挑了一顆最大的麥粒含在嘴裡，然後，昂首闊步來到塔子的邊沿，將麥粒放在黑母雞的面前，同時，咯咯直叫。黑母雞看了看麥粒和白公雞，接著又看了看雲雲，始終沒有上前。一直以來，白公雞都是遵循著動口不動手的君子古訓的，現在，眼見自己的臣民——也許是妃子或皇后——這麼不爭氣，它決定再也不顧什麼君子不君子了。它氣憤地來到塔子的邊沿，叉開兩腳，背對黑母雞，面朝雲雲，伸長脖子示威似的衝雲雲叫了兩聲就張開翅膀用雙腳向後狠勁地刨了起來。嘩——嘩——，麥子灑了一地。

　　雲雲呼地一聲立了起來，啪啪啪舞動破響嘎。在此之前，雲雲一直只看，沒有採取任何行動，她覺得兩隻雞很有趣。白公雞已經完全忘記了自己的王者身分和君子風範，對雲雲的警告置之腦後，依然我行我素地刨著塔子上的麥子。雲雲氣瘋了，舉起破響嘎向前扔去。明明擊中了的，但是，嘩啦啦一陣巨響之後，白公雞卻仍舊立在原地。接下來，雲雲又向白公雞擲了幾次響嘎，結果都一樣，沒一次打著。雲雲撓了撓頭，發現了問題所在。

　　這根桂竹做的破響嘎和雲雲的手腕差不多粗，近兩米長，雲雲站起來只它一半高。雲雲將它敲響用它趕雞還是可以的，把它投出去並擊中目標卻不是雲雲的能力所能臍及的。頭幾次還可以，後來，雲雲就是使出了吃奶的勁扔，破響嘎也只能勉強到達塔子的中線，根本對白公雞構不成威脅。開始幾次，白公雞還拍著翅膀騰上天空躲一躲避一避，到後來，雲雲再甩時，它跳都懶得跳一下，眼睛也不朝雲雲看，好像雲雲根本就不存在似的。它絲毫也不把雲雲放在眼裡！雲雲

最後一次扔過響嘎再上前來揀時，它竟然搶在雲雲的前面給響嘎身上撲地拉了一泡稀屎。那隻黑母雞似乎得了什麼密旨或窺透了雲雲的心思，知道扔過來的響嘎與己無關，始終不慌不忙地啄食著地上的麥粒，一副事不關己高高掛起的樣子。雲雲氣得咬牙：掇腦殼的，崗狗子拖的……二寶和平兒在就好了，他們在我非拔光你的毛，讓你成光雞公不可！響嘎都不怕，還怕你罵？對付白公雞，雲雲只能另謀他路。

雲雲回到屋裡找傢伙。她要找一個置白公雞於死地的傢伙！

其實，今年過年的時候，白公雞就差一點被置於死地。儘管白公雞是山寨唯一的種雞，曾經為雞們的種群繁衍和民族壯大做出過卓越貢獻，儘管白公雞擔負著看家狗的重任，儘管白公雞曾經啄瞎過一隻崗狗……但是，今年過年的時候，它還是差一點被置於死地而成為人們的盤中餐。不奇怪，這是命運，雞們的命運。但是，它卻逃脫了這一雞們的命運！鬼知道它是怎麼逃脫的，反正從臘月二十四開始它便突然之間沒了蹤影，人們還以為後山又來了崗狗，令人難以想像的是臘月三十早上雲雲一家正圍著桌子準備吃團圓飯的時候，白公雞卻又忽然之間出現在了天塔的中央，像從天上掉下來似的，沒有一點過渡與鋪墊。

雲雲在屋裡找了半天氣都快要找消了也沒找到合適的東西，正要放棄的時候，卻發現了堆在灶門口的包穀芯。比破響嘎強百倍，雲雲想。雲雲抱了一抱包穀芯來到門口時，白公雞早已停止了發洩，正咯咯咯地給埋頭吃食的黑母雞獻殷勤。好像專門和雲雲作對似的，一見到雲雲，白公雞便立即放下黑母雞又開始了先前的工作——嘩嘩地往塔外刨麥子。雲雲心中的那個火喲真的是無法形容！雲雲抄起一個包穀芯就是一傢伙，但是，沒有擊中目標。啪！第二個也沒打到。第三次出手前，雲雲便調整了方向並瞄了一陣，可是，結果還是一樣——包穀芯硬是不往白公雞身上去，像被施了魔法似的。雲雲胸中的怒火

都快要將屋頂給掀翻了！接下來，雲雲不再瞄準，也不再調整方向，抓起包穀芯一通亂扔。打死你！打死你！打死你……雲雲氣憤已極。然而，包穀芯扔了一塔子，白公雞卻一根毛都沒傷著。雲雲扔完第一抱包穀芯停下來歇息的時候，黑母雞正安閑的啄食著泥地上的麥子，白公雞的雙腳仍在麥粒間嘩嘩地耕作。挑釁，簡直是挑釁！

雲雲又抱來了第二抱包穀芯。

許是白公雞覺得自己發洩得差不多了，許是白公雞覺得先前的遊戲缺乏刺激沒有創意，雲雲再向它投包穀芯時，它便不再選擇躲避，而是迎著橫飛的包穀芯拍著雙翅跳將起來，勇敢地用嘴去接去咬。你還挺能的，看你接，看你咬，非把你嘴巴打歪不可！雲雲專門指著白公雞的嘴打。但是，打著打著，雲雲的手就軟了，柔了。

這哪裡是雞？分明是一位舞蹈家——一位天才的舞蹈家！看啊，它跳起來的姿勢多美，落下去的動作多優雅……不不不，就是世界上最天才最偉大的舞蹈家也要遜它三分！雲雲心中的怨恨和怒氣倏地一下煙消雲散了。陡然間，她覺得白公雞特別的可愛，守雞十分的有趣。同時，她還替二寶和平兒感到惋惜：吹野豌豆有什麼好玩的？看白公雞表演才帶勁兒。於是，她不再羨慕山那邊的世界了，她覺得真正值得羨慕的是她雲雲，而不是二寶和平兒。

麥地裡的蝴蝶飛了過來，和著白公雞的舞步在了天塔裡翩躚，陽光明媚，青山疊翠……雲雲的心啊比山那邊悠揚的野豌豆還歡快！雲雲高興極了，忙不迭的朝外拋包穀芯。白公雞飛啊跳啊蹦啊，那高興一點也不亞於雲雲。黑母雞始終埋頭啄食，似乎看不見雲雲和白公雞。突然，雲雲感到手裡的包穀芯有點不對勁，猶豫了一會兒，停了一下，但最終還是甩了出去。她太興奮了，興奮得腦子都有些掉鏈了。包穀芯一出手，腦子有些掉鏈的雲雲便看見一根木棍直直的朝白公雞頭上飛去。昂著頭，張著嘴，拍著翅膀準備起飛的白公雞楞了一

下之後，便收起翅膀，將身子一側，把腦袋偏了過去。木棍貼著白公雞的大紅冠子繼續飛行，黑母雞最後一粒麥子還沒吞下喉嚨就咯——一聲倒在了地上。

拐噠！雲雲有些掉鏈的大腦遭遇大面積停電。

雲雲恢復理智後所做的第一件事是抱著破搪瓷臉盆慌慌張張地往橫在地上的黑母雞身上扣。無論什麼時候，專門打死自家正在下蛋的母雞都是不可理喻的，但是，守雞的時候雖然不專門，打死雞的事卻是經常發生的，不過，正由於不專門，所以，這些雞幾乎都沒有真正被打死，只是暈了過去，只要用盆子罩住它們的身體敲幾下，它們馬上就會活過來，繼續與守雞者擺開戰場。慌亂的雲雲扣了半天也沒扣上，原來，盆兒小了。雲雲扔下臉盆抽身回屋找腳盆。雲雲的動作異常迅速，沒人知道她是怎麼把比她身體還重的那個木腳盆弄到塔子裡來的。她生怕慢了一時半刻而丟了黑母雞的性命，那樣的話，他們一家的油鹽便成了問題，當然，一頓責打也是免不了的。雲雲將腳盆囤在黑母雞上面咚咚猛敲猛打的時候，心裡除了油和鹽之外什麼也沒有。

現實是殘酷的，且毫不以人的意志為轉移。無論雲雲怎麼祈禱也不管雲雲家怎麼需要油和鹽，黑母雞就是不肯從快要敲掉底的腳盆下面站起來。

整個搶救過程，白公雞一直將腦袋側過去側過來無聲地守候在旁邊，直到雲雲最後一次揭開腳盆並一屁股沮喪地坐在地上的時候，它才咯咯噠咯咯噠地叫起來，聽起來極像拐噠拐噠。雲雲弄不明白它是在幸災樂禍還是在為同伴哀號，很惱火，狠狠地踢了它兩腳，然後，抱起死去的黑母雞走向竹園走去。雲雲別無選擇！她不是沒有勇氣承認自己的過錯，只是沒有勇氣承擔由此而產生的後果。

天塔裡沒有一隻雞，山村裡安靜極了，彷彿一切都靜止了凝固了，雲雲心裡卻如雞群裡突然闖入了一隻崗狗。傍晚，雞上籠時，媽

媽若是突然來了興趣自己去數雞甚或是將手指探入母雞們的屁股裡一隻隻地印蛋……這可是她最熱心的事情啊！那樣的話，她馬上就會發現黑母雞不見了。發現家裡的油鹽罐子不見了她會是什麼反應呢，問我的時候我怎麼回答呢，說我把它打死了嗎，不這麼說又怎麼說呢……天還是那麼藍，陽光還是那麼燦爛，野豌豆的演奏還是那麼歡暢，然而，雲雲的眼前卻是一片灰暗。

…………

　　生產隊終於收工了。不等爹媽進門，雲雲就一頭扎進了床裡，拉過棉被將自己連身子帶頭裹得嚴嚴實實，一絲縫都不留。冷，徹心徹骨的冷！從沒有過的冷！下了黑雪也沒這麼冷！雲雲渾身亂抖，被子都只差抖下了床。雲雲多慮了，大人們盡是事，忙完了隊裡忙家裡，隊裡家裡都忙完了還要忙階級鬥爭，哪有那麼多時間關心什麼雞啊鴨的，每天數雞的任務差不多都是由雲雲獨自負責完成的，根本沒必要躲在床上裝病。雲雲有些糊塗了！雲雲媽見雲雲晚飯沒吃就睡了，還滿床亂抖，以為雲雲病了，給雲雲打了兩個荷包蛋端到床上。吃了蛋，雲雲心裡似乎有了一點底，抖得也輕了一些，但是，她仍然不敢起來，她怕母親突然去雞籠裡印蛋，就連二寶和平兒吃了晚飯找她來玩給她送野豌豆哨子她也沒有起來。

　　那一夜，雲雲盡做噩夢，第二天太陽都上板壁好高了還沒醒。雲雲是被母親在坡上叫醒的：

　　雲丫頭，早些起來，把天塔掃一下，麥子還要曬一天才能磨，那隻黑雞母娘今天有蛋，我剛印了的……

13　臉盆下面的故事

　　燕子在水中呢喃，蝌蚪在雲端遨遊，落英在腳底繽紛，花兒在微

風裡絮語，溪水在陽光下奔流，那夢一樣斜斜地鑲在山間的梯田是詩，是畫，是跳動的音符⋯⋯

啊──

二寶傻子似的大張著嘴巴盡情地讚嘆，讚嘆和煦的春風，讚嘆明麗的藍天⋯⋯讚嘆聲裡，蝴蝶停下了翻飛的翅膀，蜜蜂歇下了花間的詠唱，筒車轉成了一道永恆的風景⋯⋯一切的一切都似乎停止了，歇息了，沉入了悠遠的夢鄉──二寶完全忘記了書包，忘記了教室，忘記了學校，整個兒地被春天融化了，化成了風，化成了雲，化成了美麗而廣闊的原野。二寶的大腦被氤氳的花香熏暈了，思想叫微醺的春陽曬憎了，除了布穀鳥的鳴叫，除了小河的歡唱，除了野薔薇的綻放，二寶的腦海一片空白。

啊！啊！啊⋯⋯

二寶不住地讚嘆。

當──當當⋯⋯

突然，學校打預備鈴了。但是，二寶仍在夢中。他四肢伸開，雙目微閉，思緒淡遠地躺在田埂上，輕翕著的鼻腔裡填滿了百花的芬芳和青草的淡香──二寶醉了，完完全全地醉了，醉得沒有留下一絲一毫的縫隙。直到急促的上課鈴在空中炸響，二寶才從夢中醒來。

哎──！

二寶重重地嘆了口氣，極不情願地從地上爬起來，揉了揉眼睛，一邊往前走，一邊埋怨：

又要讀書！這麼好的天卻要讀書，真是浪費，天大的浪費！哎⋯⋯天天說一寸光陰一寸金，寸金難買寸光陰，大好時光卻要我們上學，真不知道大人們是怎麼想的⋯⋯發明學校的那個傢伙一定是一個最最乏味的老古董，起碼有三百年沒見到過陽光的影子。這樣的人只應該叫他永遠呆在博物館或是昏暗的地下室，這樣的人一點也不懂

得什麼叫生活，根本就不配對我們指手畫腳。當然，和發明學校的老古董相比，發明爸爸的那個人簡直就是一個壞蛋，一個惡魔！一天只曉得讀書，讀書，讀書，好像他生的不是兒子而是一部讀書的機器！機器也要加油，也要維修啊……

想起讀書，二寶就牢騷滿腹，一肚子苦水。

二寶的家離村裡的小學校並不遠，而且，就一條獨路，沒有岔道，不存在失途或迷路的問題，但是，二寶的腳步就是跟不上學校的節奏，絕大多數時候，老師第一節課快上完了二寶才不慌不忙地走進教室。這算不了什麼，因為，二寶還小，而且，那只有一個老師兩個班的村小本來就不是特別正規。嚴重的是，二寶常常走著走著就偏離了那條唯一的道路，迷失了上學的方向，走進了山坡上的灌木叢，走進了河對岸的松林，走進了田邊地角的稻草垛，或者，乾脆一動不動地蹲在大路中央。

曾經，老師多次在中午或放學後的路上找到正一個人痴痴發呆的二寶：

「二寶，忙什麼呢？」

二寶毫無反應。於是，老師略略提高音量又問了一遍，往往是老師一連問了好幾遍之後，二寶才似有所悟地答：

「聽古。」

二寶的聲音甜甜的，招人喜愛。但是，二寶仍然全神貫注在「古」上，身體沒有絲毫移動，眼睛都沒眨一下——他太投入，太著迷了。他並不知道問話的就是老師，因為，他的頭一直勾著。

「聽古？」

老師有些不解。

「就是聽故事。」

那麼，講故事的人呢？老師環顧四周，並沒有找到講故事的人，

老師一頭霧水：

「誰在講故事，講的是什麼故事啊？」

「三三啊！三三講的故事可好聽了，這裡有把凳子，你也坐下來聽聽吧，」說著，二寶將自己的書包當凳子遞給了過來，然後，急匆匆催促道：「接著講吧，三三，這個故事太吸引人了！三三，如果寫書的話，我敢保證，你一定會成一個偉大的作家！你真是太偉大了。你不僅偉大，講的故事也很有教育意義，富有啟發力。我覺得，全世界的大人都應該聽一聽你剛剛講的這個故事，特別是老師……」

老師還要種菜，還要做晚飯，還要備課，還要改作業，還要……老師有很多事要做，於是，他打斷了二寶自顧自地長篇大論：

「既然三三講的故事這麼好，不妨還是讓三三接著講吧。」

「我想，還是讓三三歇一會兒吧，他都講了快一天了，需要休息一下了。不過，你要是想聽的話，我完全可以把三三的故事複述給你，三三說過，我的複述能力非常棒，如果再加上一些想像力的話，我也可以當作家……」

二寶一說起來總是沒完沒了，而且，老扯不上正題，老師只好再次提醒二寶：

「三三的故事呢？」

「哦──我差點忘了，對不起……」二寶依舊蹲在地上，兩眼緊緊地盯著腳尖的前方，頭始終沒抬起來：「三三說，很久很久以前的學校並沒有校園，也不修教室，老師──那個時候不叫老師，叫先生──總是和學生一起坐在樹蔭下一邊聆聽著蟬鳴鳥叫，一邊談人生、談理想、講故事、猜謎語，或者走到野外，一邊沐浴著春風，一邊直接向大自然學習，再不，就趕著馬車周遊世界……根本不像現在……」

「確實！」老師深有感觸：「可是，你的三三呢？三三是誰？」

二寶伸出手從腳下揀起一塊光滑的卵石，高高地舉起：

「看，三三……啊——老師好。」

二寶臉紅了，心裡有些慌張，有些害怕，但是，老師的臉卻像頭頂的天空一樣燦爛，沒有絲毫責備的的意思。於是，二寶放下心來，說：

「是三三說的，不是我說的，他還說那時候老師的名字叫孔子。老師，孔子是誰發明的？他真是一個好老師。」

「孔子是一個人，一個偉大的教育家，思想家。如果硬要說發明的話，只能說是他爸爸。」

老師笑吟吟地答。

「爸爸？爸爸會發明這麼和藹可親的人？這——是真的嗎？」

二寶有些懷疑。

「你這個問題，也許暫時只能這麼回答，可能不很正確，」老師頓了頓，突然想起什麼似的問：「二寶，三三每天都給你講故事嗎？我的意思是，你沒來學校的時候……」

「也不一定，因為三三是天底下第一流的故事家，人人都希望聽到他的故事，他經常外出參加各種各樣的故事演講和比賽……」

「三三不在家的時候，你就上學？」

「也不一定。」

「為什麼呢？」

「星期六和星期天就不用上學啊！」

「我是指該上學的時候。」

「我還有許多別的專門『翻古』的朋友，比如軍軍，比如艷艷，比如小四……如果碰巧他們都不在家，我就到山上另找一位……」

哦！老師明白了，抬頭看了看頭頂的天空，道：

「天快黑了，回家吧，二寶。晚了，爸爸媽媽會著急的。」

老師邊往回走的時候邊想：這麼一個聰明而又討人喜歡的孩子，

怎麼就老遲到，老曠課而不喜歡讀書呢？我們的學校是不是真出了問題？

　　老師是寬容而富有愛心的。他一面檢討自己一面耐心地期待著二寶的變化。但是，爸爸一點也不像老師，每當二寶興沖沖地回家，不等放下書包就急不可耐地大講特講「三三」，希望爸爸媽媽也能像老師一樣靜靜地與自己一同分享這來自大自然的莫大喜悅和歡樂的時候，爸爸總是凶神惡煞地吼：

　　「什麼三三，什麼軍軍，什麼艷艷……一堆破石頭！書不攢勁讀，天天躲學——再躲學，小心皮子！」

　　但是，二寶天生健忘，第二天回家一開口又是現的——不是三三就是軍軍，再不就是小四或艷艷……二寶的故事就像天上的星星一樣多。於是，爸爸真的生氣了，賞了二寶一頓「大奈李」。

　　哇……二寶抱著腦袋委屈地哭了。哭聲招來了救兵：

　　「你瘋了！『現自』腦子有問題……」

　　媽媽厲聲呵斥。讀書以來，二寶一直被爸爸媽媽認為腦子有問題。他們的理論是腦子沒問題就應該讀得倒書，讀得倒書就應該喜歡上學，反過來，讀不倒書就不喜歡上學，不喜歡上學就腦子有問題。爸爸的手停在空中，等待媽媽的進一步指示。媽媽常誇爸爸，說爸爸乖，是一個聽話的好孩子，不論媽媽說什麼爸爸都絕對服從，決不撫逆。見了救兵，二寶哭得更凶了，同時，還悄悄拿眼角觀察媽媽的表情，希望媽媽為自己主持公道，但是，媽媽的表現卻令人遺憾：

　　「你打別的地方，比如屁股。這孩子，天天躲學，也該長長記性了。」

　　得了尚方寶劍的爸爸一把將二寶按倒在地，舉起蒲扇似的巴掌就朝二寶的屁股上掄。二寶痛得殺豬一樣嚎叫不止，同時，不住的媽媽媽媽地喊——向媽媽求救。但是，媽媽卻一臉大公無私地端坐在椅子

上，包公一般黑著毫無表情的臉。爸爸得到了鼓勵，巴掌功練得更加賣力。一向疼愛有加的媽媽也這麼無情，眼睜睜看著人間慘劇在腳下上演卻無動於衷。二寶非常痛心，哭著哭著，便不哭了。一見二寶沒了聲音，媽媽急了：

「你這是殺人還是教孩子！給你棒頭就當針……」

「這孩子再不好神教教就沒用噠！」

爸爸憤怒地吼叫。

「嗨！真有你的啊！你怎麼了？」

媽媽用嗔怪的眼光看著爸爸，想以此鎮住爸爸。但是，小貓咪已經變成了凶惡的老虎——火辣辣的巴掌瘋狂地在二寶的小屁股上揮舞。媽媽急了，撲了上來，張開手臂護住二寶。啪！媽媽挨了爸爸重重的一掌。媽媽揚起臉冷冷地盯著爸爸的眼睛，但是，爸爸似乎失去了理智，毫不理睬媽媽。啪！爸爸的手掌又落在了媽媽的臉上：

「叫你護，叫你護，護……」

媽媽被激怒了。剎那間，夫唱婦隨的教子運動演變成了世界級的夫妻大戰。由於盟友內訌，真正的敵人二寶卻被晾在了一旁。他們抓臉、揪頭髮、扯衣領，他們倒在地上，扭做一團……戰鬥的雙方既英勇又頑強，把痛得在一旁抽泣的二寶都深深地吸引住了。二寶出神地觀賞著爸爸媽媽的精彩表演，不住地在心裡為雙方加油、助威、歡呼、吶喊。他完全忘記了腫得像饅頭的屁股，也忘記了爸爸媽媽合起夥來對他的虐待。此刻，二寶是一個盡職盡責的義務拉拉隊員。

「加油，加油！哦——媽媽輸了……哦爸爸輸了！」

突然，二寶拍著雙手喊出了聲。二寶的小臉笑開了花，雖然眼角仍然挂著淚滴。

「笑便宜！個沒良心的傢伙……」

兩個仇家相視一笑，立即停戰。爸爸媽媽媾和的結果是二寶再次

受到討伐和審判。經過多次休庭和庭內庭外討論與協調，爸爸媽媽發表了如下宣言：

　　首先，體罰對於一個孩子來說是必不可少的，但是，鑒於孩子不像大人一般皮實肉厚，所以，在具體的實施過程中一定要把握好度，叫他長長記性就夠了，萬萬不可傷著孩子。孩子不是父母的出氣筒，孩子到了你家裡，作為家長，你就有責任有義務將他教育成對國家對人民有益的人……

　　這份由媽媽口授、爸爸執筆的宣言不僅徹底解決了爸爸媽媽的教子紛爭，而且，當場就付諸實施：打屁股的酷刑被改為罰跪。跪了一陣，媽媽問記住了嗎，二寶答記住了，於是，二寶立即被赦免。但是，第二天，二寶又沒去學校。為了讓二寶長記性，爸爸提議讓二寶跪在板凳上思過。爸爸還沒說完，媽媽就舉手表決通過，因為，媽媽認為，跪得高可以看得遠，可以放眼世界，有利於學習別人的先進經驗。但是——不幸的但是，二寶的記性仍似乎永遠也不願長不起來，第三天，他還是沒去學校。媽媽買回了生命1號，爸爸弄來了卵磷脂、健腦口服液、好記性……不論爸爸媽媽怎麼辛苦，二寶的記憶力就是毫不體恤。沒辦法，他們只好在板凳上再加臉盆。

　　現在，二寶正頭頂著半臉盆水老老實實地跪在堂屋正中的長凳上。為了不讓水潑掉，二寶腰桿挺直，一雙小手緊緊地抓著盆沿，認認真真的樣子像一個少林寺裡練功的小和尚。

　　晚霞在樹梢燃燒，暮靄在林間遊蕩，松濤起伏，晚風陣陣……但是，二寶卻只能背對著門外。門外，竹影婆娑，泉流叮咚，落日盡情地在池面演繹著吊腳樓的輝煌……山村的美麗令二寶垂涎。二寶大聲地向爸爸提議：朝外面跪著可不可以？「想得美！」爸爸嘴角抽了抽，不無譏諷地答。於是，二寶便只能一邊眼盯著神龕上的家神，一邊想像著門外的美景。不過，二寶現在的注意力卻全放在了家神上。

家神上有一副對聯：三槐子弟源流遠，武侯之家世澤長。二寶只知道它講的是一個很久很久以前的故事，說的是他的一位祖先，一位將軍的故事。每次看到這副對聯，二寶的心中都會生出無限的親切、羨慕與遐想。他覺得這位將軍一定是一個不同凡響的人物，一個真正懂得生活與審美的偉人，而不是一個一天到黑只曉得啃書本的呆子。南征北戰了一輩子的將軍老了，厭倦了血腥的沙場，厭倦了喧囂的都市。在一個月明星稀的夜晚，將軍悄悄地離開了京城，跨長江，橫洞庭，溯澧水……一天傍晚，將軍來到了這竹韻優游、溪流潺潺的山間，美麗的山色止住了將軍的腳步。於是，他插草為標，跑馬為界，開始了寧靜而優美的山野生活……這是一個傳說，一個圖騰，但是，在二寶的心裡，這位將軍祖先卻被改版為：將軍的爸爸是一個老學究，一天到晚只知道要將軍讀書。將軍一氣之下離家出走，從了軍，並當了將軍。戰爭結束了，但是，當了將軍的將軍對爸爸還是心有餘悸，還是厭惡讀書，於是，在一個月黑風高的深夜，將軍又一次出逃……

「為什麼要躲學？給我好生想想，想明白了就下來，想不明白就別想吃飯！」

爸爸說完，丟下二寶走了。

本來，聽到上課鈴後，二寶便加快了上學的步伐，儘管有些依依不捨。但是，走著走著，二寶的腳步就慢了下來，因為，他聽見一個甜美的聲音在叫他：

「二寶，二寶，二寶……」

聲音極細極輕，如夢似幻，恍若來自另一個世界，但是，特別的清晰，彷彿就在二寶的身體裡一樣。誰呢？二寶想，並沒有停止前進。但是，那細柔的聲音卻幽靈似的緊緊地跟著二寶，拽著二寶不放。二寶終於忍不住，停下了腳步：

「誰喊我？」

「我。」

「你？你是誰？你在哪裡？」

「在這裡，就在你的面前。」

原來是油菜花！田疇遼闊，盛開的油菜花月光一樣四面流溢，二寶伸長脖子，踮起腳尖也無法望見其渺茫的涯際。濃郁的芳香嗡嗡嚶嚶，海浪一樣起伏、伸延，鋪向天邊。「二寶，二寶，二寶……」所有的花兒都敞開了金色的心扉，張開了金色的臂膀，歡迎二寶的造訪。二寶的心都酥了。

世間竟有這樣的去處！真是人間仙境。上什麼學，讀什麼書！我為什麼就不能學學將軍呢？難道我天生就是讓爸爸媽媽擺布的料嗎……二寶一邊貪婪地呼吸著油菜花的濃香，一邊憤憤地在心裡說。同時，雙肩一縮，讓沉重的書包掉在了地上。然後，二寶邁著悠閒的步子，將自己想像成一個古典的雅士，穿著長袍、搖著摺扇，與一幫情投意合的文人騷客……但是，回到現實中的時候，二寶卻發現自己孤零零一個人，不免心生悲涼。這麼好的美景讓自己一個人獨占確實是個天大的浪費！二寶決定去邀他的同學。當——當當！二寶在想像的上空敲響了集合的鐘聲。很快，所有的同學都來到了黃澄澄的油菜田裡。

哇——噻！

歐——吔……

哦！

同學們驚呆了。

「哎——快來啊，這裡的更好看！」

有人在山坡上呼喚。

呼啦——

所有的人一齊沖向山坡。

溪流，筒車，小河，田野，翠綠的灌木，黑色的叢林，藍色的遠山畫卷一般在二寶的腳底展開，遍地開放的油菜花暴雨過後山間的瀑布一樣在畫卷上洶湧、奔流，田間，地頭，房前，屋後，溝谷，溪畔……藍藍的天幕上似乎都開滿了金燦燦的油菜花，空中氤氳著金燦燦的霧嵐，河裡漂浮著金燦燦的雲朵……天地間一片金輝。

　　二寶氣喘吁吁地爬上山坡，來到了一個高高突起的崗上時，悲劇發生了──耳朵被一隻有力的大手拽住了：

　　「好啊！你又躲學……」

　　天快黑的時候，媽媽端著一碗米飯和兩個荷包蛋，走進堂屋，問跪在板凳上的二寶：

　　「反省好了嗎！好了就下來吃飯。」

　　二寶正要答好了時，爸爸來了：

　　「慢點──我剛問過老師，老師說這傢伙一點也不傻！他把我們全給蒙了！我問你，你為什麼要裝傻耍我們？不講明白就別想下來！」

　　「我從沒說過我蠢啊。」

　　二寶一臉無辜。

　　「可你也沒說過你聰明呀！」

　　「你們又沒問，我怎麼說……」

　　「好啊，不老實，翅膀硬了是不是……好，算你狠……」

　　爸爸氣得在堂屋裡直轉。

　　「飯怎麼辦？雷公不打吃飯人。」

　　媽媽頗為難。

　　「要他跪在板凳上面頂著臉盆吃！」

　　爸爸氣呼呼地回道。

　　「這怎麼吃？我又沒有第三隻手。」

　　「三隻手是小偷。」

　　「我給你扶著！」

14　地底遺書

　　吧嗒吧嗒……

　　劣質塑料涼鞋孤獨地敲擊著寒風凜冽的水泥方磚。

　　西風蕭瑟，秋葉飄零，傍晚的小城，燈影黯淡，人聲稀疏。

　　騙子，騙子，騙子，哪個是騙子？我騙誰了……趙進忒鬱悶，鬱悶得恨不能拿口針在自己的肚子上扎個口子，放放氣。

　　抬頭，抬頭，抬頭！

　　趙進的大腦發出和接受的都是這條指令，但是，執行的時候卻變成了另一條：

　　低點，低點，低點……

　　——趙進的眼睛死死地盯著自己腳上那雙價值3.2元人民幣的塑料涼鞋，腦袋就是不肯抬不起。

　　兩個月前，這雙13歲的腳第一次跨入一中校門的時候，上面穿的是一雙自編的草鞋。此後，趙進每次挪腳的時候，都要不住地自我提醒：抬頭，抬頭，抬頭！但是……

　　趙進很小的時候就沒了爹娘，唯一的依靠是雙目失明的奶奶。

　　趙進皺巴巴的校服口袋裡揣著68元錢。這是他4天月假上山打柴的全部收入，趙進決定拿它去買一雙波鞋。

　　終於有鞋了，終於可以挺起胸脯走路了！

　　趙進興奮地在心裡高喊。

　　一中斜對門就是鞋城，裡面店鋪林立，商品琳琅滿目。谷芮的特步就是在那裡買的。谷芮說，喬丹、耐克、美特斯邦威……什麼牌子都有，款式也新，同學們差不多都是在那裡買的。

　　但是，趙進沒有穿過馬路走向對面，而是去了市場。市場的三樓

是邵東人的天下,地攤商的天堂,東西出奇的便宜。趙進不想把68塊錢全花在腳上。又快放月假了,他打算回去的時候給奶奶捎點什麼吃的。他知道,奶奶把自己撫大不容易。

突然,趙進一個趔趄——熱狗的甜香絆了他一跤!那油漬漬,金燦燦,香噴噴的火腿腸把趙進絆了一跤。

趙進的手在口袋裡摸索著,好幾次都只差把錢掏了出來。但是,最後,他還是一邊咽唾沫一邊極留念地離開了熱狗攤,繼續向賣鞋的地方走去。

前面就是市場了,趙進踏上斑馬線,低著頭向對面行進。

忽然,路沒了。

一個女孩擋住了去路!

趙進有些恍惚,好一陣不知道是女孩擋了自己的道還是自己冒犯了女孩侵了人家的權。

女孩亭亭玉立地跪在人行道上,跪在趙進羞澀的塑料涼鞋前。

女孩衣著潔淨,亮麗,一身學生裝束,看樣子,年齡大概十五六歲。

女孩的胸挺著,頭垂得很低,眉眼被濃密的劉海遮著,模樣看不大不清。

她的膝前是一張白紙黑字的求援書,上書為救治垂危的病母,父親舉債無門,忍痛將她賣與同村的一個名叫憨子的傻子,現在,母親離世,憨子逼婚,走投無路云云。

求援書上放著一個瓷盆,裡面盛著極為可憐的幾張小額鈔票。

唔——

趙進的心被什麼撞了一下,隨即,一股熱流堵住了他的喉嚨,求援書模糊起來。趙進想也沒想便伸手把口袋裡的錢掏了出來。

——因為窮,趙進到一中後幾乎沒上過街,賣兒賣女的事還是頭回碰到。

趙進抽出一張10元新票，彎下腰，雙手遞到女孩的手上。這是趙進的最大捐獻額度。

女孩接過錢，機械地抬起頭，準備程序似的說謝謝的時候，趙進一下看到了女孩的臉。

趙進的嘴抖了抖，想張但沒張開。略一躊躇之後，趙進將口袋裡的錢一把拽出來全給了女孩。

「傻瓜！」

「二百五！」

「他倆是一夥的！書不攢勁讀，這麼大就出來騙人……」

……

冷冷清清的街道嘩一下熱鬧起來。

怎麼會是這樣呢？哪個騙人了？誰和誰是一夥的……

趙進疑惑，納悶，想不開。

嗚，嗚，嗚……

趙進的心在抽噎、泣血。

嗖——

趙進變成了一隻老虎，張著血盆大口，嗨地一聲撲了過去。但是，旋即，又吱一下剎了車。

——喧鬧的人群早已散盡，闃寂無聲街市除了那當街乞討的女孩，沒有一個人。她仍然雕塑似的跪在那裡，倔強而頑固地據守著她的陣地。

乒，乒，乒……

刀聲沉悶，大山寂靜。

趙進踮著腳尖，身子緊緊地貼在白色的崖壁上，一手攀著小樹，一手舉刀猛砍。

嘩——嘩——……

鮮紅的雷公樹葉在風中飄飛、起舞，雪片似的，如燃燒的火焰。

雷公樹豈止是樹，雷公樹是一個美麗的精靈！

深秋的山也不是山，那斑斕，那絢麗，那繽紛……深秋的山是詩，是歌，是童話，是遙遠的傳說。

但是，穿著草鞋的趙進眼裡卻只有柴，只有錢。

馬上就要入冬了，趙進腳卻還在夏天裡。

趙進決定利用4天的月假為自己掙一雙鞋。

「哎哎哎……」

趙進正砍著，忽然，下面有人急急地叫了起來。

一個女孩！

橫七豎八的頭髮像一個鳥窩，年齡大概十五六歲。

女孩一手叉腰，一手舞著白晃晃的大砍刀厲聲呵斥：

「下來！下來！快下來。哪個喊你砍的？」

女孩腰上纏著葛藤，上衣敞著，身材敦實，滿臉橫肉，一身霸氣。

我我我……我為為為什麼要下下下下……來？

趙進結結巴巴地反問，在心裡。

趙進一個字也沒說出口。雖是居高臨下，雖是男子漢，但是，他很清楚自己不是人家的對手。因為，女孩至少比他高一個頭。

刀影凝在了空中，紅葉停止了舞蹈。

「聽見沒有？叫你下來！」

女孩頗不耐煩。

趙進躊躇著，沒動。他不想下來，又不敢不下來。

「這是哪個的山，你知道嗎？」

見趙進半天不動，女孩揚了揚臉，質問。

趙進一臉茫然：

哪個的？

「告訴你吧，我的！下來，快下來！」

女孩很是得意。說著，女孩還給趙進扮了個鬼臉。

沒理由再賴著了，趙進只得老老實實地往下梭。

「承讓了。」

不等趙進的腳落地，女孩便一臉壞笑地衝趙進抱了抱拳，接著，噌噌地向崖壁上爬去，猴子都沒有她敏捷。

趙進一邊咀嚼女孩的笑臉，一邊循著岩壁往右邊前進。趙進知道，這是一個惹不起的主，離她越遠越好。走了好一陣，都走得有些氣喘吁吁了，趙進才在一蓬櫟樹旁停下來。趙進歇了一會兒，四下看了看，見沒有一個人影，便揮刀砍了起來。

但是，刀聲還沒落音，女孩就到了面前：

「哎哎哎……停停停！」

趙進一臉愕然：

怎怎怎麼？還是你的？

「不是我的是你的！」

女孩不無譏諷地回道，同時，臉上的肌肉跳了跳，像笑，但又不是。

趙進雖然氣惱，但卻只得無奈而知趣地走開。

嘩——嘩——

蘆葦的葉子劃過趙進的衣服，劃過趙進的臉。

趙進又氣又急。但是，那個女孩卻在他的背後哈哈大笑。

趙進向前走出了好遠又踅了回來：

「請問，哪裡才不是你家的山。」

「哪裡都是的。」

「哪裡都是？」

「哪裡都是！」

女孩說著還伸出右手在胸前比劃了一個很大很大的圓圈。

趙進大張著嘴，好半天合不攏來。因為，莫說一天，就是一個月也走不出女孩那根本沒有確切邊界的大圈。趙進一屁股坐在地上。

「哈哈哈……」

女孩放肆地大笑，聲音極為粗野。

笑了好一陣之後，女孩道：

「看你可憐，又是第一次，初犯，這次就算了，讓你砍一回，不過，有一個條件，你得先幫我砍，等我砍夠之後才能給自己砍。」

簡直是天上掉餡餅，豈有不答應之理。

趙進立即抓住一根腕粗的櫟樹砍了起來。

趙進邊砍邊悄悄觀察女孩。趙進覺得，面前這個恐怖的女孩雖然模樣不怎樣，其實心並不怎麼壞……

突然，咣當一聲——趙進的刀脫把了，掉下來時砍傷了手腕。

「啊——！」

趙進叫了起來。

「遇到蛇了？哈哈哈……」

這個季節怎麼會有蛇呢？女孩邊砍邊笑，頭都沒回，但見趙進一個勁地呻吟，聲音甚是痛苦，便放了刀走過來。

趙進的左手死死地捏著受傷的那隻手，雙腳不住地跺地，鮮紅的血液順著手肘嗒嗒地滴著，因痛苦而扭曲得變了形的臉十分蒼白。

女孩衝上來，一把抓過趙進的手，張開嘴湊上去就吸。吸了幾口，估計傷口乾淨之後，又哧啦一聲撕了自己的內衣給趙進包紮。

一切妥當之後，問：

「還痛嗎？」

「還有一點點。」

坐了一會兒，趙進揀了刀，站起來便準備下山。

「你幹什麼？」

「我……回家……」

「回家？你不砍了？」

「我想我沒辦法砍了，對不起。」

「沒關係，我幫你砍，我砍得快。」

「你幫我？」

趙進以為自己耳朵出了問題。

「對呀，我幫你。」

女孩歪著腦袋答。樣子很可人。

「不不不……」

趙進邊說邊走。

女孩忙過來一把將趙進按住：

「你是幫我砍柴才受的傷，我怎麼可以不管呢？我一定要給你砍！憨包佬佬……」

憨包佬佬！

趙進心中一震。趙進雖然沒有兄弟姐妹，但是，他很清楚，一個男孩子只有當他成為姐姐最寵最愛的小弟弟時，才有權獲得這一殊榮。

趙進不信，以為是聽覺出了故障，但是，緊接著，女孩又說了一次，說時還把手使勁地一揮，很果決的樣子。

惠風和暢，柳絮輕揚……

趙進如沐春日，如飲瓊漿——趙進坐了下來。

趙進端著傷手在一旁很是著急，但又幫不上什麼忙，便不停地走過去走過來，樣子極其好笑。女孩埋頭笑了一陣之後，便邊砍邊找他說話——「說話」一詞失之所當，正確的表述應該是女孩問趙進答。趙進嘴笨，總是女孩問一句他就答一句，不問便無話可說。說了一陣，

女孩對趙進便了若指掌了，但是，趙進卻連女孩的名字都不知道。

下午三點多鐘的時候，趙進和女孩便下了山，擔著柴往回走。

很快，趙進就走不動了，落在了後面，女孩只好走一陣停下來等一陣。但是，即使如此，趙進也跟不上，到後來竟開不了步了。於是，女孩走上來，一掌推開趙進，將兩副擔子一齊挑在肩上跨著大步往前走。女孩歇下來的時候，趙進忙奔上去將頭伸在木棍做的扁擔下，但是，擔子卻生了根似的戳在地上怎麼也不肯挪步。沒辦法，趙進只好極為羞慚地挑了自己的那份走路，但是，走不多遠，擔子又會被女孩粗暴地奪走：

「你只讀得書，憨包佬佬！」

憨包佬佬，憨包佬佬，憨包佬佬……

趙進輕輕地重複著，念叨著，眼裡噙滿了淚花。

「雲雲！」

突然，一個大漢，雙手抱胸，站在路中大吼。

前後左右都沒有人，正疑惑間，女孩迎了上去，趙進這才知道女孩名叫「雲雲」。

「今天再不給我爸爸我就不讓你走！」

大漢的聲音含混不清，就像一隻大號舌頭放入一個小號口腔一般。

掛在嘴角的涎水足有兩尺長！

是一個傻子。趙進鬆了一口氣。但是，自己和雲雲的個子加起來也抵不上那傢伙，趙進又暗暗叫苦。

雲雲放下了擔子，走到大漢面前，手往後一伸：

「看，這不是。」

「爸爸爸爸爸爸……」

又黏又稠的涎水流進了趙進的脖子裡——大漢撲了過來，粗笨的手抓得趙進膀子生痛。

但是，旋即，他又鬆開了趙進，舉著鉢頭大的拳頭撲向雲雲：

「你敢耍我我這麼高我爸爸怎麼會只有這麼一點呢像個孩子！」

「我怎麼會耍憨子呢？我耍誰也不會耍你憨子啊！我們是什麼關係？哥們兒！我怎麼會耍哥們兒呢？這就是你爸爸，千真萬確……」

「我爸爸怎麼比我還小呢？」

「我拿腦袋擔保！你爸爸是小種人，不像你是大種人……」

「我和我爸爸怎麼不是一個種呢？」

「你營養好些，再加上基因突變。」

「哦！」

「還不幫爸爸挑擔子！」

憨子高興得手舞足蹈，將趙進和雲雲的柴一起扛在肩上，唱著誰也聽不懂的歌曲吭吃吭吃往前走。

雲雲邊走邊朝趙進做鬼臉，一副洋洋自得的神情。趙進的心情很複雜，一路上一句話也沒說。

到彭家峪村口時，雲雲追上憨子附在他耳朵上嘀咕了一陣便拉著趙進的手沒命地狂奔起來。

「雲雲，你又偷我的柴了？」

正跑得起勁，突然，路斷了──一個身材高大，胳膊上長滿了濃密汗毛的婦女雙手叉腰橫在面前。

「刀都沒帶，誰偷你的柴！盡誣人，二輩子還是彭寡婦。」

雲雲氣喘吁吁地答，但毫無懼色。

偷？

趙進心裡一個咯噔：弄了半天，那山根本就不是她雲雲的。

「你你你……真是娘老子死早了，有娘養無娘教！」

彭寡婦的臉氣得鐵青，好一陣說不出話來。緩過氣，便伸出手來要撕雲雲的嘴。恰此時，憨子撲哧撲哧地跟了上來。於是，彭寡婦滿臉堆笑地走向憨子：

「憨子，砍柴啊？」

「沒沒沒⋯⋯」

「那你背的是什麼？」

「我爸爸爸⋯⋯的柴啊。」

說著，憨子的手朝趙進一指。

趙進立即低下頭去，並下意識地用雙手捂住臉頰。他的臉早已羞得通紅。

「不承認，還罵人⋯⋯我今天非給你點顏色瞧瞧不可。」

彭寡婦說著就去奪憨子肩上的柴。

「跑！快跑！憨子。前面我給你買糖果。」

雲雲將憨子一推，順手抽出柴捆上的大刀面對著彭寡婦咬著牙一字一頓地說：

「看你有幾隻手！」

彭寡婦猶豫了。

「老實告訴你，我根本就看不上你彭寡婦的柴，一股寡婦味！我砍的是——是⋯⋯陳四佬⋯⋯」

「什麼？你又砍我屋裡的柴？」

一個尖細的聲音從背後傳來。

雲雲回轉身，兩眼一瞪：

「麼得是你家的？聾起個耳朵，聽話聽落頭！長起耳朵配像的？」

「這個丫頭，惡噠噠⋯⋯」

「叫花子比主人家還惡！」

「就是，怎麼樣！說柴是你們的咬得出血嗎？咬得出就是你們的⋯⋯」

眼見憨子已沒了蹤影，知道說也是白說，彭寡婦便撤了回去。接著，陳四佬家的那個耳朵不好的老婦人也走了。

但是，雲雲似乎氣還沒出完，嘟嘟嚷嚷站在那裡罵了好一陣才離開。

趙進木偶一樣跟在雲雲的後面，什麼也沒說。

很快，他們就趕上了憨子。

憨子正在一個小經銷店前對著玻璃罈子裡面的糖果和餅乾流口水，見了雲雲和趙進便一個勁的爸爸爸爸地亂叫，一副高興得不能再高興的樣子，前世缺老子似的，弄得趙進只差把腦袋勾到了褲襠裡。

雲雲走上前去，將憨子拉到一旁告訴憨子說，他們的錢被彭寡婦搶了，買糖果的事只能等明天了。但是，憨子死活不依，非要糖果不可，不買就不放他們走。沒轍，雲雲只好將自己的外衣押在經銷店給憨子賒了幾個糖果。

憨子自是喜不自勝，但是，當趙進擔起柴擔要走的時候，他卻死死地拽著趙進的衣角不鬆，非要和爸爸一起回家不可。

趙進毫無辦法，只能哭喪著臉向雲雲求救。

但是，不論雲雲再怎麼勸，憨子就是不聽。最後，雲雲將臉一板，把柴刀架在趙進的頭頂，威脅：

「聽不聽？爸爸是我找到的，今天歸我，再鬧我就一刀劈了，叫你一輩子沒有爸爸，永遠當孤兒！」

憨子這才極不情願地鬆開趙進。

接下來，他們走得很慢，天黑了才到鎮上。

路上，趙進不管雲雲拿什麼笑話逗他始終都不答腔，臉一直繃得緊緊的，黑黑的，世上所有的人都欠了他的債不還似的。但是，他又不得不跟著雲雲，因為，他根本不知道把柴賣給誰，怎麼賣。

雲雲對他的冷淡一點也不計較，沒看見似的，該說的說，該笑的笑，該吼的吼。

買他們的柴的是一個背駝得像蝦公，下巴只差一點就弓到腳背上

的孤老婆婆。雲雲說她打的柴幾乎都是她買了的。

老婆婆很和善，不住地問這問那，很關切的樣子。

但是，過秤的時候，雲雲還是耍了手腳——她將預先掛在柴捆上的一根葛藤用腳踩著，這樣，一擔柴便平白無故的多出了好些斤兩。

趙進想到阻止的時候，一切都結束了——雲雲的身手異常迅捷。

回家的路上，趙進再也忍不住了，把他的不滿一股腦兒倒了出來。但是，雲雲滴水不進，說什麼這個世界本來就是醜惡的，什麼善良啊，美好啊，全是自欺欺人的鬼話。趙進很是氣憤，到了家都氣鼓鼓的，弄得奶奶以為他又被人欺負了。

趙進決定再也不進山打柴了，他不想見到雲雲。但是，第二天天還沒亮，雲雲便在外面敲門了。

趙進裝睡著了，不起來。門是奶奶開的。

趙進不僅生得文弱，性格也不堅定，經不住勸。奶奶把他叫起來之後，他又和雲雲一起進了山……

那個女孩，趙進認識。

其實，趙進決定把身上的錢全部送給女孩的時候也曾有過短暫的猶豫和動搖。該不會又是一個騙局吧？趙進想。但是，很快，他就自我否定了，因為，女孩的眼眸如一泓清泉，比八月的天空還要澄澈。不可能，絕對不可能！她發過誓的，她再也不騙人了……趙進邊將錢放在女孩的手裡邊對自己說。於是，趙進成了傻瓜，成了二百五。僅僅傻瓜，僅僅二百五，趙進也不會如此鬱悶，趙進的鬱悶是人家說他和女孩是一夥的，說他是托兒。女孩是不是在行騙趙進不清楚，但是，她曾經是個騙子卻是不爭的事實——這，趙進十分清楚。她說改就改？她說洗手不幹就不幹，賭咒有什麼用，發誓有什麼用，騙子的話也能信？但是，錢是我自己心甘情願給人家的，人家一沒問我要，

二沒向我討⋯⋯趙進鬱悶得肺都紫了。

趙進在外面轉了很久，天黑了好一陣才回學校。

還沒進教室，谷芮便舉著一個盒子不住地向他招手。

盒子裡是一雙嶄新的波鞋和68元錢。

另外，還有一封短信：

我什麼時候說過我被賣了的？你真是個傻瓜，二百五⋯⋯你斷了我的活路，憨包佬佬！

就這麼幾句，沒有落款。但是，趙進知道寫信的人是誰。

剩下的大半個學期裡，趙進一直沒見到雲雲，寒假沒見到，春節也沒見到。第二年春季開學後的一天下午，趙進才見到雲雲——雲雲的遺書，和遺書一起送到趙進手裡的還有一張染有煤漬的銀行卡，信上寫道：

賬上有八千多塊錢，歸你。我也是個孤兒。本來，我打算幹完這個學期，掙齊大學的學費就回學校的，現在看來，我不須要了——我被埋在了地底下。

那次，離開你的教室之後，我便上了這個小煤窯。

哦，忘了告訴你，我是剪了頭髮，騙過老闆之後才下井的，井下不讓女孩子來。這是我最後一次騙人⋯⋯

那個名字叫雲的女孩

吧嗒！吧嗒！

劣質塑料涼鞋孤獨地敲擊著寒風凜冽的水泥方磚。

抬頭，抬頭，抬頭！

趙進的大腦發出和接受的都是這條指令，但是，執行的時候卻變成了另一條：

低點，低點，低點……

——趙進的眼睛死死地盯著自己腳上那雙價值僅3.2元人民幣的塑料涼鞋，腦袋怎麼也抬不起來。

兩個月前，這雙16歲的腳第一次跨入一中校門的時候，上面穿的是一雙自編的草鞋。此後，趙進每次挪腳的時候，都要不住地提醒：抬頭，抬頭，抬頭！……

趙進長著一張女孩的臉，眼睛又大又亮，高原湖泊一般明澈澄麗，如果不是爹娘死得早，長身體的時候缺了營養，趙進早就是一個健壯俊美的小夥了。趙進生得有些單薄，根本不像一個高中生。

每個月，學校都會放4天月假，這時，趙進就會來進山砍柴。現在，趙進校服口袋裡裝著的68元錢就是上次月假上山砍柴的全部收入。趙進決定拿它買一雙波鞋。

終於有鞋了，終於可以挺起胸脯走路了！

趙進興奮地在心裡喊道。

一中斜對門就是鞋城，裡面店鋪林立，商品琳琅滿目。結巴谷芮的特步就是在那裡買的。谷芮說，喬喬喬丹、耐耐克、美美美特斯

斯——邦——威……什什什麼牌子都有，款式也也也新，同同同學們差不多都都都是在在在那那——裡——買的。

　　但是，趙進沒有穿過馬路走向對面，而是去了市場。市場的三樓是邵東人的天下，地攤商的天堂，東西出奇的便宜。趙進不想把68塊錢全花在腳上。又快放月假了，他打算回去的時候給雙目失明的奶奶捎點什麼吃的。

　　突然，趙進一個趔趄——熱狗的甜香絆了他一跤！

　　趙進的手在口袋裡摸索著，好幾次都只差把錢掏了出來。但是，最後，他還是一邊咽唾沫一邊極留念地離開了熱狗攤，繼續向賣鞋的地方走去。

　　前面就是市場，趙進踏上了斑馬線。

　　忽然，路沒了。

　　一個女孩擋住了去路！

　　趙進有些恍惚，好一陣不知道是女孩擋了他的道還是自己侵犯了人家的領地。

　　女孩亭亭玉立地跪在人行道上，跪在趙進羞澀的塑料涼鞋前。

　　女孩衣著潔淨，亮麗，一身學生裝束，大概十六七歲。

　　女孩的胸挺著，頭垂得很低，眉眼被濃密的劉海遮著，模樣看不清楚。

　　她的膝前是一張白紙黑字的求援書，上書為救治垂危的病母，父親舉債無門，忍痛將她賣與同村的一個名叫憨子的傻子，現在，母親離世，憨子逼婚，走投無路云云。

　　求援書上放著一個瓷盆，裡面盛著幾張面額小得可憐的紙幣。

　　低劣！

　　趙進在心裡憎惡地啐道。

　　都什麼時候了，誰還賣兒賣女？

趙進抬起腳來。

「叔叔，幫幫姐姐吧！」

一個男孩一邊往盆子裡放錢，一邊拉趙進的褲管。男孩大概七八歲的樣子，背上背著一個巨大的米老鼠書包。

已經抬起的腳猶豫了。

「叔叔，幫幫姐姐吧，姐姐好可憐的。」

男孩仰起臉哀求。男孩臉胖胖的，眼睛鼓鼓的，樣子很可愛。

倒楣！

趙進極不情願地把手伸進口袋摸出一張淡綠色的紙幣放進盆裡。

「謝謝。」

女孩機械似的點了點頭。

每逢有人施捨的時候，女孩都會程序一般說聲謝謝，然後點一下頭，其他的時間則一律低垂著眼簾，木雕樣一動不動地跪在地上。

女孩點頭的時候，轉身欲走的趙進看到了她向上揚起的臉。

嗵！

趙進的心被什麼狠狠地撞了一下。

求援書模糊了，水泥方磚海浪消失在天邊一樣漸次淡沒。

趙進的嘴抖了抖，略一躊躇之後，將剩下的67元一把拽出來遞了過去。

「謝謝！謝謝！謝謝！……」

女孩聲音哽咽，忙不迭地雙手撲地叩頭，但是，她的話還沒說完，冷清的街角便熱鬧了起來：

「托兒！」

「騙子！」

「書不攢勁讀，指頭兒大就出來騙人！」

……

乒，乒，乒……

男孩踮著腳尖，身子緊貼在白色的崖壁上，一手攀著小樹，一手舉刀猛砍。

嘩——嘩——嘩——……

紅色的雷公樹葉雪片般在風中飄飛，如一群遷徙的紅色小鳥。

斑斕的大山是一首詩，但是，男孩的眼裡卻只有柴，只有錢，只有鞋。

馬上就要入冬了，男孩腳還在夏天裡。

噌噌噌！

一個頭髮像鳥窩的女孩撥開層層荊棘來到崖下。

女孩臉色紅潤，身形結實，個子比男孩足足高一個頭，十六七歲的樣子。

「哎——」

女孩朝崖壁上喊。

男孩沒有聽見她的喊聲，斫擊聲太響了。

男孩背對著崖下，女孩只看到一個身著學生軍訓用迷彩服的背影和兩隻蒼白瘦弱的胳膊。

「哎哎哎……」女孩一手叉腰，一手舞著白晃晃的大砍刀厲聲呵斥：「下來！下來！快下來！哪個喊你砍的？」

女孩腰上纏著葛藤，上衣敞著，滿身匪氣。

「我我我……我為為為什麼要下下下……來？」

刀影凝在了空中。

「這是哪個的山，你知道嗎？」

「哪個的？」

男孩一臉茫然。

「告訴你吧，姑奶奶我的！下來，快下來！」

窸窸窣窣——

男孩老老實實地往下爬。

「承讓了。」

不等男孩的腳落地，女孩便一臉壞笑地抱了抱拳，接著，倏一下向崖壁爬去，猿猴樣敏捷。

男孩怏怏地往岩壁右邊走去。

「哎哎哎，哪裡去！」

「前面。」

「前面？前面也是姑奶奶家的！」

「前面也是你家的？」

男孩愕然。

「不是我家的是你家的？」

「請問，哪裡才不是你家的？」

男孩走回來問。

「哪裡都是！」

「哪裡都是？」

「哪裡都是！」

女孩伸出拿刀的手在胸前劃了一個大圈。

咚！

男孩一屁股坐在地上。

「哈哈哈……」

女孩放聲大笑。

「看你可憐，又是第一次，初犯，這次就算了，讓你砍一回，不過，有個條件，你得先幫我砍，等我砍夠之後才能給自己砍。」

……

咄！

男孩從崖上蹦了下來。

「你好。」

男孩有些害羞，聲音怯怯的。

「你好！」

女孩剎住想像的飛車答道。

男孩十五六歲的樣子，長著一張女孩的臉，異常俊秀，兩隻又大又圓的眼睛異常明淨。

「啊！」

女孩失聲叫道。

女孩從沒見過如此俊秀帥氣的男孩。

嘩啦——

一股從未體驗過的情感在女孩心裡泛濫開來。

天一下子藍了，高了，遠了。

啪！

葛藤扔到了地上。

「砍砍砍……柴啊？」

女孩一邊用手指梳理那頭雞窩似的亂髮，一邊明知故問，聲音極其甜美。

「嗯。」

男孩的頭勾得低低的，大拇趾不停地搓著食趾。

「第一次？」

「嗯。」

「吃得消嗎？」

「嗯。」

……

「哎喲！」

男孩砍傷了手腕。
「怎麼了？」
女孩即刻奔了過來。
男孩捏著受傷的那隻手，雙腳不住地跺地，鮮紅的血液順著手肘嗒嗒地滴著，因痛苦而扭曲得變了形的臉更蒼白了。
女孩一把抓住男孩的手，張開嘴湊上去就吸。吸了幾口，估計傷口乾淨之後，又撲哧一聲撕下自己的內衣給男孩包扎。
一切妥當之後，問：
「還痛嗎？」
「嗯。」
說著，男孩拾起刀，往山下走去。
「幹什麼？」
「我……回家。」
「回家？不砍了？」
「我我我……」
「我幫你砍！」
「幫我？」
「嗯！」
女孩側著腦袋答。樣子很是可人。
「不不不……」
男孩邊說邊走。
女孩撲過去一把將男孩按住：
「坐下！憨包佬佬！」
憨包佬佬？
男孩心中一震。
憨包佬佬是女孩對自己喜歡的男孩的愛稱，除了最最寵愛的親弟

弟，一個女孩決不會輕易叫男孩為憨包佬佬。

憨包佬佬，憨包佬佬，憨包佬佬⋯⋯

男孩牛反芻一樣咀嚼著，同時，不住地用眼角打量女孩。

女孩長著一張健康飽滿的圓臉，高高的鼻梁，濃濃的眉毛，似笑非笑的眼睛，美麗極了。

下午兩點多鐘的時候，男孩女孩一前一後來到了一條狹長而曲折的斷裂帶的底部。這裡幽深陰冷，終年不見陽光，除了小鳥的鳴囀和小魚在水中游走的聲音一片死寂，兩岸的石壁刀砍斧削，直插雲天，凹緩處瘋長的芒草如漫上堤壩的洪水一樣四面奔湧。男孩又累又餓，步子七扭八歪像喝了酒。女孩走在男孩的後面，一路上，女孩的目光一刻也沒離開過男孩被草鞋磨破的腳。他明天還會來嗎？女孩不停地問自己。不，不會，他的手傷了，不能砍了，自尊心那麼強，他決不會再接受我的幫助，但是，鞋怎麼辦，馬上就要入冬了⋯⋯

「撲通！」

男孩一個趔趄栽倒在水裡。

「啊──」

女孩驚叫著扔下柴擔，奔到前面將男孩扶起。

男孩不住地嗆咳，渾身抖個不止。他的頭髮在滴水，衣服全濕了，鞋也丟了一隻，十分狼狽。

「把衣服脫下來，擰乾了再烤，莫感冒了。」

「⋯⋯」

「沒聽見嗎！」

女孩的聲音有些高。見沒動靜，過了一會兒，女孩又說了一遍，男孩才忸忸怩怩站起身來解扣子。

篝火生在石壁的凹處，灘有兩塊席子那麼大，上面全是細沙，又

鬆又軟，灘的前面是一個水潭，布滿青苔的崖壁劍一樣自青天直刺潭底。潭並不大，兩丈見方的的樣子，但是，水綠得發黑，深不見底，陰森瘮人。

每次經過這裡的時候，女孩總是老遠就閉上雙眼，然後，一路地狂奔，跑出好遠都不敢睜開，女孩從沒正眼看過水潭一眼。要是，要是，要是他剛好在這裡摔倒⋯⋯

他們又上路了。

仍然是男孩在前，女孩在後。

男孩高一腳低一腳彈棉花樣走著，柴擔拖在地上，每一步都十分艱難。女孩只好把自己的柴擔放下，挑起男孩的往前走，走一段又回過頭來擔自己的，但是，光線越來越暗，天馬山就要黑下來了，女孩急了，一咬牙，將兩副擔子合在一起扛在肩頭。

「我來，我來，我⋯⋯」

男孩在後面邊追邊喊。

但是，女孩自顧自地走著，並不答話。

終於，女孩累了歇了下來，男孩忙將頭伸在柴棍做的扁擔下面，可是，擔子卻生了根似的戳在地上怎麼也不肯起身。

「讓開，憨包佬佬⋯⋯」

女孩掀男孩。

但是，男孩卻死死地抓著柴擔不肯鬆手：

「我我我⋯⋯」

「此此路是是我開，此此樹是我栽栽，要要要想從從此過，留留下買路財！」

兩人正爭執間，突然，一個大漢跳了出來。大漢說話含混不清，大號舌頭在小號口腔裡攪動一般，掛在嘴角的涎水足有兩尺長。大漢上身赤著，雙手抱胸，山一樣橫在路中，蹼樣寬大的腳掌毫無樂感在地上敲打著。

「憨子！」

「你你怎麼知知道我我我叫憨子？」

「我雲什麼人，天下的事沒有我不知道的！」

「雲？」

「你在這裡幹什麼？」

「搶搶搶……柴——買買買……糖糖。」

「搶柴？搶誰的柴？我們的嗎？」

「那那當當然了。誰都搶。我我我逮誰搶誰……」

「你爸爸找到了？」

「嗚嗚嗚，爸爸爸爸我的爸爸，嗚嗚嗚……」

「看，這是誰？」女孩一把拉過男孩。

「誰？」

「你爸爸！」

「爸爸爸爸爸爸……我找得你你好好苦啊，爸爸爸，這這麼多年你你到到哪兒去去了……」憨子撲上來，伸出柱頭般粗細的手一把將男孩舉在空中。男孩痛得直叫喚。憨子將男孩放下來，不住地親吻，鼻涕樣黏稠的涎水蹭了男孩一臉。突然，憨子鬆開男孩，舉著鉢頭大的拳頭砸向雲：「敢敢敢耍耍耍我我我這麼高我爸爸怎麼會只有這麼一點呢像個孩子！」

「我怎麼會耍憨子呢？我耍誰也不會耍你憨子啊！我們什麼關係？哥們兒！我雲怎麼會耍哥們兒呢？這就是你爸，千真萬確，天打五雷轟……」

「我爸爸怎怎麼比比我還矮呢？」

「我拿腦袋擔保，這就是你爸爸！你爸爸是小種人，不像你是大種人……」

「我和我爸爸怎怎怎麼不是一個種呢？」

「你營養好些，再加上基因突變。」

「哦——」

「還不幫爸爸挑擔子！」

憨子高興得手舞足蹈，將男孩和女孩的柴一起擱在肩上，唱著誰也聽不懂的歌曲吭吃吭吃往前走去。

「雲丫頭，你又偷我的柴噠？」

突然，路斷了。一個身高1米70，體重180磅，胳膊上長滿了汗毛，樣子比夜叉還凶的中年婦女吼。

「刀都沒帶，誰偷你的柴！盡誣人，二輩子還是寡婦。」

雲毫無懼色。

「你，你……真是娘老子死早噠，有娘養無娘教……」

中年婦女的臉氣得鐵青，好一陣說不出話來。緩過氣來，便伸出手要撕女孩的嘴。恰此時，憨子咿咿呀呀地走了上來。於是，中年婦女滿臉堆笑地走向憨子：

「憨子，砍柴啊？」

「沒沒沒……」

「那你背的是什麼？」

「我爸爸爸……的柴啊。」

憨子的手朝男孩一指。

男孩立即低下頭去，臉別向別處。

「不承認，還罵人……我今天非給你點顏色瞧瞧不可！」

中年婦女說著就去奪憨子肩上的柴。

「跑！快跑！憨子。經銷店我給你買糖果。」

女孩將憨子一推，順手抽出柴捆上的大刀面對中年婦女咬著牙一字一頓地說：

「看你有幾隻手！」

中年婦女猶豫了。

「老實告訴你，我根本就看不上寡婦的柴，一股寡婦味！我砍的是——是……陳四佬……」

「什麼？你又砍我屋裡的柴？」

一個尖細的聲音從背後傳來。

女孩回轉身，兩眼一瞪：

「麼得是你家的？聾起個耳朵，聽話聽落頭！長起耳朵配像的？」

「這個丫頭，惡嗮噠……」

「叫花子比主人家還惡！」

「就是，怎麼樣！說柴是你們的咬得出血嗎？咬得出就是你們的……」

「糖糖糖爸爸糖我要糖爸爸……」

雲和男孩來到經銷店時，憨子正對著透明塑料罐子裡的糖果流口水。

「明天吧！」

雲不慌不忙走上前去，拍了拍憨子的肩膀說他們的錢剛剛叫彭寡婦搶了，明天給他買糖買好多好多的糖。但是，憨子死活不依。沒轍，雲只好將自己的外衣押在經銷店給憨子賒了幾個糖果。憨子自是喜不自勝，然而，當男孩擔起柴擔要走的時候，他卻死死地拽著男孩的衣襟不鬆，非要和爸爸一起回家不可。

男孩毫無辦法，只能哭喪著臉向雲求援。

可是，不論雲再怎麼勸，憨子就是不聽。最後，雲將臉一板，把柴刀架在男孩的脖子上，威脅：

「聽不聽？爸爸是我找到的，今天歸我，再鬧我就一刀劈了他，叫你一輩子沒有爸爸，永遠當孤兒！」

憨子這才極不情願地鬆開男孩。

他們天黑時才到鎮上。

買他們的柴的是一個背駝得像蝦公，下巴只差一點就弓到腳背上的孤老婆婆。雲說她打的柴幾乎都是她買了的。

老婆婆很和善，不住地問這問那。

但是，過秤的時候，雲還是耍了手腳——將預先掛在柴捆上的一根葛藤用腳踩著，這樣，一擔柴便平白無故的多出了好些斤兩。

男孩想到阻止的時候，一切都結束了——雲的動作太快了！

街頭的那個女孩就是雲！

其實，趙進也曾有過短暫的猶豫和動搖。該不會又是一個局吧？趙進想。但是，很快，他就否定了，因為，雲的眼眸如一泓清泉，比八月的天空還要澄澈。不可能，絕對不可能！她發過誓的……

趙進在外面轉了很久，天黑了好一陣才回學校。

還沒進教室，谷芮便舉著一個盒子不住地向他招手。

盒子裡是一雙嶄新的波鞋和68元錢。

另外，還有一封短信：

我什麼時候說過我被賣了的？真是個傻瓜，二百五，憨包佬佬！

此後，趙進一直沒見到雲。第二年春季開學後的一天下午，趙進才見到雲——雲的遺書，和遺書一起送到趙進手裡的還有一張染有煤漬的銀行卡，信上寫道：

卡上有八千多塊錢，歸你。我也是個孤兒。本來，我打算幹完這個學期，掙齊大學的學費就回學校的，現在看來，我不須要了——我被埋在了地底下。

那次，離開你的教室之後，我便上了這個小煤窯。

哦，忘了告訴你，我是剪了頭髮，騙過老闆之後才下井的，井下不讓女孩子來。這是我最後一次騙人……

二寶上學

你叫二寶。

6歲。紅校服。忽閃的大眼睛。

詩一樣的梯田，夢一樣的小徑。

快點，快點，要遲到了……

你一邊催促著自己的影子一邊急急地往前走。但是，它肩上的書包太沉了，怎麼也合不上你的節拍。

你決定拉影子一把。你轉回身去。

「啊！」

你驚叫著放下影子，抓緊書包的肩帶，加快步伐向學校跑去。

爸正在竹林深處的吊腳樓裡注視著你，目光凌厲。

你的家在離村小很近，一頓飯的功夫不到，但是，你的腳步就是跟不上學校的節奏，大多數時候，下午的上課鈴響了好一陣，你才不慌不忙地走進教室。這算不了什麼，那只有1個老師兩個班5個學生的學校本來就不很正規。嚴重的是，從家裡到學校就一條獨路，沒有岔道，你卻常常走著走著就迷失了方向，把學校給走丟了，天黑定了還在小河邊，灌木叢，稻草垛下找學校，很多時候是在大路中央。奶奶急壞了，天天哭著給你爸媽打電話。

爸媽是年後開學的時候回來的，此前，你一直以為爸媽是一種聲音。

爸給你的禮物是曲起右手的指關節在你的頭頂猛啄。

「哇——」

你抱著腦袋大哭。

「瘋了，本來就腦子有問題！」

媽大聲呵斥。

大家一直認為你的腦子有問題。他們的理論是腦子沒有問題就讀得倒書，讀得倒書就喜歡上學，反過來，讀不倒書就不喜歡上學，不喜歡上學就是腦子有問題。

爸的手停在了空中。

你哭得更凶了，同時，拿眼角滿屋子尋找奶奶，但是，救星卻不見蹤影。

「你打別的地方，比如屁股。這孩子，也真是的，學不上，以後怎麼討吃呢？也該叫他長長記性了……」

媽的話還沒說完，爸便一把將你按倒在地，舉起蒲扇似的巴掌朝你屁股上掄。你痛得殺豬似的嚎哭不止，同時，媽媽媽媽直叫。但是，那個自稱媽媽的人卻一臉大公無私地端坐在椅子上。你的心涼了。你咬著牙將眼淚和哭聲咽進肚裡。

「你這是殺人還是教孩子！」

媽張開手臂撲了上來。

啪！

媽臉上挨了一掌。

「你你你……反了？」

媽揚起臉狠狠地盯著爸的眼睛，但是，貓咪已經變成了老虎。

啪！

媽的臉上出現了五個紅指印。

「護！護！護！叫你護，叫你護……」

巴掌瘋了。

爸媽扭在了一起。

抓臉，揪頭髮，撕衣服，叫喊，謾罵……

「加油，加油！哦——媽輸了……爸輸了！唉——」

你拍著雙手叫喊。

你的小臉笑開了花，雖然眼角掛著淚滴。

你忘記了火辣辣的屁股。

「笑便宜！個沒良心的傢伙……」

仇家相視而笑。

爸媽媾和的結果是你再次受到討伐和審判，然後，生成如下宣言：

孩子是花朵是未來，要細心呵護，不能打，但是，體罰除外，體罰之於孩子就如水之於魚，陽光之於禾苗，須臾不可或缺，但是，孩子不像大人一般皮實肉厚，所以，在具體的實施過程中一定要把握好尺度，萬不可傷著孩子，但是，棍棒之下出人才的原則是一切原則的原則。

花朵——呵護——不打……你的心笑了起來：還是爸媽好！天天嚇唬我爸媽怎麼怎麼兇，看……正在這時，爸撲上來，一把將你按在地上，吼：「跪倒起！」

再不躲學了，記住了嗎，跪了一陣，媽問，你答記住了。但是，第二天，你又沒去學校。為了讓你長記性，爸提議讓你跪在長板凳上。爸還沒說完，媽就舉手表決通過。媽說，好，跪得高看得遠，放眼世界嘛。但是，你的記性卻怎麼也不肯長起來，第三天，你仍然沒去學校。媽急了，安排爸「馬上立即」去買好記星，但是……媽徹底失望了，一氣之下又去了廣東。爸沒走，留了下來，並在板凳之外加了個臉盆。

「指頭腦殼大的孩子會難得倒我！」

於是，你變成了少林寺裡練功的小和尚：腰幹挺直，兩眼平視，一雙小手緊緊地抓著頭頂裝了水的臉盆。

啁——啁——啁啾……

伴隨著叮咚的泉聲，畫眉在竹林裡鳴囀。

「朝外面跪著可不可以？爸。」

你提議。

「為什麼？」

「三三在叫我。」

「三三？」

「那隻短尾巴的畫眉。」

「你，你，你……天啊，我，我前世造了什麼孽啊！」爸失聲痛哭，拿腦袋撞神龕，然後，從牙根下擠出三個字：「老實點！」

三槐子弟源流遠　　武侯之家世澤長

——這副對聯是3歲的時候爺爺教你的。爺爺從不打你，也不動不動就打電話告狀。每每走進堂屋時，你都會聽見刀聲，聽見劍聲，聽見戰馬的嘶鳴和船槳的擊水聲。祖先，你真是一位威風凜凜的將軍嗎，就像爺爺說的？你為什麼要離開繁華的京城來到這偏僻的小山村呢？是因為這裡的寧靜與秀麗，還是你真的厭倦了征戰和殺戮，就像爺爺說的那樣……你一邊默讀家神上的對聯一邊問。你為什麼老待在神龕後面不出來呢？你害怕什麼？爺爺也和你在一起嗎？……哈哈，我知道了，你爸准是一個拄著拐棍，鬍子拖到地上的老學究，就像我爸一樣，只是他的鬍子沒你爸長，一天到黑只知道要你讀書。一個月黑風高的夜晚，你趁他睡熟之際，卸下格子窗，從家裡逃了出來，投奔部隊……你爸找到了你，把你抓了回去，但是，你又一次跑掉了。為了不讓老爸找到你，你橫洞庭溯澧水，你插草為標，跑馬為界……祖先，長江真是掛在天上的一條壕溝嗎？洞庭裡的龍王待人和氣嗎……

「嗨！睡著了是不？臉盆裡的水灑了，老子剝你的皮！為什麼要躲學？給我好生想想，想不明白別想吃飯！」

……

當——當當！

預備鈴響了。

你跑了起來。

「二寶。」

「誰？」

你蹲在了田埂上。沒有風，彎彎的水田像你的眼睛一樣明亮澄澈。

「二寶！」

槐花喊。

「二寶！」

在水裡滑行的燕子叫。

「二寶！」

蝌蚪輕搖著槳一樣的尾巴在雲端招手。

「二寶，二寶，二寶……」

「哎，哎，哎……」

你忙不迭地點頭應答。

你忘記了背上的書包，忘記了學校，忘記了爸媽。你被春天融化了，除了布穀鳥的鳴叫，除了小溪的叮咚和野薔薇綻放的嗶剝聲，你的腦海一片空白。

你躺了下來。

但是，就在這時，上課鈴響了起來。

「唉！」

你極不情願地從地上爬起來，揉了揉眼睛，牢騷滿腹地往學校走去。

讀書，讀書，一天就知道讀書！你生的是兒子還是讀書的工具？工具也要愛惜，也要維修啊……

「給給給我——押押押……押上來!」

你的手臂被扭到了背後。

外鄉人。

天天趴在校門口的石凳上奮筆疾書的外鄉人。

每天,學校還沒開門,他便伏在石凳上寫了起來,天黑了好一陣,所有的人都離開了學校,他還在那裡寫啊寫,彷彿一臺不知疲倦的書寫機器。

他只有一件黑色的類似袍子的夾衣,說不出是什麼款式,介乎連衫裙與風衣之間,有點像戲裝,沒有鞋子。他從不說話,村裡沒一個人認識他,大家都叫他外鄉人。他眉弓高聳,下巴前翹,滿臉鬍子,眼窩特別深,眼睛又黑又亮,像一盆熊熊燃燒的炭火,頭髮很長,皮膚黑紅黑紅,泛著釉光,長得酷似阿凡提。

你的老師曾帶著學校的全體師生(共6人)以校長的身分嚴正地和他交涉過一次——尊敬的——哦,對不起,請問,先生貴姓?(等待)尊尊尊……敬的先生,我我我代表學校(思索)請請請……問,您您您能能能夠稍稍稍微挪一下嗎,就就就一點點,一點點(搓手),我我我們這這是是學學學校,這裡的人人實實實在是太太太多了,您您您看(側體),進進出出的,倘倘倘踢著或是踩傷了先生您(停頓)就就就……而且,這這這裡也也太冷了——啊啊啊嚏——您看……阿嚏!阿嚏!阿嚏!阿嚏!阿嚏!學著老師的樣子,你們大張著嘴巴和鼻孔把胸腔裡的氣體一齊往外擠。頓時,校園上空,阿嚏聲此起彼伏,連綿不絕。那是個下雪的冬日,凜冽的晚風中,村人裡三層外三層將外鄉人鐵桶似的團團圍住,空氣都只差給窒息了,但是,外鄉人卻連眉毛都沒抖一下。校長只好無奈地揮了揮手叫大家離開不要理他由他去罷。沒人知道他吃什麼喝什麼,睡哪住哪。

他寫些什麼呢?

曾經，你好多次伸長脖子站在他的身後看過。他寫的是一種介於草書與行書之間的書體，儘管一筆一劃都很規範，提按頓挫也極到位，但是，除了頂上面的「判決書」三個字你一個也不認識，就這幾個字也是別人教的，你識的字實在是有限得很⋯⋯

　　「啊，你弄痛我了，放手，放手，痛死我了！」

　　你叫。

　　「肅靜，肅靜！公堂之上不得咆哮！」

　　外鄉人鬆開你的同時舉起手中的石頭狠狠地砸向自己的大腿。齜牙咧嘴半天後又一下砸向大腿，顫著嗓子唱戲一樣喊：

　　「跪者何人，速速報上名來！」

　　「二寶。」

　　「二寶，你可知罪？」

　　拿石頭砸腿。

　　罪？遲到躲學犯法？一定是爸雇來的！天天都在校門口，今天卻攔在路上⋯⋯

　　「招與不招？」

　　蹺腿，拈鬚。

　　「招招招，我我我再再也不躲學不遲到⋯⋯」

　　「不躲學不遲到？」

　　「讀書。努力讀書。」

　　「然後呢？」

　　「然後？」

　　「殺人放火？」

　　「殺殺殺人放放放火⋯⋯不不不，我怎麼會幹這種傷天害理的事呢？決不會！」

　　「好一個決不會！（坐直）狗屁！本官知悉與你，除了欺騙，除

了壓榨，除了掠奪，除了奴役和殺戮，你們都知道些什麼？什麼都不知道！你們都是個壞蛋，徹頭徹尾的壞蛋！招與不招？不招？（舉筆）大刑伺候——（擲筆）夾——給我夾，狠狠地夾……（笑）招與不招？（得意）老實？聽話？荒唐！（拿石頭砸腿）聽話有什麼用？聽話就是放棄判斷就是自甘墮落比殺人放火更可怕更可惡……你到底該怎麼辦？你問我我問誰？這麼嚴肅的問題——本官拒絕回答……肅靜！肅靜！（拿石頭砸腿）二寶聽判，事實清楚，證據確鑿，將二寶打翻在地，再踏上一隻腳，叫他永世不得翻身！打倒二寶！打倒二寶……帶（擲——僅只是擲，後面沒帶著筆——他只有一支筆）——

「二寶，」突然，外鄉人停住了，蹲下身子，親切地拉著你的手：「坐，坐，座位在那邊。還有很多犯人候在門外呢……」

「不了，我，我要上學。」

你掙開他的手，怯怯地答。

「上上上學？上什麼學！今天是星期六，不上學！」

「可可是，昨天才星期天呢。」

「我不管他昨天是星期幾，反正今天是星期六，不用上學！看，你的老師和同學都在堂下，他們正等著看我審犯人呢。多帶勁，多精彩啊！不和你閒扯了，我要工作了，那麼多案子等著我審……」說著，他又舉起石頭唱戲樣顫聲喊：「帶帶帶愛因斯坦……」

你飛也似地跑了起來。

你看到了學校白色的山牆。

也許第一節課馬上就要上完了，乾脆等第二節課上課的時候再大搖大擺地走進去，這樣的話，說不定……

你放慢了腳步。

突然，路開了岔，分成了兩股，一模一樣的兩股。

走哪一條呢？哪條才是去學校的路呢？

你躊躇不前。
「走啊!」
聲音甜甜的柔柔的。
「誰呀?」
「二寶。」
「二寶?」
「二寶。」
哦——
你笑了起來。跟在影子的後面踏上了左邊的那條。
左邊是一片遼闊的油菜花田,嗡嗡嚶嚶的花香海浪般起伏向前,直鋪雲天。
「二寶,二寶,二寶……」
所有的花瓣一齊張開歌喉般的嗓子。
「啊!」
你驚嘆不已。
為什麼不學學那位祖先呢?難道我天生就是任憑爸媽擺布的料嗎……你雙肩一縮,將書包扔在地上。然後,邁著悠閑的步子,將自己想像成一個古代的雅士,穿著長袍,搖著摺扇,腰佩長劍……不,這麼好的景致一個人獨享豈不是天大的浪費!得邀上同學。嗒——嘀嗒嗒……你在想像的上空吹響了集合的號角。
「哇噻!」
「歐吔……」
「啊!」
「哦——」
同學們驚呆了。
「哎——快來啊,這裡更好看!」

有人在山坡上呼喚。

呼啦——

你們一齊衝向山坡。

溪流，筒車，房舍，翠綠的灌木，黛黑色的叢林，淡藍色的遠山畫卷般在你的腳底展開，遍地開放的油菜花暴雨過後的山間瀑布樣在畫卷上洶湧奔流，田間，地頭，房前，屋後，溪畔……藍藍的天幕上似乎都開滿了金燦燦的油菜花。

「我們不去學校了好不好？」

你大聲問道。

你站在一塊石頭上，一手叉在腰上。

「好！」大家一齊答道，但是，緊接著他們又猶豫了：「可可可是，老師……」

「把學校砸了，叫他沒地方上課！」

「可，可還有別的學校啊！」

「那——把爸關起來不就得了。」

「我第一個舉手同意。爸可壞了，來不來就要我頂水碗！想必大家都頂過吧。有一次，我正準備吃飯，忽然，他從外面衝了進來，二話不說，跑到水缸邊舀了滿滿一碗水往我腦殼上一杵：灑了就餓起！我剛問過老師，老師說這傢伙一點也不傻，他的傻全是裝出來的。他不無得意地對媽說。你為什麼要裝？我問你！他黑著臉吼。我什麼時候說過我傻了？淨冤枉人……我不服氣，說我從沒說過我蠢啊。可你也沒說過你不聰明呀！他牙齒都只差咬掉了。你們又沒問，我怎麼說，我頂了他一句。好啊！翅膀硬了是不，算你狠……老子倒要看看是你狠還是我狠！他氣得滿屋轉。算了，雷公不打吃飯人先讓他吃飯吧，媽上前解圍。怎麼吃啊？我的手要扶碗，我又沒有三隻手，我說。我餓壞了。三隻手是小偷！你這個豬！豬沒你那麼長的腿……」

「我爸更壞！……」
「關起來！」
「關起來！」
「關起來！」
……
「可，可我家裡是我媽做主的啊！」
「那就把你媽也關起來吧。」
「還有爺爺奶奶呢！」
「那就把他們統統給關起來吧！」
「都關了，誰給我們做飯，誰給我們洗衣？我們都是小孩子，什麼都不會啊。」
「那──」
是啊。你望著天空。怎麼辦呢？
「這樣行嗎？你們看，我們把發明學校的那個人抓起來，然後，再……」
「好！這主意好！發明學校的那個傢伙一定是個老古董，起碼有三百年沒見到過陽光的影子。這樣的人只配呆在博物館或是昏暗的地下室！」
「和發明學校的老古董相比，發明爸爸的那個傢伙簡直就是壞蛋，惡魔！一天只曉得讀書，讀書，讀書……」
「還有……」
「還有……」
「還有……」
大家搶著發言，山坡亂作一團。
「肅靜！肅靜！」
你大聲呵斥。

你已經從石頭下來了。你手裡舉著一塊石頭。

「二寶。」

你正猶豫著要不要將石頭砸在腿上的時候,有人在背後用塑料普通話喊你。

老師吧?

老師一年四季都穿著毛藍色的校服,繫著紅色條紋的領帶。老師只有一條手臂,兩條腿比你的手臂粗不了多少,而且,還長短不一。

在中午或放學後的路上,老師曾多次揮舞著空蕩蕩的右袖管,彈簧一樣一蹦一跳地來到你的身後問:

「忙什麼呢?二寶。」

見你沒有反應,老師只得提高聲音再問,往往一連問了好幾遍之後,你才似有所悟地答:

「聽古。」

你勾著腦袋答。你的聲音蜜一樣甜。

「聽古?」

老師假裝不解。

「就是聽故事。」

「那麼,講故事的人呢?」

「平兒啊——平兒翻的古可好聽了!這裡有把凳子,你也坐下來聽聽吧,」你將自己的書包遞了過去,頭也沒回地催促道:「接著講吧,平兒,這個故事太吸引人了!平兒,如果你寫書的話,我保證,買書的人一定會把你家的房子擠爆!到那時,你就是作家了,偉大的作家!⋯⋯」

「那麼——平兒是誰?」

「哦,還是讓平兒歇一會兒吧,他都講了快一天了,需要休息了。不過,你要是想聽的話,我完全可以把平兒的故事複述一遍,平兒說

過，我講的故事非常棒，如果再加上一點想像力的話，我也可以當作家……」不等老師答話，你便自顧自地講了起來：「我們現在居住的地方不過是一個關押囚犯的監獄，並不我們的家，我們的家離這裡很遠很遠。我們的家在一片祥雲的下面，那裡沒有學校，沒有警察，那裡遠離疾病、戰爭和貧困，那裡的每一個生命都享有絕對的自由與尊嚴，那裡的每一個人都幸福快樂……」這個故事非常長，如果中午一下課就講的話不到下午上完第一節課的時候便沒法講完，每次，老師都聽得像第一次那麼專心，到最後，還不忘了問：「那麼，平兒呢？平兒是誰？」其實，他早就知道平兒是一塊黑得發光的卵石……

「噓——老師！」

你在鼻子下豎起一根手指。

「老師——好啊，既然他送肉上砧板我們何不把他一起……」

「胡說！」

你立即反對。

「不把他關起來，他另外再辦一所學校的話……他是個殘疾人，除了教書沒別的活路。」

「那該怎麼辦啊？」

「……」

「二寶。」

「嗯。」

「你一個人嘀嘀咕咕幹什麼？」

「審犯人。」

「誰是犯人？犯人在哪裡？」

「爸！」你將石頭高高舉起：「帶帶帶爸……」

「好啊！……」

手伸了過來。

右手。
你的耳朵被拎到了半空。

昌明文叢 A9900012

鏡水褶皺

作　　　者	周之涵
責任編輯	黃筠軒
特約校對	張逸芸

發 行 人	向永昌
總 經 理	梁錦興
總 編 輯	張晏瑞
編 輯 所	昌明文化有限公司
排　　版	林曉敏
印　　刷	維中科技有限公司
封面設計	吳華蓉

出　　版	昌明文化有限公司
	桃園市龜山區中原街 32 號
	電話 (02)23216565
發　　行	萬卷樓圖書股份有限公司
	臺北市羅斯福路二段 41 號 6 樓之 3
	電話 (02)23216565
	傳真 (02)23218698
	電郵 SERVICE@WANJUAN.COM.TW

ISBN 978-986-496-633-2
2025 年 6 月初版
定價：新臺幣 380 元

如何購買本書：

1. 轉帳購書，請透過以下帳戶
   合作金庫銀行 古亭分行
   戶名：萬卷樓圖書股份有限公司
   帳號：0877717092596

2. 網路購書，請透過萬卷樓網站
   網址 WWW.WANJUAN.COM.TW

大量購書，請直接聯繫我們，將有專人為您服務。客服：(02)23216565 分機 610

如有缺頁、破損或裝訂錯誤，請寄回更換
版權所有・翻印必究

Copyright©2025 by Cheng Ming Culture Co., Ltd.
All Rights Reserved　　　　Printed in Taiwan

國家圖書館出版品預行編目資料

鏡水褶皺/周之涵著. -- 初版. -- 桃園市：昌明文化有限公司出版；臺北市：萬卷樓圖書股份有限公司發行, 2025.06
　面；　公分. -- (昌明文叢；A9900012)

ISBN 978-986-496-633-2(平裝)

857.63　　　　　　　　　　　　　114006613